猿山的呼唤

尚学芳 著

中国出版集团　现代出版社

图书在版编目（CIP）数据

猿山的呼唤/尚学芳著．-- 北京：现代出版社，2022.12
ISBN 978-7-5231-0105-6

Ⅰ．①猿… Ⅱ．①尚… Ⅲ．①中篇小说—小说集—中国—当代 ②短篇小说—小说集—中国—当代 Ⅳ．① I247.7

中国版本图书馆 CIP 数据核字（2022）第 256332 号

猿山的呼唤

著　　者	尚学芳
责任编辑	王志标
出版发行	现代出版社
地　　址	北京市安定门外安华里 504 号
邮政编码	100011
电　　话	010-64267325　010-64245264（兼传真）
印　　刷	北京建宏印刷有限公司
开　　本	710mm×1000mm　1/16
印　　张	13.75
字　　数	175 千字
印　　次	2022 年 12 月第 1 版　2023 年 1 月第 1 次印刷
书　　号	ISBN 978-7-5231-0105-6
定　　价	69.80 元

版权所有，翻印必究；未经许可，不得转载

目录 CONTENTS

叮当石岭上 ………………………………………… 1

瘦　土 ……………………………………………… 16

捉耗子 ……………………………………………… 35

姐姐的婚事 ………………………………………… 41

张玉兰 ……………………………………………… 44

粉房里的"秘密" …………………………………… 56

钟声远去 …………………………………………… 67

瘘　子 ……………………………………………… 81

承　诺 ……………………………………………… 91

猿山的呼唤 ………………………………………… 105

"典型" ……………………………………………… 115

情归何处 …………………………………………… 122

绿化笔记…………………………………………………134
老构树……………………………………………………146
最后的池塘………………………………………………160
赎　债……………………………………………………181

叮当石岭上

（一）

那年天大旱，小麦长有一拃高时，生产队缺牛草，派我到东山去放牛，待遇是一天记十个工分，补助半斤细粮。那年，我刚高中毕业，是生产队里的"秀才"。我和东山来的玉叔一起赶着十六头牛犊来到一百八十里外的东山老庙沟。

山村不大，有七八户人家。玉叔的父亲榜爷和我们村的五爷年轻时是换帖弟兄。两家离得虽然很远，但走动很勤。五爷辈分长，到了山上，我和玉叔间也就自然按五爷跟榜爷的辈分来称呼。

我在玉叔家吃住。

榜爷有两个儿子三个闺女。大儿子玉叔结婚后分出来单过，二儿子田叔刚刚结婚。三个闺女长得水灵，如花似玉，貌若天仙。大闺女水仙已经出阁，二闺女梅子亦定下了婆家，三闺女百合，刚满十五岁，小学毕业就辍学了。没事儿的时候就背个背篓上山采药，以贴补家用。百合长得很像她的名字，蓓蕾初绽，艳丽稚嫩。白皙的颈项上戴着一只小巧而精致的银锁，雅中带秀，秀中透美。我想起老人们常说的：锁住命，锁住心，阎王见了不近身。在乡下，只有受娇宠的孩子才戴这种配饰的。

山里人厚道。我的到来，老庙沟生产队给我在村前搭建了一个牛棚。令他们啧啧称羡的是我一个高中生到山沟里做了放牛娃。那时山里穷，人们文化程度普遍不高，全大队才两个高中生，被大队视为"宝贝蛋子"，都被安排进了大队班子。

尤其百合，见了我更是问这问那。她上山采药，总不忘带个书本，我有时就戏谑她："你是顾着采药还是顾着看书呢？"她腼腆地笑笑说："我特别喜欢你们读书人！""那你怎么不上学呢？""妈说，女孩儿认识自己名字就行了。封建！"她把嘴噘得老高。我为她惋惜，她俏皮地朝我挤了下眼睛，扮了个鬼脸说："我一定要撵上你！"她说的撵上自然是文化知识。"是吗？""不信？你看着我。"说罢便甩下一串儿银铃般的笑声，欢快地上山去了。

那时我是初出茅庐的半大孩子，什么都不懂。榜爷是"牛把式"，就手把手地教我。他说，牛绳往牛脖子上盘好后，最后一捆一定要拴住牛掠绳，牛掠绳是绑在牛鼻圈和牛耳后的，是死捆。牛赶到山上就是一天，不拴牛掠绳，慢慢牛绳就会从脖子上转圈滑下来，牛踩到松开的牛绳就容易摔下山崖。再则解牛拴牛，手脚要麻利。十六头牛等最后一头牛解开盘好，前面的牛往往已经走出很远了，就会吃路旁的庄稼，村上人会有意见的。山上不像平原，他们不喂牛，牛干完活就被撵到山上散放。

老庙沟有三个"牛把式"，他们每人牧一头牛。牧牛很轻松，把牛往山上一撒，看着它们不乱跑就行。

连峰去天不盈尺，枯松倒挂倚绝壁。

初到老庙沟，一切都感到新鲜。村子依山傍水，举头就是大山。山上郁郁葱葱，几棵古老而遒劲的苍松悬挂山崖，让人对大自然的精巧雕琢派生出无穷遐思。立起脖儿仰视是元宝石岭,一个元宝似的巨石凌空而卧,装点着老庙沟的一方风景。山下,清粼粼的草木河绕村滑过,流水潺潺,清澈见底,鱼儿浅水嬉戏。偶有女人河边浣衣,弄得满河的洗衣粉泡沫儿,欢脱的鱼儿追上就啄上一嘴,便随流水游去。不远处,几只白鹭,摇曳着高傲而强者的姿态,用它们的尖喙,捕俘一样"啪、啪、啪"地朝毫无防备的鱼儿啄去……饱了,便旁若无人地走上岸,张开双翅扑棱着白色的羽毛,浑身散发出胜利者的傲慢,尽情享受着暖暖的春阳。伴着西沉的太阳,牧归的牛群,偶尔发出低沉的"哞"叫声,与老庙沟的景色构成了一幅和谐壮美的田园牧归图,不仅打破了这小山村的宁静,也越发引人遐思悠长。

(二)

我常常牧牛于叮当石岭上。叮当石岭在大尖山、小尖山的下面,岭上青草茂盛,无山遮拦。它的东面是卧牛石岭,北面是茂密的松林,西面是黑石山(也叫簸箕石岭),南面缓坡逶迤,沟边山泉涌流、杂草葱茏。偶有鳖儿拱破冬的寒衣,抖落身上的凉意,慢悠悠地爬到石涧边,探出脖子,找块石头,伏在上面,尽情享受着这春日的暖阳。正值初春,满山遍野的茉莉花、杜鹃花、野刺玫、水仙花、百合花竞相绽放,争奇斗艳,挥洒着春的馥郁芬芳。

叮当石岭是奇异的山岭。它从小尖山半山腰延伸,舒缓绵长,到尾部突然刹住成了石山。岭上有一方比麦秸垛还要大的不规则的巨石微斜摆放,叫叮当石。石的底部像个巨鳖窝窝,人能趴着钻进去。窝窝正中圆圆的,有个脸盆大小的地方,用石块或木棍敲击,会发出"叮当、叮当"敲铜盆似的悦耳清脆声响,萦绕心头,余韵悠长。再往别处敲击,只会发出"嗒、嗒"的声音,没有音乐的韵味。叮当石妙不可言,身临其境让人沉醉痴迷，欲罢不能，流连忘返。

我每把牛群赶到叮当石岭上，总要情不自禁地趴在叮当石下敲击一阵子，聆听这浑然天成的天籁，仿佛置身高雅奇妙的音乐世界，悦耳、涤心、凝神、静气，让人一下子从世俗的烦恼中获得短暂的超脱和宁静。我沉浸在美妙的大自然里。过完瘾了，方才攀上叮当石一边晒太阳，一边看牛儿啃草撒欢儿。偶遇雨天，叮当石下，又是我的最佳去处，它向空中伸出的斜窝足以遮风挡雨。我的手中总是拿根三尺长的竹竿儿，一为赶牛，二为防蛇的袭击。传说竹竿是蛇的舅舅，蛇遇竹竿就老老实实不敢造次。那个雨天，一条蛇从叮当石石缝里朝我爬来，我一愣，随即抄起竹竿挑起那蛇，它任我耍弄。耍了一阵儿，我"呼"的一声把它甩了出去。蛇受到惊吓，灰溜溜地钻入草丛逃走了。我心里蛮有点儿舅耍外甥的窃喜，虽然它是那样令人毛骨悚然。

叮当石又是个镇邪石，护佑着一方百姓的丰年与平安。叮当石的西南斜下方，还有中叮当石和小叮当石，一溜儿排列。中叮当石有半人高，呈不规则的圆形，小叮当石亦有半人高，中间大，两头尖，呈梭子状，直直地立于六十度的斜坡上。尤其底座，只有拳头般大小与石体连接，似乎两手一使劲准能把它推下山去，但谁也推不动它。有一年老庙沟五六个后生颇为不服，心想风一吹就倒的石头嘛，就攒足劲儿推。结果，扫兴而归。这大中小叮当石是一个整体。小叮当石是把"钥匙"，中叮当石是把"锁"，大叮当石是"合门"。如果小叮当石"钥匙"推倒，中叮当石的"锁"就会自动打开滚下山去，接着大叮当石的"合门"也会"吱呀"一声开启，滚动着走掉，这时那发出叮当声音的地方会"呼"地冒出一股水，霎时翻江倒海，泛滥的水能淹没三个县。叮当石岭下是条暗河，直通东海。这方百姓谁都不做恶，以防神灵震怒，遭天报应。

太阳正午时，百合到了叮当石边，她放下背篓朝我笑笑。我依偎在小叮当石边："听说小叮当石推不倒，能帮我试试吗？"百合瞟我一眼说：

"才不帮你呢！""为什么？""叮当石最怕阴阳合一，阴阳一合就把它推倒了。"我朝百合诡异地笑笑道："那样就成洪水猛兽啦！"我暗生佩服，百合懂得那么多。百合扑哧一声笑起来："骗你呢！"她开始往我身边走。我说："还是算了吧。万一推倒它，那汹涌的洪水还不把我们卷走？""来吧，洪水猛兽来了，我们就到洪水里去游泳。"我弓着身子推叮当石，她却推起我的后腰来。

我记得那次，百合笑成了灿烂的一朵花。

（三）

我的任务就是把牛牧养得膘肥体壮，到了秋天都能耕田劳作，让集体渡过缺乏草料的难关。大山的深沉，人的寂寞时刻袭扰着我，大自然又赐予我丰厚的回报，使我远离尘世的喧嚣和纷扰。

十六头牛散落在山坡上，好大一片。牛有时不听话，太阳快落山了，有的牛还在远处山坡上一个劲儿地吃草，怎么吆喝就像压根儿没听见似的。驯牛就成了迫在眉睫的技术活。我潜下心来学吹口哨，尝试用哨音指挥它们。我用两个指头压住舌头，用力一吹，清脆的哨音响彻空旷的山野。开始时，我一边吹着口哨，一边用竹竿把牛往一块儿赶拢，再后来我把口哨规定了时间和次数。中午回家吃饭时，"咻——咻——"吹两声口哨，把它们赶拢在叮当石岭上，下午牧归时，"咻——咻——咻——"吹三声口哨，让它们朝我跟前靠拢。

我持之以恒。功夫不负有心人，这样坚持了一个多月，牛儿似乎懂了我的良苦用心。每当火红的晚霞铺满西边天际，树木、荆棘、山石都披挂上淡红的色彩，我吹响三声口哨，牛儿像听到撤退的号角，就停止啃草朝我聚集。夕阳西下，听着牛蹄嗒嗒敲击石板路发出的节奏紧凑的乐音，我特别自豪，俨然成了指挥这群牛的"将军"。

最捣蛋的是那头红牤牛。

这天,我三声口哨吹罢,它在远远的山坡上装聋作哑,俨然不把我这位指挥官放在眼里似的。我决定惩罚它,拿起竹竿准备朝它身上狠狠抽去。它见到飞起的竹竿,后蹄一蹬尥蹶子朝卧牛石岭蹿去,我撵得快,它跑得快,一下子蹿到卧牛石岭半山腰。卧牛石岭有块石头,远远望去,就像卧在山上的一头巨牛。

当地有一种说法:卧牛石岭牛自卧,坡缓岭长路途遥。倒沫歇脚喘口气,下岭太阳挂树梢。虽然叮当石岭离卧牛石岭近在咫尺,但看山跑死马,到了岭上少说也有五六里地。我在红牤牛后边追,它就朝岭上跑。到了岭上,我上气不接下气,一屁股蹾坐在了草地上,红牤牛也累得扑通一声卧了下去。

太阳西沉沾着地了,我呼地站起,愤怒地举起竹竿,红牤牛还在呼呼地喘着粗气,任打任挨没有一点儿躲让的意意,我的竹竿停在空中没有落下来。我的怒气似乎消了许多,就坐在它头边数落道:"你怎么这么不听话呢?"它把头抬起,用刚刚长出的嫩角朝我手上蹭痒似的轻轻拱了几下。它这个动作,使我陡生怜爱,我朝它头上捋了两下说:"走吧!"便起身朝卧牛石边的近道走去。它初时未动,待我走得稍远,前蹄一蹬,呼地站起在我后边跟来。它跟我保持着距离,我站下它也站下,我走它也走。我哭笑不得。

"春子,救我……"不知从哪里传来甜美而略带哭腔的呼唤。循声望去,巍峨的卧牛石上,百合正一脸无奈地坐在上面。我目瞪口呆,被吓得面容失色,急忙朝卧牛石边奔去。

卧牛石东半面是犬牙交错的万丈悬崖,西半面是绵延窈窕的山岭,即使麻利人往上爬,稍有不慎也会摔下来,让你断胳膊瘸腿,即便爬上去,根本下不来。老人们说,清朝年间,有一采药人发现卧牛石上长有一棵硕大的灵芝仙草，就攀爬上去，仙草采到了，却怎么也下不来。这里荒山野岭，人迹罕至，采药人硬生生饿死于卧牛石上。

我打量着卧牛石，翻崖的风，带着尖厉的哨音，呼呼地往上抽着，使人顿觉凉气袭人，毛发倒竖。我找到了稍不光滑的地方，宽着百合的心说："你从这里慢慢下，别怕，有我呢！"百合两手抠着石头，前胸紧贴着石壁，刚下了两尺左右，手就没地方抠了，她双腿颤抖了一下，一出溜，直直地从两丈多高的石头上滑下来。我仰着脖儿伸开双臂紧紧地一把抱住她，重重地摔在了下面。少顷，百合翻身从我身上坐起，煞白的脸上渐渐泛起红晕，偷瞟我一眼，扑哧笑道："疼吗？""笑！笑！不要命了？"我嗔怒道，心却忐忑跳个不停。"我知道你会来救我！"她忍住笑，伸手把我从地上拽起来，拍了拍我身上的草屑。"是那红牤牛救了你！"我说。她初时迷惑不解，马上释然一笑，这时，红牤牛已走到百合身边，用它那嫩角朝百合身上轻轻抵着，百合拍拍它说："哟，不枉我老喂你哩！""你什么时候喂过它？""好几次呢，我妈让我倒泔水，我就偷着抓麸子拌里面端给它喝。"

牛有灵性，我不觉生出对红牤牛的敬畏来。一只迟归的鹞鹰在高空敏捷地飞过，去寻觅夜晚的栖宿。百合抬头看看天，抓起背篓往我肩上一挎说："走吧，太阳落山了。"我走在前面，百合扶着红牤牛跟在后面。

夜幕笼罩了山野，四周很快暗起来。一些虫子过早地鸣唱着小夜曲，一只小小的夜鸟扑闪着柔软的翅膀，悄无声息地低低飞翔，几乎撞着我的身子，迅即打一个旋儿，潜向低低的山坳去了。夜露下来了，踩在草上有些光滑。

"采到仙草啦？"我说。

她知道我在揶揄她，便羞涩地笑笑，朝我后腰打了一拳，说："不准告诉我妈！"

（四）

　　天气晴朗。午饭后，我把牛赶到叮当石岭上时，百合已经采了半背篓柴胡和党参在岭上等我。我们一起到黑石山耍去。蔚蓝的天空中，朵朵白云舒缓地变幻着各种美丽的图案，一忽儿像飘忽欲飞的棉花团，一忽儿像诡谲奇异的山峰。远天是亦明亦暗嵯峨起伏的山峦。山峦下，宋家场水库像一面硕大无比的镜子尽收眼底。巍峨的铜山似一把利剑直插云霄。铜山顶上的庙宇，在明媚的阳光下清晰可见，甚至可以辨析出蚂蚁似的人的蠕动。

　　黑石山南面是旷阔而平缓的余坡，余坡上矗立着硕大的簸箕石，远眺又似巨人的圈椅。黑石山没有树木，没有沙土，寸草不生，漫山遍野都是黑色的石头，所以我从不把牛儿赶到黑石山上来。

　　"看吗呢？"百合看我朝远方凝视，用细嫩的小手在我身上拧了一下问。我说："我在看铜山顶上蠕动的人。"百合略有所思地笑笑："我小姨就在那山顶上。""在那干吗？"我问。"出家了呀！""那多没劲啊？"我不假思索地脱口而出。"没有世俗烦恼哇！"百合咯咯地笑起来。"你会出家吗？"我试探着问。百合绷住笑，偷视我一眼："我才不呢。"

　　我和百合走累了，就背靠背坐在嵌入地下的一块石头上晒太阳。我索性头枕石头懒洋洋躺下去并好奇地问道："黑石山的石头为什么都是黑的呢？"

　　百合向我讲述起从大人们那里听来的关于黑石山的远古故事。

　　传说黑石山是由山鬼幻化而成。那时阳光充足，地势开阔，山就一个劲儿地疯长。它一天长一尺，日积月累，它的峰顶就顶着天了，峰顶云雾氤氲，妖气阴森。有一天，天庭玉帝巡天，见黑石山有异象出现，眼看要把天顶个窟窿。玉帝震怒，就扔下一把火把山烧了。大火烧了半年之久，石头里的山鬼媳妇炙热难耐，生命危在旦夕，顺手抄起个簸箕出来灭火。她扬起簸箕扇呀打呀，扇打了七七四十九天终于把火扑灭了，但整座山已经面目全非，山上的石头就全变成黑的了。大火扑灭后，山鬼媳妇又累又气，把簸箕呼啦朝远处扔去，那簸箕石就是当年山鬼媳妇扔下的簸箕。之后，山鬼夫妇搬出黑石山。不久，黑石山东面起了两座小山，就是大、小尖山。大尖山由山鬼幻化而成，小尖山由山鬼媳妇幻化而成。我仔细观察着黑石山，山上常年青苔不断，枯了变黑，黑了再生，往复循环，终不能变白。

我感慨万千，人哪，干什么都得有尺度！山鬼不贪得无厌，夫妻一定很幸福。生活在风景秀美的大山之中，日出而作，日落而息，和睦相处，恩爱百年、千年、万年。春赏百花怒放，夏浴如火炎阳，秋采累累硕果，冬享素裹银装，该是多么美满的神仙生活呀！超越自然的欲望永远是生命的死穴，最终会带来灭顶之灾……

百合说："玉帝是个小心眼儿，害怕大、小尖山再往上长，就派个牛精来镇他们，所以，卧牛石的牛头始终朝着大、小尖山窥视。山鬼夫妇斗不过玉帝，就每天弹琴度日，以排遣心中的郁气。传说那叮当石的声音就是他们的琴发出来的。"百合顿了顿，温柔地说，"你看那大、小尖山，下面连为一体，上面彼此欣赏，多像一对恩爱夫妻呀！"她脉脉含情地望我一眼，脸上微微泛起红晕说："哎，你做个山鬼怎么样？"我脱口而出："那谁做山鬼媳妇哇？"百合笑而不答，脸粉得像三月的桃花。须臾，她瞟我一眼悄声道："就不告诉你！"

"快起来！"百合突然拉起我的胳膊喊道。她朝石头边莫名地嗅着。

我一愣惊，"噌"地坐直身子："怎么啦？"

她还是一个劲儿地嗅着，说："好大一股腥气，你没嗅到？"

我摇了摇头朝石头边看去，发现石头触地的地方有一个能塞下竹竿大小的洞眼儿。

"有老实头！"百合不容置疑地说，"一定是四个牙的。"

山里人说的"老实头"就是蝮蛇。小的两个牙，大的四个牙，是一种毒蛇。这种蛇咬人前处于休眠状态，常言说，一天害二十四场疟疾，一天一夜不走卧牛之地，一旦咬人后，迅速就逃走了。人们就送它绰号"老实头"。这些日子我已分辨清无毒蛇和有毒蛇的区别。无毒蛇头呈椭圆形，嘴里无牙，尾巴细长；有毒蛇头呈三角形，嘴里有牙、尾巴粗短。成年的毒蛇身上灰紫色，袭击人前，身上会放射出凉凉的腥气。

我用棍子撬，百合用两手搬，我俩费了九牛二虎之力，终于搬开了那块石头。果然石头下有一条盘绕的灰紫灰紫的"老实头"。我惊呆了，倒抽一口冷气，那洞口刚好就在我枕着的脖子边。百合手疾眼快，伸出双手一把攥住它的脖子，忙唤我道："快帮我拴住它！"

"老实头"在百合的手腕上来回缠绕着，挣扎着，企图挣脱。

我手忙脚乱地从百合的背篓上解下一根绳子来。百合说："不行不行，绳子拴不住它，身子一缩就挣脱了。快薅两根茅草来！"

"茅草结实吗？"

"它怕茅草。"

我从一边的石缝里薅了几根茅草，小心翼翼地搭在它的脖子上系了个结儿，我唯恐拴它不紧，使劲一勒，茅草叭地勒断了，把蛇一下子弄到百合手面上。百合"呼哧"朝远处甩去。还好，茅草虽然断了，草扔捆在蛇脖子上。百合捡起蛇提过来，笑着说："你呀，真不像山里人！茅草叶上都是刺，稍微拴下，它就不敢动了。"

蛇没有咬着百合，我的心却咚咚地跳个不停。我红着脸说："我哪里知道呢！打死算了，免得它伤人。"百合说："拿回去泡酒，专治腰腿疼。我爸泡好多蛇酒，他都无偿送人的。"

山里人不怕蛇咬，榜爷会配制毒蛇咬伤的药。据说那是黑门儿，榜爷不外传，连玉叔也不知道那方子。一旦方圆村子里谁遭蛇咬，就赶紧找榜爷，不管白天黑夜，刮风下雨，他就上山现采草药现配。曾经有人跟榜爷一起观察，想偷学那方儿，榜爷呢，一边掐着草药，一边扔着草药，一服药配完，也不知道到底用的哪几味草药。采完药，放到碌碡上捣成糊糊，往伤口上一糊，两天就痊愈了。榜爷怀揣绝技，就一年四季不缺酒喝。

（五）

太阳爬上元宝石岭的时候，我正把牛儿们往山上赶。上午，我一般上山很晚，露水没有下去时，牛是不正经吃草的，况且牛吃了露水草会拉肚子。当我盘完最后一头牛绳，一头油青牛就钻入硌针坡。

硌针坡是一座小山包，满山都是一人多深的小酸枣树，针刺丛生，人根本钻不进去。地上到处是碎石和枯草片儿。我朝油青牛撵去，它已钻入酸枣林深处，我企图把它砸出来，就顺手捡起块石头朝它砸去。

"哎哟"，一股无法形容的剧痛"唰"地流遍我全身。放眼瞧去，一个大仔母蝎子朝我手指狠狠蜇去。我疼得一身汗，龇牙咧嘴地上蹿下跳，疼痛非但没有减轻，反而越疼越烈，我咬着牙把牛赶到叮当石岭上，已经疼得上下牙齿打战说不出话来。

我疼得蹿着跳着往家跑。玉叔上七里坡干活去了，婶婶因为怀孕大肚子没有出工。婶婶二十七八岁，长得水灵俊秀，深山出俊鸟，在家乡平原我还没有见过这么美丽的女子。她怜爱而温柔地看我一眼，扭动着笨重的身子从活布箩里拿出一根针来，往嘴里抿了抿，使劲捏着我被蝎子蜇过的伤口，说："你咬着牙。"用针朝我的伤口挑去，把那伤印挑开一个血口子。她不放开我，捏着我的伤指拉到灶屋，从瓶里倒出一疙瘩饭碱，按在我的血口子上。她这才松开手，爱抚地朝我肩上拍了一下，柔声微笑道："好了！"

果真灵验，疼痛立时减轻了，浑身也轻松许多，过了一刻，一点儿也不疼了，只剩下木木的微麻。想想，婶婶一日三餐给我做饭吃，嘘寒问暖唯恐我生活不好，心里油然生出深深的歉疚来。远离家乡的孤独时刻袭扰着我，从小没娘的我多么渴盼一种母爱的滋养，加上遭蝎蜇的委屈，心里一酸，泪珠就扑簌簌流出来。婶婶把我揽入怀，用那柔软的手轻轻地抚摩着我的脸和头发，并把她的脸儿轻柔地贴在我的头发上。我也紧紧地搂着她，陶醉于母爱的温情之中，我意识到自己的失态，忙放开手，她掬着我的脸儿，默默地看着我。我深情地看她一眼说："婶，您别累着了。"她嫣然一笑："没事。往后进硌针坡小心点儿，硌针坡也叫蝎子山，那里蝎子多，都在石块下和枯草片里藏着呢，有时走着走着就能爬到脚面上。"

"哎！"我应一声，便一溜烟似的朝叮当石岭跑去。

（六）

腼腆的阳光温暖而亲切，空旷的山野静寂而悠远。露水还没有完全下去。我赶着牛群在叮当石岭上和卧牛石岭下四散吃草，有的卧在山坡上一边享受着暖融融的阳光，一边倒沫打盹儿。我翻山越岭跑着采摘百合花。我要采很多很多的百合花让婶婶做菜吃。

山里有很多宝，百合花乃是山里人的风味小菜，炎热的夏季，饭桌上摆放一碟炒百合花，就不会生蝇子。它又是开胃健身的佳肴。平原百合开白花，山涧百合开红花，相比我更爱山涧的百合花。在山野，嫣红的百合花更像摆弄娇艳俏姿的仙子，虽然生长在悬崖下、野草丛中，却优雅而脱俗，娇艳而不放纵。

"春子哥哥——"

山野里回荡着充满稚气甜美的呼唤。我循声远远望去，只见一个小姑娘站在高高的山坡上，把双手弯成喇叭状放在嘴边，是百合。我连忙朝她跑去，我气喘吁吁地甩一把脸上的汗水，百合亦向我跑来。

"你刚才喊我什么？"我惊诧地笑她。

她微笑着，声音甜甜地说："妈让我叫你名字，我说，我就叫他哥哥！"说罢诡谲地瞥我一眼，"怎么样？不想高升一辈呀，那叫我声姑姑！"

我被她耍弄得不知所措，脸上红红的，她却咯咯地笑弯了腰。

百合穿一身白底碎花的连衣裙。十五岁的百合稚气未脱，天真烂漫，透出山里女子的水灵与美丽。纤细的腰身，皮肤白皙而嫩滑，高高的胸脯，发育饱满而恰到好处。颈项上戴着那个百合花图案的精致美观的银锁。我朝她打量着，她的脸更红了，羞赧地眨巴着迷惘的眼睛，莞尔道："你看什么？"不由自主地低下下巴朝那银锁摸索着，小声讷讷道："妈说我心太野，就找银匠给我打了个百合花图案的银锁。好看吗？"她抬头看着我。

"好看。"我木讷地说。

"喜欢吗？"

"喜欢哪！"

"喜欢送给你！"说着就去摘那银锁。

"不，不……"我推托道。

她已经把银锁取下，一把放在我手上。

"不，不。"我推了一下，"玉叔他们见了会问你的。"

"那是我的！"她脸一扬执拗地说。

我不知道怎么是好。正在我犹豫不决时，百合说："我哥哥请来了医生，正在家等你呢，你快回去吧！"

"医生？"我迷惑不解。

"对呀，给你看病呢！那医生可有名了，快回去吧！"

一股暖流顿时涌遍全身，我感动得说不出话来。我刚下学时就是药篓子，经常病恹恹的，尤其胃老生毛病，吃不下饭，有时一个嗝打不出来憋得半死不活。到了东山,病情仍不见好转。玉叔、婶婶挂在心上,他们待我胜似亲人。

我犹豫一下说:"那牛……"

"哎呀,我看着呢!"

"那好。"我扫视一眼漫山遍野的牛儿们,"咻——咻——"吹响两声口哨,牛儿们慢悠悠地往叮当石岭上聚集而来。

百合看傻眼了,高兴而惊疑地笑道:"真有你的!"

(七)

人有人的世界,山有山的世界;人对山有情,山对人有意。爱山,山就是阅尽沧桑的女子,以她的神奇和魅力,宽容和抚爱,赐你深沉的温柔和美丽。我要离开大山了,玉叔、婶婶、榜爷他们让我坚持到秋天。那时,牛犊都膘肥体壮、滚瓜溜圆,能当大牲口使用了。漫山遍野的果子成熟了:山里红、野山梨、山核桃、野仙桃……即便不吃饭也能把肚子撑圆。山涧流泉,松涛阵阵,鸟语花香,让人仰慕的奇石异景和浮想联翩的美好传说。野兔偶尔在草丛中戏耍,野鸡不时地如箭一般扑棱棱冲向山崖,野山羊在陡峭的悬崖上和牛儿们比赛健美,炫耀舞姿。硌针坡摘去它野性的面纱,变得温柔起来,像披戴嫁妆的新娘,满坡满岭红艳艳的野山枣,太阳下映红半边天,炫人眼目,怡人性情……我不想离开大山,舍不得我的牛儿们,更舍不得百合。但没办法,生产队派人来接替我,让我回村当队长。

婶婶搂着我,她唏嘘着,流着眼泪,我知道她一直把我当孩子。我也流泪了,她一边给我擦拭眼泪,一边小声说:"别忘记百合。"什么都瞒不过婶婶。"嗯!"我默默地点着头。

百合也来了,她把我拉到另一间屋子。"我送你的银锁呢?"她问。

我连忙从衣兜里掏出银锁递给她。

"死人！"她咬牙骂我一句，脚一跺，朝我胳膊上狠狠地拧了一把，搦紧我拿银锁的手，温柔地说，"别把它丢了！"

玉叔来催我。百合依依不舍，小声嘟囔一句："记着给我写信。"

那时山里不通汽车，玉叔背着婶婶给我准备的土特产，山核桃、野山李、酸红枣一大袋子，步行八十多里把我送到县城。

别了，老庙沟！别了，叮当石岭！

遗憾的是，我返回家乡后曾经给百合写过两封信，不知是邮路不畅抑或是其他原因，我一直没有接到百合的回信。我曾向五爷打听百合的消息，五爷说百合早嫁人了。不久我参军到了部队，紧张军训，野营拉练，一直无暇顾及儿女私情。但百合那活泼淳朴、带点儿野性的身影一直浮现于我的脑际，使我无法释怀。

四十年后，我才打听到百合的确切消息，百合上了铜山，一直在铜山做尼姑。五爷早已作古，五爷呀，当年你为何骗了我，还是你分不清三姊妹中的百合！

我要到铜山去，向百合忏悔，她能原谅我的疏忽和愚拙吗？哀莫大于心死，见到她我说什么呢？那虚伪苍白的表白和忏悔，能挽回她的青春年华和一生吗？我无法原谅自己！

但无论如何我要到铜山去。我找出那把尘封已久的银锁，久久地凝视着它，仿佛它早已冲破岁月的尘垢，依然留着百合的体香、闪烁着百合爱的光芒！

2018年2月20日作于饶良花园

瘦　土

"笃……笃……笃！"

一阵敲门声打破了屋里的宁静。

"请问田禾在家吗？"

"谁呀？请等一下。"田禾犹豫着，是谁呢？天这么晚了。早春的夜还是有点儿凉气袭人，他极不情愿地披衣下床，手握门闩把门开了一道缝儿，见是个陌生男人站在门外。

"您就是田禾吧？"陌生人客气地说，"您一个A城朋友在县宾馆，特意让我来接您。"

"A城朋友？"他迟疑着问道，"今晚吗？"

"今晚。对了，您是不是在A城当过兵？"

"当过。"田禾略显兴奋却故意问，"他叫啥名字？"

"他没告诉我。"陌生人稍愣了一下说。

田禾在A城的确有位战友，但人家是大款了。况且多年没联系，便搪塞道："等明天再说吧。"

"明天一早他就走了，说没时间了，今晚一定要见见您。"

于是他反身进屋披了件衣裳，告诉妻子要出门。妻子问："你去哪里？"他没有回答，犹豫着走到门外。妻子已经习惯了他那样对待她，便翻了个身沉沉睡去。

小车停放在门前大路上。陌生人给他打开车门，他借着车灯扫视一眼车牌号，忐忑不安地钻入车内。他发现车前还坐着个女人，车内灯关闭着，看不清女人的面庞，满头披肩秀发洒下来像瀑布，很美。

"你们到屋里喝杯茶吧！"他客气地说，主要是对那位女人。女人理也没理，他好生纳闷。小车箭一般冲出小村，穿过温凉河桥，驶向绵延的山冈。小村复又湮没在夜的宁静里。

"那人长得啥模样？"他企图打破僵局问出个蛛丝马迹来。

"到那里您就知道了。"陌生人应了一句就只顾开他的车。

小车在狭窄的土路上颠簸着，车座软软的，舒服极了。常听说派出所夜里抓人哩！他胡思乱想着，不可能，我没犯法呀！那么是绑架吗？想到哪里了，我一无权二无钱，绑架什么呢？外面漆黑一团，他这样想着，身上不觉有点儿哆嗦。他再次尝试打破这种沉闷的宁静，但说了几次，女人高傲得连看也不看他一眼，最后连那位陌生男子也不搭理他了。

披肩发身上散发出来的浓浓的香味，在车里弥漫，沁入他的肺腑，他觉得这味儿既熟悉又陌生。那是一种法国香水味儿。一星儿磷火在山冈上闪烁、奔跑，它是在向他昭示着什么吗？他联想到那座早已被人遗忘的荒芜的坟茔，正孤独地矗立在山冈上。

"是她？"他忽然想起一个人，又连忙否定，"不可能！"她已经十年没有音讯了。他甚至对眼前的女人和司机陡然生起了疑心，后悔不该上车来，便索性靠在车座上闭目养神……

她叫惠春。那是个月光如水的深夜。他从乡政府回家，惠春破天荒地在他屋里坐着。他感到惊奇和诧异。惠春在小村名声不好，而且从没有到他家串过门，深更半夜来他屋干啥呢？惠春没有站起，顾盼有神的眸子飞了他一眼，淡淡地说："回来啦？"

"你咋在这里？"

"我咋就不能在这里，你屋门没锁嘛！"惠春温柔地笑笑，俨然主人的姿态。

"坐……坐吧。"

惠春抿着嘴儿笑笑剜他一眼："我坐着哩。"

"有事？"

"没事来找你？"惠春大方地说，眼光落到田禾脸上时有点儿撩动人，"田禾，你给出个证明，我要去省城看望我爸妈。"

惠春嫁给瘦土那年十八岁，她相貌姣美，楚楚动人，嫩得像黄瓜秧子能掐出水儿来。她不情愿跟瘦土过，就想着跑。瘦土家看得严，惠春跑了几次都没有成功。那年秋天，秋庄稼稞稞长得一人高了，空旷的荒野十几里地不见人烟，惠春又跑了。瘦土像丢了魂似的漫山遍野地寻找。

夜里瘦土寻到瘦土冈，月亮照着瘦土冈上的池塘，塘水粼粼像筛上层银，惠春坐在池塘边，望着四周黑魆魆的大山，绝望的泪水像断线珠子一样扑簌簌滚落着。见到瘦土，惠春钢硬的心渐渐软了下来。

瘦土有个凶神恶煞般的婶子叫金枝，要拾掇惠春。惠春回到家，金枝和瘦土耳语一番后，就把惠春捆绑起来吊在木梁上。金枝看了一眼瘦土问："你是打光棍还是要老婆？"瘦土不假思索地说："要……要……要老婆！""好，要老婆就得挪掉她踝骨，要不然你啥也甭想要！"话音刚落，瘦土"噌"地抄起小榔头，走到惠春跟前。惠春咬着牙，两眼一闭，泪水吧嗒吧嗒往下滴落。瘦土嘴一咧，露出两颗稀疏的大黄门牙说："往……往后，我养……养……养你！""动手哇，还愣着干啥！"金枝恶狠狠地瞪着瘦土，在一旁撺掇。瘦土举起小榔头。只听"哐"的一声，门被踹开，"噌"地有个人影闪进屋来，飞起一脚，把瘦土掀翻在地。是田禾！田禾和另一位村民巡夜，路过瘦土家门前，隔窗看到这般情景，一脚踹开门，不由分说便把惠春放下来，解了绑着的绳子。瘦土眨巴眨巴眼睛，从地上爬起来，憋得脸红脖子粗再没敢吭声，他被吓蒙了。金枝缓过神来，看着田禾凶凶的样子，顿觉毛骨悚然，向后退了两步，又不甘示弱，随即壮了壮胆子，声嘶力竭地嚷道："惠春是我们家的人，狗拿耗子，惠春早晚跑了向你要人！"

……

凶神恶煞般的金枝被十五岁的痴呆儿子搂着她肥壮的身子，直往怀里钻，滴滴啦啦的涎水一会儿弄湿她半片衣襟，她不耐烦地一把推开，痴呆儿子哭闹着要吃"奶奶"，田禾和那个村民才悻悻地离去。

田禾想想真苦了惠春，这么个如花似玉的人儿……瘦土生下时正值饥荒年，瘦得皮包骨头，奄奄一息。他爹看着养不活，免得跟家人争口粮，就把他扔在了瘦瘦的山冈上。春寒料峭，残雪覆盖着整座山冈。那山冈原叫瘦土冈，它绵延起伏，没有树木，不长庄稼，小村人称它是不毛之地。他娘不忍心，又连夜把瘦土抱了回来，摸摸还有股气，连忙解开包裹的被絮，搂着他在被窝里暖了一夜，人虽活过来了，却留下结巴语，傻里傻气。他娘让起名字，爹想到了那个让人流泪的瘦土冈，便沉重地随口说道："就叫瘦土吧。"

瘦土从未进过学堂，他比惠春大二十岁。别看瘦土傻，瘦土知道稀罕媳妇儿。平素村里小叔子们搂着惠春摸，瘦土撞上，就抄起菜刀拼命。吓得小叔子们学着瘦土的腔调扮鬼脸："这是俺……俺的媳妇儿。"也就一溜烟地逃走了。小村人都说，惠春是凤凰掉到鸡窝里，鲜花插在牛粪上，凤凰终归要飞去，鲜花迟早会蔫黄，别看已生下孩子做了娘，但是惠春不能离开小村。这想法从他下意识里冒出来，而且特别强烈，于是田禾望一眼惠春，略一思忖说："你咋知道我会给你弄这个证明？"

"我知道你不会，你这里衙门不大却是铁门槛，但我想试试。"

田禾从惠春"试试"二字中觉出她心中蕴含的无奈和性格上的刚毅，那时还没有身份证，到哪里全凭村里的证明，他就给她说很多安慰的话，惠春很爱听。末了，她说："别跟瘦土说我到你这里来了，好吗？"田禾点点头。惠春笑了，眼波儿就往他脸上撩："我该走了，送送我好吗？"

月光浸透了坐落在瘦土冈下的小村，虫子鸣奏着曲儿，夜是那么幽静和迷人，沉沉睡去的小村呈现出宁静和淡远。温凉河从山脚那边下来，绕过小村，潺潺地流向远方，满河湾已经翠绿的水浮萍在月色里朦胧地躺着，辨不清叶片的轮廓。凉爽宜人的夜呀，让人迷恋，让人遐思……他们走着，惠春不自觉地依偎着田禾，她感觉田禾是一堵墙能给她遮挡风雨，她要有这堵墙该多好！想着想着，心里就升腾起一股甜甜的暖意来，而且是几年来从未有过的那种感觉和冲动，在抓挠着她的心，使她难以自拔。田禾没有避开，他觉得惠春依偎着他，让他有点儿心动。

惠春想起瘦土砸她踝骨那件事儿，再看看田禾，心里就热乎乎的。田禾笑了笑说："那时我也不知道哪儿来的那股子劲儿，要平时那一脚我说啥也踹不出来。"惠春说："也许这就叫缘吧？""缘？"田禾心里沉默着。"对，缘就是本不相识，把两个人聚在一起了。是缘都跑不掉的！""是吗？"他们走着说着，都觉得很投缘。惠春说："今晚月色真好！"田禾说："玉兔临风真惬意！"惠春说："想不到小村也有好男人。"声音很轻柔很娇羞，几乎刚滑出唇儿，她的脸就在滚滚发烫。田禾觉得浑身有种奇妙的激情在涌动，在燃烧。他想挣脱，她是瘦土的女人。但是他觉得有一种说不上来的东西把他黏着了，使他无力挣脱。惠春看着他，他也看着惠春，看着看着惠春就把脸埋入他的怀里了，她想在这个男人怀里获得短暂的安慰。田禾的心咚咚直跳，不由自主地搂着惠春的腰肢："答应我，别再走了……"

小车驶上通往县城的矸石公路，颠簸开始轻一点儿。披肩发仍然高傲得像压根儿没有他这个人存在一样，偶尔和司机搭上一两句话儿……

翌日，田禾路过寡妇香云嫂门前，香云嫂把他唤进屋诡谲地说："你说说啥是好破鞋儿？"

他的脸"唰"地变成红鸡冠……

他紧紧地抱着惠春，惠春也紧紧地抱着他。月光下的惠春娇艳欲滴，飘然若仙。她樱桃小唇微微向上翘着，等待这个男人的第一次吻。她眼睛微微闭着，像久旱的土地上渴盼甘霖，任由那爱的暖流滋润她龟裂的心田，那么贪婪和忘情。他们把舌头交合在一起，吮吸、啃咬……惠春浑身酥软，两手从田禾身上轻轻往下滑，滑得没有一点儿力气了，他趁势随着她的身子慢慢压下去。他的手伸向她的胸脯。"美吗？"她浪浪地问。"美！"他傻傻地答。"我好吗？""好！""哪里好？""哪里都好！""爱吗？""爱！""爱哪个地方？""……"他像头野牛，开垦着这块熟透的土地。夜，幽幽的，麦苗儿散发着沁人馨香……

田禾从她身上坐起来时，惠春就那样躺着。她把手放到他腿上，温柔地抚摩着。"哎，田禾，你们村有人说我是破鞋，你说呢？"

"你是……好破鞋儿。"

惠春咯咯咯地笑，伸手把他揽入怀中，悄悄而诡异地说："告诉我，什么是好破鞋儿？"

"你是好女人！"

她勾着他的脖子，浑身抽搐着，啜泣道："田禾……你知道我心里的苦吗？"

……

现在，香云嫂那样说，他觉得无地自容又无言以对，便木讷地说："你咋知道？"话出口又有点儿后悔。香云嫂说："我有三只眼呗！你们在那里，我出来小解，月亮照着，白亮亮的，我还当谁家猪在我家地里吃麦苗哩。""瞎你那只眼，谁让你长三只眼呢！""你……"香云嫂拿鞋底子朝田禾身上打，田禾躲着还击。人们都说香云嫂心直口快心肠好，这事儿要传出去可怎么是好？便求饶道："好嫂子，求你了。"

香云嫂瞪他一眼，嗔怒道："看把你吓的？咋那样狗眼看人低？"她腼腆而深情地说，"说实在的，我很想让你俩那样哩。""为啥？""一个会玩，一个会浪呗！"田禾就往香云嫂胳肢窝里抠："急了我也给你那一回。"

香云嫂脸上羞羞地，躲过田禾哧哧地笑骂："跟你姐那个去。"骂完一本正经地说："跟一个人好了就不要变心。你想想，小村人没一个说惠春能在这里待久的，我就想，瘦土半辈子娶个老婆，又有了儿子，惠春走了，瘦土咋过？谁都不想让惠春走，可瘦土太不般配了。"她脸上露出一抹愁云，就像是自己的事儿似的，"要有个人能拴住惠春的心就好了，正好昨晚……真是天造地设的一对儿。"香云嫂脸上火辣辣地泛着红晕。

那时起，惠春经常去找田禾，他们谈理想、谈人生，亦谈贫穷、愚昧的小村，瘦土冈留下他们数不完的足迹。这个小村唯一的高中生，随着高考的落榜，家庭在社会上又没有什么根基，在这个金钱主宰一切的现实面前，常落小村人的笑柄：学问再高，不能当饭吃。他有时想，怎样才能摆脱这个贫穷、愚昧、封闭之地呢，他陷入深深的苦恼之中。自从爹死后他背上一堆债务，使他早已过了结婚年龄仍然光棍一条。他深深地爱上了惠春，他甚至想惠春做他的老婆该多好！但不能，瘦土往哪里撂？他陷入极度的痛苦又难以自拔。良心似乎让他背上沉重的十字架，他就劝惠春要跟瘦土好，跟瘦土慢慢培养感情，惠春不屑地说："我会的。"他发现他对惠春的劝说是那样苍白和无力。

惠春十八岁那年爱上了比她大二十岁的有妇之夫——市建筑公司老板，他们偷食了禁果，惠春怀孕了。爸爸在一个风雪之夜把她赶出家门。惠春在社会上游荡，后来被人贩子拐卖到小村，她不忍心打胎又急于委身，就嫁给了瘦土。那时她年龄小，什么都不懂。难道就这样跟瘦土过一辈子吗？她常常是打掉牙齿往肚里咽，也一度产生破罐子破摔的想法。生活教给了这个弱女子一个深深的哲理，她学会了适者生存，这样在小村一过就是五年。而小村似乎容不下这个挺着大肚子来的女人，给她冠以"破鞋"这个与现代女性极不相称的"雅号"。这个从小在城市里长大、容貌漂亮的高中生在传统意识浓厚的小山村里显得是那样格格不入和弱小无助。于是那个尘封已久、离开小村的想法就在心里滋生起来且越发强烈。是田禾给了她在小村生活的勇气，自从和他发生了那样的关系，她觉得生活开始赋予她一线亮光，和这个有理想、有抱负的人相遇之后，她的生活不再苦闷、不再徘徊、不再绝望……他不正是她苦苦寻觅的梦中情人吗？他对人生的追求，对生活的看法，不像小村人那样目光短浅，那样愚昧无知，那样现实势力，那样冥顽不化。渐渐地也就淡化了离开小村的想法。

　　小车跃过一个泥沟，披肩发被车颠起来。司机禁不住同情道："在A城没有受过这份罪吧？"女人笑笑没有回答。那架在鼻梁上硕大的墨镜被车灯反射过来的光亮弄得很神秘。"A城？"田禾越发感到扑朔迷离了，不知怎的，田禾有点儿烦躁不安起来。车座上软和舒坦劲儿全跑得无影无踪了，他靠在车后背上就像靠在木板上一样颠得腰酸背痛，女人身上散发出浓浓的香水儿味熏得他呷气和头晕。大概是披肩发也不习惯车内的气息，用指尖在鼻尖上扫了扫，轻轻打开车玻璃。女人很丰满，风姿绰约。"难道是惠春？"这念头在田禾脑际只那么一闪又转瞬即逝。惠春离开小村足足十年了……

　　那夜惠春在他床上很主动很忘情。她浑身颤抖着，木板床随着她的呻吟而呻吟，月光隔着窗棂悄悄地偷窥着他们，他们被融化在世界的毁灭里。三星正南时，他催她走，惠春紧紧搂着他，眼里滚动着泪花儿怯怯地说："我们一块儿……"田禾茫然地望着她："一块儿啥？"她咬着嘴唇不说话。田禾又追问一句："你要离开小村吗？"惠春抹一把泪水含笑道："……有你在，我就不离开。"泪儿就又弹出来。二人沉默一阵，惠春让他吻她的额，说吻额是爱，那是生命，其他地方都是生命的部件。他就抚弄着她好看的耳廓，掬着她的脸，吻她的额。她抱他很紧，害怕他跑了似的。再后来惠春说："我给你唱支歌吧。"他就洗耳恭听。唱的是《爱你到地老天荒》，声音脆酥酥地、甜腻腻地。月光隔着窗棂照进来，伴随着夏夜的暖风让人沉醉。

第二天惠春走了，他无法接受这个现实……对了，他想起来了，那天惠春说："你和香云嫂好吧，她很喜欢你。"他打了惠春一拳，打得很重，惠春就含着泪亲他，亲得很满足，泪水淌湿了她美丽的面颊，那是多么幸福的泪水呀！

他有种不祥的预感，就去找香云嫂。见到香云嫂劈头便问："惠春上哪里去了？"仿佛香云嫂是他生命的依托，从她那里能找到心理慰藉似的。"她不是和你辞行了吗？"香云嫂坦然地说："她被人强暴了……"香云嫂望着迷惘的田禾，心里"咯噔"一下，后悔不该告诉田禾这样一个残酷的实情。

那是金枝在一个悲凄的夜晚导演的一出让人啼笑皆非的悲剧——

那夜，瘦土不在家，金枝来到瘦土家说有事儿要跟惠春商量。虽然砸踝骨的事惠春曾对婶子耿耿于怀，天长日久惠春也就把那件事儿疏淡了，冤家宜解不宜结，何必跟婶子一般见识，而且自从惠春生下孩子后，婶子对她和缓多了，还隔三岔五地来瘦土家坐坐，找着话茬儿跟惠春套近乎。于是她拾掇完家务活儿就去了婶子家。这是几间坐东朝西的独门院落，金枝靠着门框坐着，惠春进院，金枝连忙起身迎出来，拉着惠春让进屋，反身走到门外，悄没声儿地把门闩了。她让惠春坐在她身边，问惠春这几年在小村过得好不好，习惯不习惯，那嘘寒问暖的样子让惠春心里热乎乎的。金枝斜睨着惠春诡谲地说："惠春哪，婶子对你好不好？"

惠春淡淡地说："好。"

"婶子也有对不住你的地方，你刚来那阵儿，"她佯作很愧疚的样子："唉，婶子不算人哩，不过婶子也是不想让你走。"

"都过去的事了。"惠春说。时间是块无情的磨刀石，它能把人的棱角磨钝，亦能把人的棱角磨锐利。几年光景，自己是融入小村呢还是和小村格格不入，连惠春自己也不知道。小村的人们过着日出而作、日落而息的生活，乡风淳朴，她甚至爱上了小村和这方瘦土。那么她是不是时间这块磨刀石上已经麻木的牺牲品呢？

金枝巴望着惠春："婶子有件事儿想求你。"

"婶子，你说吧。"

金枝瞥了一眼惠春，有点喜形于色："你答应了？那婶子就说，真不好意思开口呢！"她往惠春跟前凑了凑："婶子过门比你早，你婶子是个大笨蛋，对不住他们家祖宗哩！"金枝说这话时，全无羞愧之情，她的心是钢硬的，她心里装满了嫁鸡随鸡、嫁狗随狗的信条，她为嫁到小村，感到深深的自责和内疚，身上也就自然地背上沉重的十字架。女人嘛，就是一块未开垦的黑土地，一旦男人在这块土地上耕耘和播种，它就一定得长出庄稼来。而让她终日惴惴不安的是，男人在她的土地上撒了种子，长出的却是稗子。她嫁到刘家，是应该撑起刘家门面的，偏偏自己的肚子不争气，接连生的两个痴呆儿是万万装点不了门面的。而单纯善良的惠春哪里想到，她正一步步钻入金枝设计的"借腹生子"的圈套里。

惠春心里扑通扑通的。

"你说，你叔叔人好不好？"

"叔叔是个大好人！"

"就是，你看看，我一连跟他生了两个傻儿，他从没说过我一个'破'字哩！"金枝脸上飞起一抹愁云，一种潜在的悲凉在她脸上涌动着，"惠春哪，你年轻漂亮，心眼儿好，是咱村的一枝花，更是咱刘家的福气哩！咱家就指望你续烟火了，昨儿个你叔叔还夸你哩。唉！只可惜，好人不长寿。"那抹愁云在金枝面庞上越压越浓。

惠春一脸狐疑道："叔叔怎么啦？"

"他这几天肚子疼，今儿我陪他去医院，医生一检查说是癌症。现在床上躺着哩。"

惠春有点儿愕然，她不敢相信，前天见到叔叔时还好好的。再一想，农村穷，得了病没钱医，不少人死到临头还不知道哩。便连忙起身去看叔叔。婶子说要去茅房，惠春走进里屋时，里屋的灯突然熄灭了。

瘦土冈上的月亮那么美，那么圆，它舒缓温柔地爬上中天，小村沉浸在一片温馨的静谧里……

屋内，是无底的黑暗伴随着野蛮的撕拽。"你们两个丧尽天良的畜生——"惠春声嘶力竭地呼喊着，挣扎着。屋外，金枝的祈求声伴和着温柔的月光从窗棂爬进屋内："惠春，肥水不流外人田，你怀上你叔叔的，婶子这辈子就给你当牛做马了。""扑通"一声，金枝双膝跪在窗下，院子里月色宁静。月光照着金枝粗壮的身腰和肥大的屁股，信徒一般显得那么虔诚，那么乞怜。在她的眼里，这个作风浪荡的女人跟谁睡都是一样的，那苗条的身板，漂亮的脸蛋，聪慧的智商是生孩子的最佳选择。那是一方沃土，只要把种子撒上，准会长出茁壮的庄稼。潮湿的院墙根下，虫子"唧唧"地奏鸣着不谐调的音符，单调而乏味；远处，偶尔传来几声狗的残吠，阴森而可怖。这处不挨门户的院落就像一块遮丑布，没有人知道这块布后面深藏的秘密。

"畜生——"撕心裂肺的声音划破夜空，融入这静静的月色，又消逝得无影无踪。惠春已说不出话来，只觉黑暗里一个恶魔龇牙咧嘴在撕咬着她，血淋淋地把她撕咬得遍体鳞伤，然后再一点点地把她吞噬……她似乎已失去知觉，懵懂中只觉噩梦在咀嚼着她。那是人贩子把她卖给小村的第二年……

小生命在惠春痛苦的痉挛中呱呱坠地。像刚做完强体力劳动，一脸的汗，肚子里一片空落，伴随着微弱的呼吸，脸上浮现出初为人母的难以言说的愉悦。小生命胖乎乎的，两只眼睛透着可爱，虎虎有生气。惠春挣扎起虚弱的身体要看一眼小生命。凶神恶煞般的金枝睨视着她说："还忘不了他呀，有啥好看的，鼻子眼都在脸上哩！"她只觉天旋地转，晕眩过去。按惯例，女人坐月子要吃碗鸡蛋面，但没有人给她做。

小生命会走路了，村人在金枝家房后乘凉，村人夸孩子聪明好看惹人怜，金枝说："再好看还不是个野种……"惠春的心被深深地蜇痛了。

惠春苏醒后，脑子里一片空白，她甚至记不清刚才发生了什么事。这夜她不知道是怎样走回家的。她恨自己，恨自己的懦弱和无知，怎么不知道防备这个"人面兽心"的金枝呢？在这方瘦土上，在人们心目中她是个什么样的人呢？

愤怒和悲伤撕裂着田禾的心！这个兽性和人性杂糅的小村究竟还要导演多少人间悲剧！香云嫂看他忒伤心就劝慰道："还是让她走吧，惠春人太好，小村容不下她，她都过的啥日子？那天惠春跟我说了一夜，几乎哭了一夜。你知道惠春多爱你，她舍不下你和孩子，想带你一起走，又怕一块儿私奔了，小村人会……你一个男人家还要做人，她说她要挣钱，说你这辈子过得太苦。她怕走了之后，你一时想不开，就让我看好你，说你是个特重感情的人。我问她不带孩子吗？她说再带孩子走不是把瘦土害了吗？我就拿出这些年积攒的二百块钱送给惠春作盘缠……"

田禾无法接受这个现实。他常常徘徊于村边的山冈，望着缓缓流淌的温凉河水痴痴发呆。他对惠春的思念与日俱增：

　　总爱疯狂
　　总爱让眼睛直勾勾地遐想
　　思念漫游在风景里
　　那条被风招展的红裙裾
　　不见飘荡在绵延的山冈

漫游的月光

　　浅浅深深的小路上

　　想象被双肘支撑，定格成

　　思念的雕像

　　心就夜夜疯长

　　爱的馨香

　　人在黄昏里

　　离愁总漫过长夜的堤墙……

　　他一天天憔悴，一天天苍老……

　　冬天慢慢挨过来。他记得那年小村铺了厚厚一场雪，风停雪霁。残雪覆盖着瘦土冈，温凉河还没有解冻，小村笼罩在一片寒冷里。一觉醒来，瘦土赤脚丫子满村呼喊着惠春。他跑到婶子家，撕着金枝的衣领子哭闹："还我媳妇儿，还我媳妇儿。"金枝面色苍白，哆嗦着说："惠春跑啦？"瘦土瞪圆眼珠子："你诓……诓我。惠春说过不……不跑了。"婶子说："赶明儿婶子再给你娶个媳妇儿，比惠春更好看！"瘦土说："俺就要……要惠春！"

　　瘦土天天上金枝家让赔媳妇儿。两口子很害怕，远远地看见瘦土摇摇晃晃走来，避瘟疫一样赶忙把门锁了，瘦土掂起砖头就砸门，那紫红色大门被砸得破烂不堪。两口子再也经受不起瘦土黑天白日的折腾，绞尽脑汁也想不出对付瘦土的好计谋。于是，夫妻俩便在一天夜里来到瘦土冈上堆起一个坟茔，扎了纸人纸马摆放在坟茔边。那天，瘦土又来到婶子家哭闹，金枝拉过来瘦土哄着说："惠春已经喝农药自杀了。你去东山坳，一去两个月不归，家里都发生了啥事儿你也不知。婶子怕你想不开，没敢告诉你。"瘦土不走，他不相信惠春会自杀。金枝就领着瘦土来到瘦土冈，指着新起的坟茔说："这就是惠春的坟。"瘦土开初还半信半疑，经了金枝再三劝说，慢慢信以为真，便"哇"的一声趴在坟上号啕大哭起来。

已经解冻的潺潺的温凉河水声掩不去瘦土悲怆的呜咽。那夜瘦土冈回荡着"惠春——惠春——"凄惨的呼喊，那声音把瘦土冈都撕碎了。那夜，瘦土疯了。人怕犯咒神。不久，瘦土叔叔果真一命呜呼了，金枝带着两个痴呆儿子和惠春的孩子艰难地度日……

一阵汽车喇叭鸣，对面的大卡车呼啸而过。田禾眼前突然幻化出一幅异样的场景来。

那是惠春走后的第二年隆冬，惠春又回到了小村。她这次是回来带孩子的，她要让孩子进城接受更好的教育。那天，惠春坐在瘦土家的墙角边，她的身躯显得那样单薄、弱小。金枝呼唤一帮子妇女浩浩荡荡地挤了瘦土家满屋满院，污言秽语在朝惠春身上猛砸："……还有脸回来抢孩子？""孩子走了，瘦土咋办？""说得好听，让孩子在城里受教育，分明就是抢嘛，也不拿镜子照照，自己有多粗多长？"

整个小村愤怒了，他们不能眼睁睁地让这个女人把孩子带走。他们有的看着热闹，有人抄起棍棒。在这帮泼辣蛮横的女人面前，惠春显得那样无奈和无助，她让孩子进城上学有什么错？她是孩子的母亲哪，怎么叫抢呢？任凭她怎么解释，都无济于事，那帮女人都是帮金枝的。这就是千百年来遗留下来的封闭的盘根错节的家族势力。在内部，不管他们有多少言差语错和恩恩怨怨，当遇到外来的威胁时，就能迅速地捐弃前嫌，万众一心，一致对外，甚至不分青红皂白。眼前，惠春要抱走孩子，无异于站在了他们的对立面，成了外来的敌人。

连田禾自己都不能原谅自己的是，那天，当金枝张皇失措地递给他孩子时，他居然按照金枝的嘱托把惠春的孩子藏匿起来。有时他亦想，自己是不是太自私，太无情。在小村，在惠春这个弱者面前，正需要他伸出援助之手拉一把时，他却违心地选择助纣为虐，眼睁睁看着自己心爱的人就那样受辱,却没有站出来说一句公道话,是怕别人说你不干净吗?这不是在用刀子捅惠春的心吗?田禾呀田禾,你还是人吗?你是懦夫!他曾经问自己,惠春有什么错?难道就让孩子从小失去母爱,在这个贫穷、落后、愚昧的小村跟瘦土生活一辈子吗?天上飘起了雪花儿,田禾没有去送惠春。当那个无助的、柔弱的女子的身影,在小村人的唾骂声中渐渐消逝于弥漫的风雪中时,田禾真是悔恨交加……

小车驶进县城,拐过两条宽阔的街道朝宾馆疾驰。思绪把他带回到现实中来。在宾馆大楼边小车戛然停下。披肩发从车里走出来,摘下墨镜,朝田禾妩媚一笑径直走去。司机望一眼迷惑中的田禾说:"还没有认出来?"他脚踩离合器招呼道:"用车请叫我。"随手递给他一张名片,就把车开走了。

"啊,惠春!"田禾又惊又喜,在路灯映照下,看清了披肩发的走势,急忙朝她奔过去。惠春打开房门让田禾进屋,便一扭身双手搂着田禾的脖儿说:"一路上就没认出我来?"她含情地瞟着他,他搂着她的腰肢:"你干吗装怪象?我还真以为A城的朋友来了呢?""设个小小的骗局,给你一个惊喜。"她紧紧地贴着他。他掬着她的脸在她的额上送上一吻,惠春说:"田禾,我都走了十年了,村里样子一点儿都没变。"

他沉默着,叹道:"有啥办法?"须臾又问,"走了,为啥不给我写信?"

"怕分我的心。我心里装满了你。"

"想我不?"

"不想不回来哩。我的孩子好不?"

田禾心里震了一下。他呆若木鸡地站着,不知道怎样回答分别十年后突然出现在他面前的惠春,嘴唇翕动了一下却什么也没有说。

"你怎么啦?"惠春愕然不知所措,她抚摸着田禾冰冷的手,轻轻擦去挂在田禾眼角冰凉的泪珠,温柔地说:"是我伤害你了吗?"

"不……不!"他说,"既然回来了,干吗不进家?"

"这里不是更好吗？"她娇羞地瞥他一眼，田禾没弄懂她话里的含义，惠春便转口道，"小村人如果把我囚起来，我的公司怎么办？"

"公司？"田禾不解地望着她。

她叙述着他们分别后的酸甜苦辣和奋斗史："我到省城后，在爸爸单位的食堂里打工，一年后食堂倒闭，我就承包了食堂。我请了三位厨师把菜肴都变换了花样，研究不同地域人的口味，因为单位里的人来自好几个省份，这样很快扭亏为盈，食堂经营得风生水起。我立志活出个人样来，两年后就赚了四五十万元。后来我把食堂转让，经营起房地产……我很有钱，我的钱能买下多个小村……田禾望着眼前的惠春，突然感到很陌生，很遥远。他环顾室内，地上铺着红地毯，正中摆放着舒适的席梦思床，床头边两个景泰蓝花瓶分别插着牡丹和红玫瑰，茶几上摆满了高级水果和饮料，柔和的橘黄色壁灯使人感到一种温馨和神秘。整个房间舒适而不妖冶，华丽而不奢侈，清新而不媚俗。这个临时的"家"，一定是来自惠春的精心布置。他用异样的目光审视着惠春：宽肩细腰，乳峰高耸，搭配出优美线条；皮肤白皙，面若桃花，呈现着健康肤色。细眉下，两泓湛蓝的眸子秋波荡漾，顾盼含情；颈项上，金项链在灯光下熠熠生辉，雍容高雅；浑身上下，涌动着青春气息，楚楚动人。渐渐地惠春在他的心里神圣起来，他自惭形秽了。"十年光景你竟变成富婆了。"他嘿嘿地乐着，憨态可掬。惠春娇嗔道："春风大雅走瘦土，鲜花娇媚为君荣。你的富婆好吗？"惠春在他面前转了一圈，俨然是飘洒洒仙女下凡，意绵绵若梦若幻。把个田禾弄得一时春心荡漾。惠春向田禾说了这次回来的打算：她要在瘦土冈办厂。现在各地都在招商引资，她要率先拿出行动。她要让小村人先脱贫，还要把田禾送到大学去深造。

田禾微微地皱了下眉头。

"我要了结我的夙愿，破釜沉舟只当钱打水漂儿了。小村人愚昧，就是因为穷。"说罢，她紧紧地依偎着田禾，在田禾的唇上深情地吻着，好看的长睫毛轻轻地闭上了,"田禾,我们结婚吧,这些年奔波在生意场上,我太累了。十年了,我等待着这一天,我要跟你过平凡人的日子,给你生孩子……"她自言自语,声音很轻柔,眼睛充满了企盼和渴望。她解开田禾的衣扣,朝他宽厚的肩膀贪婪地抚摸着。"别……别……"他笨拙地推了她一下。惠春茫然地瞪大眼睛,脸上掠过一丝不易觉察的愠怒:"你不喜欢我了?"

"不……不!"他像在大人面前做错了事的孩子一样低下头去,"我……我……结婚了。"

"她是谁?"她面色苍白。

"香云嫂……"

惠春几乎要跳起来,她不相信这是事实,声嘶力竭地说:"你是我的,我爱你,我爱你,你知道吗?你跟香云嫂是凑合的,是吗?我知道你爱我。"她无法控制自己的失态。

田禾没有回答,心里酸酸的。他已经习惯了香云嫂,他熟悉香云嫂身上的每一个部位就像熟悉屋里的每一件家具。他记得他们结婚前香云嫂说的一句话:"我们一块儿过吧,为了我们的以后,惠春如果回来,我给她腾窝儿。"这话多么质朴,又像一块石头沉重地压着他的心。

他们默默地对视着,当目光碰到一起时,感情的潮水像决堤的闸门再也控制不住,他们紧紧地抱在一起。她抚摸着田禾脸上的胡碴儿,发现他脸上过早地爬上岁月的犁沟,不觉生出一些怜悯来。现在,她偎在这个男人宽大的胸怀里,被他紧紧地抱着,自怜她是那么弱小和可悲,她甚至被笼罩于绝望的阴影中,整个儿变成了一具躯壳,她两眼发黑,浑身瘫软,意志渐渐地开始崩溃……但惠春毕竟是生意场上闯荡过来的女人,她的潜意识里不知不觉给自己留了条退路,他们毕竟一别十年哪,况且田禾对她是有恩有爱的人,他的恩就是让她遇见了他,使她能够支撑下来,他的爱就是把她的心掳去了,使她找回了自己。爱又何必那样自私呢?

　　田禾心里很愧疚,他的骨子里早已融入小村。其实他是爱她的,嗟叹生活把他们捉弄得体无完肤。他想起他们浪漫而激越的过去,惠春是给过他幸福的女人,哪怕这种幸福在人生的长河中只是一朵美丽的涟漪,都足以让他感动一生。惠春十分想念孩子。她似乎是个多余的人,一个无家可归的人,她多想有个家!她应该再回小村看看孩子,必要时将他带走,想到这里,泪水就止不住流出来。田禾紧紧搂着她,抚弄着她的披肩秀发,吻她眼睛里滚动的泪水。这夜,田禾经不住诱惑,他跟惠春好了,但他没有找到过去的感觉。也觉得对不起惠春,他玷污了她。他跟惠春的距离太远了。天不亮时,他轻轻起床,深情地看一眼熟睡中的惠春,提笔写道:

惠春:

　　原谅我不辞而别。我真的无法面对你,向你倾诉衷肠,因为你太富有。蹉跎岁月蹉跎成尴尬的结局,都不是我们想要的。这究竟是什么原因呢?我相信它不是钱,是对土地深深的爱。我要重新唤回我自己,以告慰我们的爱和这方土地。我要走出小村,走向宽阔的舞台,开拓出属于我们的一方蓝天。

田禾即别

　　他把信压在梳妆台下,轻轻打开门朝汽车站走去。

　　他走上绵延贫瘠的山冈时,曙色从山冈那边渐渐漫出来。他望一眼山冈上早已荒芜的惠春的"坟茔",一只金丝雀在枝杈上跳来跳去,不停地鸣唱,听见响声,扑棱棱朝远方飞去。温凉河多情地、缓缓地流向远方……他感到一种解脱,一种释然。这又是一个乍暖还寒麦苗儿返青的早春,这是一方瘦土,瘦土上有躁动的足音,虽然它是那么微弱,它终归是希望之光!

　　田禾走到那个熟悉的院落时,不由得怔住了,昨晚颠簸他一路的那辆小车,龟甲一样在院里卧着呢!

　　惠春为小村建学校捐了两座教学楼的款。见到惠春,瘦土的疯病居然神奇般地好了。惠春知道她拯救不了这方瘦土,她的捐助是那么渺小、苍白和无力,但她愿意为这方土地出一把力,那是一方让人流泪的土地!惠春住了些日子,在田禾的劝说下把瘦土和孩子带走了。

　　那是个惠风和煦的春天!

1997年4月19日草于北京
2011年8月30日改于家乡

捉耗子

李厚超几乎绞尽脑汁,才选择了这么个行当儿:捉耗子。捉一只耗子一角钱。人们嫌他"狠",刀也太利了。他却不以为然,这是做生意,也是凭劳动吃饭,"兴"了。他就让人计算:"一只耗子一年能糟蹋多少粮食?"具体多少,他也说不准确,他只是让人计算。

"十斤。"

"十斤?一百斤!"

"一百斤也不止。"

人们争论起来。他立即反问:"一百斤粮食值多少钱?不算贴的本儿。"

人们张口结舌。

李厚超的话被人们接受了。"我要让咱龙洼村里没耗子!"他向人们立誓。脸上冷竣、古板、认真,李厚超从来不开玩笑。他也真下功夫,总要住进人家屋里去,三个夜晚过去,准捉半筐,有几十只耗子。于是,这一家屋内就安静了,可以大胆安然地放粮、放馍、放肉、放菜……再不受耗子闹腾之苦。

受益者开始给李厚超传名儿:"李厚超捉耗子有绝招!"

"什么绝招?"

"黑门儿！"夜里他在人家屋里兜圈子，手中敲着梆子，口中念念有词，像和尚念经。最先用他的是邻居尤二婶。那模样儿，逗弄得尤二婶捂着嘴巴乐。当第三天，从屋内捡出半筐死耗子时，尤二婶算是佩服得五体投地了。

"这个老光棍汉儿！"

"要是村东头茅庵里的刘玉青请他呢？"

"嘻嘻，李厚超是那种人吗？"

"也对，那家伙忒老实巴交。要不，早成对儿了……"

李厚超四十多岁，矮个，驼背，独住在龙洼村西头的两间瓦屋里。龙洼村是风水宝地。龙洼出来的人，膀大腰圆的后生，苗条水灵的靓丫，就连年逾古稀的老头儿、老婆婆也很少佝偻腰的。那儿，清清小河围着龙洼转半圈，土地肥沃，景色宜人，四季如春。土地一承包，更是锦上添花。不摸底细儿，总疑李厚超不是龙洼水土养润大的。他十几岁死了爹娘，靠着生产队接济照顾，勉强凑合上到中学毕业。辍学后，李厚超清寒得吃了上顿没下顿，二十大几的人了，连个提亲说媒的也没有。那些年，同龄人开始外出奔门路。他心羡眼热，跃跃欲试，也想"野一野"。于是，就去找本村在县上做事的刘玉玺，央他弄个身份证明，证明自己不是坏人。李厚超天不明就启程，走到县城刘玉玺家时已经半晌。找刘玉玺办事的人很多，全都是拿着大包小包的礼品。李厚超两手空空在那里干待了一阵儿，连气儿也没敢吭，就告辞回来了。他心灰意懒，但也明白了一个道理：干啥事儿都要扎本，舍得出血！但血从哪里来？他陷入了深深的沉思。

家没女人不算家，没有家的人终让人瞧不起。李厚超想女人了。三十五岁那年，他看上了茅庵里的寡妇刘玉青。刘玉青是刘玉玺的妹妹，三十八岁，眉清目秀。她三十岁上熬寡，不会生育，在婆家遭白眼，不顺心，便搬回龙洼居住。寡妇回门不吉利，娘家找风水先生看后，便遵从先生嘱咐，在村东头给她搭建个茅庵。李厚超豁出命来干哪干哪，力没少出，背也驼了，省吃俭用积攒下几个钱，他高兴得心要蹦出来。但李厚超永远也抹不掉那年夏天让人伤心的一幕……

天刚下过一场雨，雨过天晴，流水潺潺，河边的青草还挂着晶莹的水珠。"哼……啊……""哼……啊……"岸边，阵阵癞蛤蟆的叫声闹得正欢，洒一河悠婉缠绵的曲儿，使偏僻的乡村显得越发古朴、遥远而曼妙。

岸边柳下，站着几个看水的人。小河豁口处，一个人拿着筛子撅着屁股在闸鱼。他头戴一顶破草帽，那矮小的身躯，向前延伸的颈项，看上去俨若年逾半百的老翁。

柳下人看一眼潺潺流水，开始议论："这小子，哪里像龙洼出来的人！""你们看，这小河里为什么每年都生那么多癞蛤蟆呀？"

后一个说话的人，是刚回龙洼的刘玉玺。柳下人默契地笑起来，只是难驳刘玉玺的面子，才没敢说出下半韵的"想吃天鹅肉"来。李厚超心里像被人戳了一刀，抓起筛子愤然走了……

那时候，李厚超和刘玉青已经有过几次接触，彼此谈得还很投缘。后来，村上人传言，刘玉玺要给妹妹在县城找"商品"①，李厚超想寡妇的热乎劲儿才彻底凉下来。

政策一宽，国库的粮满了。粮食不值钱，龙洼人开始做生意：卖衣服的，卖瓜果的，跑运输的，开油坊的，磨豆腐的，五花八门，生意都让有些本钱的人做了。李厚超没有本钱，不敢往别处想。

粮食多了，耗子也多了。尤其土地分到一家一户、实行包产到户后，耗子像失去管控的洪水猛兽，疯狂地繁衍，趁着好年景，都想挣个盆满钵满。耗子遍地，李厚超心里暗自庆幸，他估摸着自己的财运到了！经过一段时间的暗中观察、琢磨，先在家里试捉几次，居然很成功，便走

---

① 即商品粮。那时吃商品粮的大多是让人羡慕的市民或吃公家饭的人。20世纪90年代，商品粮随着市场经济的大潮逐渐淡出人们的视野。

向村里，逢人便讲："我也做生意了。"人们睨视着他矮小不堪的背影，笑道："神经病！"可是，当他在尤二婶家捉出半筐死耗子时，人们大睁俩眼惊呆了。

龙洼人深受耗子之害，全拿它没有办法。它会沿铁丝、挺细的铁丝，上到房檐上咬死幼鸽。人们把铁丝通上电；但它照样来去自如，如入无人之境，技术比杂技演员走钢丝还娴熟。它在这个馍馍上咬两口，在那个馍馍上啃个洞儿，人们只好把馍馍放到光滑的铁桶里吊起来，但不久又眼睁睁看着它在桶上得意扬扬地展示姿容。张家包了一板饺子，半晌光景饺子便不翼而飞，李家小鸡被咬死一只，骂声"尖嘴子太可恶"，第二夜小鸡全被咬死……

耗子通灵性了。

人们用夹子夹，用鼠药药，用炒面拌水泥凝，用黑猫白猫逮……但总是收效甚微。而这时的耗子报复性更大，咬靴子，啃木箱，咀粮食，撕衣裳，轰隆隆在棚上跳舞，忽吱吱在地下打洞……无恶不作，罪不可赦，繁衍出一窝又一窝，生生不息，绵延不绝。人们着实被耗子折腾得苦不堪言。

龙洼人纷纷找上李厚超的门来取经。李厚超总是淡然而狡狯地笑笑，说："有人杀猪杀脖子，有人杀猪杀屁股，各人有各人的杀法儿。"人们悻悻地离去。细心人捡只死耗子偷偷拿到卫生院化验，也没有弄出个子丑寅卯来。管他呢！他李厚超只要能把我家耗子治断根，一只一元钱我也掏。接着张三家的来邀请，李四家的也排上号儿。当这几家每每拖出来半筐死耗子时，人们拍手称绝！

李厚超一时间成了人们眼中的"香饽饽"，名气传了四邻八乡，不久赚了一大笔钱，盖帽了龙洼生意人的码儿。龙洼的干部们张罗着定他个"捉耗子专业户"上报政府，鼓励他发家致富、再接再厉。李厚超心里窃喜，好家伙！一个"专业户"就发五百元奖金，这可是天文数字。李厚超亦确实像变了个人：一身崭新入时的衣裳，腰杆也直了，背也不驼了，脸也光溜了，房也翻新了。他进了趟县城，选了一套雅致、大方、带素花儿又脱俗的上海产的女性成衣，夜幕徐徐降临时，偷偷送到村东头的茅庵里。那个埋在心里很久的凤愿重新萌生了……这晚李厚超亢奋得一夜辗转难眠，因为刘玉青第一次让他摸了她，还对他百依百顺百媚生，相见恨晚诉衷肠。

刘玉玺现今在乡里当乡长，妻子和玉青在龙洼种了七亩责任田。打下的粮食没人晒，耗子在屋内起反了。况且龙洼很多人家请李厚超灭了鼠，尽管成果斐然，难免剩下一个半个漏网的。水里无鱼市上看。那漏网的耗子，好像害怕有朝一日再遭李厚超毒手，商量好似的往没灭鼠的人家集中，寻找安全的港湾。刘玉玺家平时就生活富足，又没有灭过鼠，所以更加鼠患成灾。听说李厚超捉耗子有绝招，刘玉玺也要破天荒地用一用，于是，他打发小孩叩响了李厚超的家门。

"好咧！"李厚超一听是刘玉玺请他捉耗子，扬手在空中"啪"地划了个响指，满脸的愉悦溢于言表，破例决定不收钱。他屁颠屁颠地走到灶边，生火炒了二斤香喷喷的炒面，又特意去菜园掐了两把耗子最喜欢吃的卷心菜，和炒面一道塞入怀中，天刚擦黑便来到刘家。

这是一座阔大的四合院落，李厚超坐在院中和刘玉玺聊天。天色已晚，家里人要歇息，李厚超交代说："把粮食、馍馍、青菜，所有耗子喜欢吃的东西存放好，盖严实。"

刘玉玺听人讲，李厚超捉耗子要念经，他是不相信念经能捉到耗子的。他掀开东间门帘来到妻子床前时，一只耗子从被角旯儿里钻出来，吱吱吱跳下床去逃走了。刘玉玺随手熄了灯。

李厚超在屋当间铺了个地铺。他拿着手电筒，从怀中掏出香喷喷的炒面和两把卷心菜，蹑手蹑脚地放到耗子常出没的地方。这时西间的灯也熄了，门帘响了一下，不过李厚超没有发觉。堂堂的刘玉玺也请他捉耗子，他感到兴奋并乐于伺候。他脱掉鞋子光着脚丫开始在屋内兜圈子，他轻轻地敲着梆子，嘴里小声嘟囔着什么，声音细微，让人听不清楚。再后来，声音大了点儿，隐隐约约传来——

  耗子耗子，你莫要怕，莫要慌，
  我对待你们，像对待小鸡一样，
  ……

  他侧耳听听那睡熟了的打着轻微鼾声的刘家人，禁不住想笑出声来："其实，我有什么绝招哇！只不过前两天我喂它们，让它们美美地饱餐，喂熟了再突然下药。嘻嘻……"他兜了一圈儿，累得气喘吁吁，浑身却感到轻松舒适，心里涌动着一种从未有过的愉悦和满足。他躺下来，心里说："捉一百只，我也不收一分钱！"不多一时，李厚超便呼呼地睡死了，嘴角上还挂着一丝浅浅的笑意。
  但是，刘家的耗子成群结队、目中无人、胆大包天、肆意妄为。第二天起床，李厚超的鼻头儿被耗子咬掉一块。那本来就丑陋的脸上，出现了"漏仓鼻"眼儿。同时，从刘家传出信儿：李厚超捉耗子的法儿，人人都会。
  ……
  以至多年后，李厚超和刘玉青夫妻仍极恩爱，羡煞众人。偶尔想起当年耗子咬鼻事，刘玉青微笑着说："老头子，我们该给耗子正名啦！"李厚超嗔怪着说："是啊，让它们替你背多年黑锅！"俩人情意缠绵，忆起当年疯狂，又拥抱着啃咬一阵子，贪婪着想把年轻时的激情重新拉回来似的！

1985年1月17日发表于《洛阳日报》

姐姐的婚事

她们在五光十色的大街上溜达着。人群熙攘的街道，斑驳陆离的景色，富丽堂皇的商场，使人眼花缭乱的霓虹灯……这一切都让她们有一种新鲜感。她们真想大声说：生活在那个偏僻的小乡村里，真是太窝囊了！

"姐姐，你要买什么呢？"她们来到百货大楼，妹妹问。

"啊！我什么都想买。"看得出，姐姐早已陶醉于琳琅满目的物品中了。

"姐姐，你瞧那件鸭绒袄，款式多新潮。腰间还有个翡翠紧身带扣儿，那是让身姿苗条，出线条儿的。"妹妹艳羡地说。

"嗯，是啊，什么都好，什么都不好。"姐姐蛮有心事地回答。

"多了，就挑花眼比不出好赖了，拿到咱们村上，就显示不出新颖来了。"

姐姐没有言语。

"姐姐，买件吧，穿上这袄，新郎见了一定会爱死你的！"

姐姐羞红了脸："死丫头，看你口中的野味！"

妹妹脸上浅浅的笑意收敛起来："姐姐不是买结婚礼品吗？我们来省城几天了，连件衣服还没买呢！"

姐姐仍然没有说话。

"要早知道这样，不跟你一块儿来了！"妹妹嗔怪地噘起嘴巴。

"好了，好了，我们走吧，再转一转，遇见好的一定买！"

她们到了另一柜台边。"姐姐，你看那对枕套。"妹妹说着，斜姐姐一眼，"不听你的了，同志！"她朝柜台里边喊道，"拿副枕套，绣鸳鸯的。"

姐姐猝不及防，妹妹已把枕套执于姐姐面前，随即付款。

姐姐抿嘴笑了一下："别慌，再拿一个。"

妹妹怔了一下，疑惑道："要挑一挑吗？"

"不，要仨。"

妹妹迷惑不解地望着姐姐。

"爹的。"姐姐说。

妹妹恍然大悟："还是姐姐想得周全，我怎么就没有想到哇！爹那个枕头啊，早该劈劈烧火了！那是个什么枕头哇，长方体的桐木疙瘩，真早该换换了。"

她们在街上逛了一天，除了那枕套，什么也没买。姐姐真怪，本来进省城是置办结婚礼品的。

"妹妹，我们来省城几天了？"晚上回到旅馆，姐姐问。

"三天了。"

"明天回去吧！"

"不再待两天吗？"

姐姐不言语，微微笑着："傻丫头，光记着玩！"

妹妹想起来了，九月初九是姐姐结婚的日子，今儿初五了。"不买衣裳了吗？"

"不买了。"

"嗯。"

"咱们……"姐姐突然红着脸说，"咱们每人烫个发回乡怎样？"

"太好啦！"妹妹大眼睛忽闪了两下，高兴得跳起来，"烫个什么发型呢？"

"波浪式。"姐姐胸有成竹地说。

怪不得姐姐这几天总在理发馆门前凝神！眼下城里女子都在烫发，很新潮的，而乡下姑娘还是俗里俗气地编辫子。

……

她们坐了一天一夜火车，又回到了那个小乡村，到家时正是黎明。那些扎羊角辫的小姑娘，编辫子的大姐姐，还有那些生过孩子按照乡规习俗剪掉辫子的小媳妇，挤破了她们的家门。

"烫一次发，管多少天？"

"俩仨月呢！"

"早晨起来，还梳头不梳头了？"

"想梳了梳，不想梳不梳。"

"嘻嘻，嘻嘻……"姑娘们羡慕得抿着嘴儿羞羞地乐，"看你俩上趟城都变成咱村的两朵花了！"那些嫂子也口无遮拦撒起野来："赶明儿到婆婆家回门时，新郎也要让迟几天回。"

……

姑娘们走了，热闹劲儿下去了。晚上，姐妹俩该休息了，从东间里传来爹妈的说话声："把你那木头疙瘩换了吧，这是闺女的心意。"

"枕惯了，一换，扭脖筋呢！"

一阵沉默。

"唉，把大妮子的婚事推到腊月初九吧！"老头儿沙哑着声音说，"我已经找人看过了，那也是个吉利日子……"

老婆子没言语，却心领神会。

西间，传出了抽抽嗒嗒的哭泣声。

1985年2月14日发表于《洛阳日报》

张玉兰

（一）

午饭后，永青村机务房内，机手们正在为培养一批新机手热烈讨论着。

"我带李大虎！"

"我要小石头！"

……

"那么，谁带刘小林呢？"组长何玉良微笑着突然问了一句。大家听了都不觉蹙紧了眉头。

有人说："这个人俺带不了。"

有人说："瞧瞧那样儿，就不是什么好鸟……"

……

这下子可难为住了何玉良。这时，随着一阵儿"噔噔"的脚步声，风风火火地闯进一个姑娘。议论声戛然而止，大家一个个抿嘴笑着，目光不约而同地落在来人身上。

她叫张玉兰，二十二三岁，高高的个子，黑里透红的脸庞，秀美炯然的双眼，要不是头戴的劳动布帽外伸出的两条短辫，没准儿得说她是位小伙子。玉兰小学毕业后由于家庭变故就参加了农业劳动，是生产队里的第一个拖拉机手，开车已经七年了。

一个矮个子女机手，马上凑到她身旁，佯作一本正经地压低声音说："玉兰姐，队里分来个徒弟，刚才大家都说让你带，你要不要？"

"要！"张玉兰不假思索地说，"这是俺早就盼望的事儿了。"

大家哄堂大笑起来。矮个女机手拍着手说："不许反悔哟！"

张玉兰被大家的笑声，弄得丈二和尚——摸不着头脑，连忙问道："是男是女？"她又瞥一眼旁边几个调皮的男机手，故意说，"男的俺可不要！"

大家又是一阵大笑。矮个女机手诡谲地朝她挤了挤眼睛说："是刘——小——林！"

"啊……"她一下子呆愣住了。她紧皱眉头，在屋里踱了两步，手便不由自主地朝头上挠去。

何玉良趁势催问道："怎么样？痛快点儿！"

"要！"她大手一扬，果断地说，"管他是男是女，一指厚的钢板，俺也要把它磨透！"

张玉兰话音未落，机务房里立时爆发出炒豆般的掌声。

何玉良心里的一块石头落了地。在大家眼里，刘小林是一块烫手的"山芋"。毕竟要改造好一个人的思想不是一两天的事情，况且人们对个别的下乡知青还存在着偏见。他满意地微笑着，又不免对玉兰担心起来，便走到她面前，恳切地嘱托道："注意勤汇报工作。不过有一条，不能使脾气哟！"他把"不能使脾气"几个字说得很重，几乎就是命令的口吻。

张玉兰不耐烦地凝视他一眼："你放心，俺这脾气再不改就……就……就……哎呀，怎么说呢，就不算人！"

一句话又惹得大家哄笑起来。

（二）

农机大院里，张玉兰正弯着腰检修机器。刘小林接到队里通知，摇晃着膀子慢慢悠悠地来到张玉兰跟前，油腔滑调地说："报告师傅，我到了。"

刘小林是刚下乡两个月的北京知青，二十郎当岁，单薄的身板，白净的脸庞，歪戴顶帽儿。

张玉兰从鼻子里"欸"了一声算是回答。紧过螺丝，抬头瞥一眼刘小林，发现他歪歪扭扭地戴顶帽子，帽檐遮掩着半只眼睛，就像电影里的坏人狗腿子，不觉有点儿好笑。她走到刘小林跟前，板着面孔，瞪他一眼，伸手使劲正了正他的帽子说："正派一点儿！"这才手一挥让刘小林上车。

眼下正是秋耕大忙季节，机务组的活儿越来越紧，队里八九台手扶拖拉机突击往地里运粪，一个人当几个人使用。

手扶拖拉机一溜烟地开到猪场猪圈粪堆旁。张玉兰跳下车，抄起铁锹，呼哧呼哧地装起粪来，刘小林也只得慢慢腾腾地拿起铁锹。一会儿工夫，他们已装了大半车，刘小林转脸看看旁边的几辆才刚开始装，心想，早着呢！就点上一支烟磨磨蹭蹭着抽起来。

张玉兰瞪了他一眼，又低头装起来。刘小林像压根儿没看见似的，一点儿反应都没有。当他一支烟抽完，扶着铁锹，眼睛仍然往另外几辆来回若无其事地扫视时，张玉兰实在忍无可忍，便火爆爆地说："愿干，好好干，不愿干，滚蛋！"刘小林尴尬地笑笑，酸溜溜地说："哟……哟……好厉害的丫头片子，吃枪药了怎么着？"张玉兰没有笑，又补了一句："干就像干，歇就像歇，哪有你这样的，挂着铁锹把子跟医生号脉似的，这是什么时候？"

刘小林也黑丧下脸来，强词夺理说："人家组长还没装满哩，组长头车嘛，后车晚一点儿也误不了事！""什么头车后车？滚蛋！"在机务组人们都是生龙活虎、争先恐后地干，哪个分过先后？刘小林的话让她窝了一肚子火。刘小林急红了眼，手指着张玉兰："你……你……你不算人！"呼地把铁锹往地上一扔，转身就走。张玉兰一下子怔住了，她想起曾向组长立的誓、赌的咒。"唉，真混！"她使劲捶了下额头，望着刘小林的背影喝道："回来！"刘小林头也没回。她追上刘小林一把拽住他："俺骂你了，向你赔不是。"刘小林想要挣脱她，她又说："俺求你，你不能走！"刘小林说："那得答应个条件，我要回大田组。""那得等把送粪这个活儿干完再说。"刘小林望着她恳切的脸，勉强答应了。

这一下午，他实在不愿意搭理她。粪拉到地里，卸下来，张玉兰停也不停，就坐上驾驶座，手拉离合器，"咣当"一声挂上挡，转脸看看刘小林，他总是磨蹭着，就只好等着他，直到他慢悠悠上车，她才松开离合器把车开走。

刘小林知道，她虽然不说话，但拉离合器挂挡就是在催促他。他看她不吭声，心想，到底是女孩子，没那么多曲曲弯弯，拿我没办法，心里的气便渐渐消失了。

谁晓得，歇晌之后，张玉兰就像完全变了个人似的。粪运送到地里，她连三赶四卸完，铁锹往车上一扔，大步跨上驾驶座，手拉离合，"咣当"挂上挡，"突突突"地启动了拖拉机，转脸看看刘小林说："比等太爷还难呢！"便松开离合器开走了。

刘小林正扶着后车帮，磕鞋子里的粪土，差点儿被拉个嘴啃泥，一只鞋子掉在车厢里。他光着一只脚，慌忙喊着："鞋，我的鞋，我的鞋！"顾不得刚穿的尼龙袜子，一只脚蹦跳着喊着朝车追去。他越喊，张玉兰越加油，等追到地头，已累得满身大汗。张玉兰停下车，瞧一眼刘小林充满愠色的脸，"咯咯咯"地笑个不停，直笑得两眼溢出了泪花花。笑罢，用审视的目光盯着他："什么时候能改掉你这磨磨蹭蹭的臭毛病？"

刘小林一屁股蹾在地上，扯掉套在脚上的袜子，嘴噘得老高赌起气来。张玉兰把车上的鞋子拿过来又"扑哧"一声笑起来："我非把你这磨磨蹭蹭的性子改过来不可，跟咱们生龙活虎的机务组合起拍来，你要有个思想准备！"

"我不干了！"刘小林一甩袖子走去。

"不干了？我还就差你一个人哪！"张玉兰凝视着刘小林的背影说。

（三）

深秋的早晨，有时冷得邪乎。

刘小林挨了组长何玉良的批评，经过一番耐心的思想工作，从机务房内走出来，迎面碰上张玉兰，心里不觉有些尴尬地打了个寒战。张玉兰却喜滋滋地问道："还干不干啦？"

刘小林爱搭不理地回答："暂时先干着。可俺佩服组长，不佩服你！"

张玉兰一听乐了。心想，你不走就好，俺是为早日实现农业机械化带徒弟，人们都是热火朝天地干，你真要离开，队长问起来，说连个徒弟都带不好，俺这脸可就真的没地方搁了。

张玉兰的车，历来是头班车，今天却破天荒地落在了后面。眼看着一辆辆小铁牛突突突地开出机务大院，偏偏她的车发动不着。她上上下下仔仔细细地检查一遍机器，没有发现什么故障，她知道是气温太低造成的，昨晚机务房里机车放不下，她的车放在外面了。她抹掉鼻尖上的汗珠儿，来到锅炉房，准备烧些热水发动机器。

这时，刘小林也急得团团转，手忙脚乱不知道如何是好。特别是机务组今天宣布开展劳动竞赛的决定后，大家都意气风发摩拳擦掌的，刘小林经过了组长耐心开导、鼓励打气，他的心里也激起了一层层波澜，不甘心落在别人后面。他重新拿起摇把，摇哇摇，摇得红脖子杠脸，满身大汗，还是无济于事。他停下抹一把额头上的汗，一眼扫见不远处的柴火垛，心里一亮，天助我也，于是，兴致勃勃地抱来一抱干柴，放到机器下面，掏出打火机"啪"地点燃。

张玉兰扭身瞧见机车旁升腾起乳白色的袅袅烟雾，顿时惊呆了。飞也似的跑到机器旁责怪道："你疯啦！烧机器是制度上不允许的。"

听到张玉兰的呵斥，刘小林知道又做错了事情，赶忙扑灭燃烧的火焰。不巧，一根柴火棍穿到输油管里，使劲一拉，输油管被拉掉了，柴油又流到还未熄灭的火炭上，火苗又"腾"地燃烧起来，机器也立刻着了起来。

刘小林手疾眼快，脱掉大衣，捂在燃烧的机器上，待张玉兰拿过一把扫帚跑到跟前，火已经扑灭了。俩人长舒了一口气，紧绷的心才松弛下来。

张玉兰把大衣从机器上拿下来，仔细一瞧，崭新的黑尼子大衣沾满了片片油污，还被烫了三个窟窿。她把大衣朝车上一扔，望着刘小林还没还原的苍白的脸，没有责怪他，却朝他温柔地笑笑。

刘小林下乡前，一直是在爸妈的保护下长大的，捧在手上怕掉了，含在嘴里怕化了，猛然下乡来，离开喧闹的都市，离开了温暖的家，每天繁重的体力劳动，仿佛受了莫大委屈似的。现在，在张玉兰温柔的目光下，他的心里感到一种无比轻松和温暖，孩子似的羞红着脸儿低下头去。

（四）

田野上到处是劳动的号子和歌声。

永青大队在榆树湾组织一部分劳力修水库。大田组的男女劳力在撒粪耕田，小铁牛"突突突"地冒出黑色烟雾飘散在蔚蓝色的天空上。远处，河湾树林里的鸟儿，亦仿佛被劳动的场景感染，鸣唱着优美的曲儿。

成群的喜鹊叽叽喳喳地在人们的身后飞来飞去，捡吃地里的虫子。是谁亮开粗犷的歌喉在唱《小寡妇上坟》的段子，逗得人们开怀大笑起来，这笑声传得很远很远。在农业集体化的道路上，到处是热烈的劳动场面，人们大干社会主义的积极性被充分激发出来。

　　机务组张玉兰和其他三辆铁牛被派往供销社拉化肥。他们路过大田组劳动的地方，不由得被大田组的劳动场面吸引，张玉兰手一挥，招呼大虎道："来，咱们也唱首歌好不好？"四辆手扶车的速度放慢下来。张玉兰亮开嗓子："青松岭！预备——开始！"

　　　　长鞭哎（那个）一甩吔，
　　　　叭叭地响哎，
　　　　哎咳呀，赶起（那个）大车出了庄哎哎咳哟，
　　　　劈开（那个）重重雾哇，
　　　　（女）那个重重雾哇，
　　　　（男）闯过那道道梁哎，
　　　　（女）那个道道梁，
　　　　（合）哎哎咳呀艾哎咳呀哎哎呀，
　　　　（女）要问大车哪里去吔？
　　　　（男）沿着社会主义大道，
　　　　（合）奔前方哎。
　　　　……

　　歌声激越嘹亮，群情振奋，惹得大田组的人们纷纷向他们招手致意。他们望着这帮生龙活虎的年轻人，无不洋溢着劳动的幸福和喜悦。那个唱《小寡妇上坟》段子的人自觉唱不出口了，也停下来凝目欢呼，再来一个！甜美的歌声、欢快的笑声洒向热气腾腾的田野，载满歌声的铁牛

"突突突"地朝温榆河方向开去了。

今天是刘小林驾驶机车。自从刘小林第一次学习驾车开始，他似乎对驾车到了痴迷的程度。有时，机务组还没有上班，刘小林一吃完饭就来到机务大院独自练车，这一点连张玉兰也感到意外。这个有点儿羸弱的知青，自从那次点火事件之后，他磨磨蹭蹭的毛病已经改变许多。刚才路过大田组时，刘小林也被那激昂的歌声感染，他想不到师傅有一副好嗓子，歌声甜美，激情澎湃。他不由自主地跟着张玉兰和大虎他们哼唱起来，虽然他对歌词还不太熟悉，但那朝气蓬勃的旋律足以让他热血沸腾。

天上星星点点地下起雨来。车驶入温榆河边的老陡坡。永青村离公社有十几里地，途中隔着温榆河，老陡坡是温榆河上一道险坡，路边是一丈多深的沟壑，沟壑里荆棘丛生，道路呈S形弯曲。坡陡路滑，车轮不听使唤，一个劲儿地朝沟壑边滑去。刘小林吓傻了，他的手似乎也不做主了。闪念中觉得完了，肯定车翻人残，他脸色苍白。说时迟，那时快，张玉兰"蹭"地跳下车，扯起刘小林胳膊，把他甩向路中央，又"嗖"地跳上驾驶座，手拉扶把来了个急转弯，车没有翻下沟壑去，张玉兰却被车的惯性弹出一丈多远，胳膊上擦伤两道血印子。刘小林惊魂未定，惭愧地倒吸了一口冷气，要不是张玉兰手疾眼快把他甩下车，准得连人带车翻入沟壑，想想都有点儿后怕。他连忙走到张玉兰跟前搀扶起她，颇不好意思地说："怎么样？"

张玉兰朝刘小林笑笑，拍打一下身上的泥土说："没事！"心里却禁不住"嗵嗵"跳个不停。

（五）

几天之后的一个夜晚，微风吹拂，月光如银，泻了一地。张玉兰拿着大衣走进知青宿舍大院,把刘小林喊了出来。

她把大衣使劲往刘小林怀里一扔:"给你!"刘小林抱过大衣,打了个趔趄,望着她那饱含情谊的眼睛,嘴张了张没说出话来。当他抖落开大衣,不觉愣着了:被火烧破的几处窟窿已经补上了对色补丁,针脚密密麻麻,线口结结实实,不仔细查看,还真的认不出来这是几块补丁。几处油污也不见了,刷洗得干干净净。他看着看着,不觉心旌荡漾,内心油然生出一种说不出的情愫来。刘小林徐徐抬起头来,火炭似的目光深情地望着张玉兰,压低声音夸奖道:"针线活儿真好!"

"好什么呀!深一脚浅一脚的。行啦!干农活土里去灰里扬的,用不着穿太好的衣裳,暖和实惠就成。"张玉兰说罢便转身大步离开,刘小林站在那里呆愣了半天。

……

夜已经很深了,知青宿舍的战友们早已进入香甜的梦乡,刘小林却躺在床上翻来覆去睡不着。他一合上酸涩酸涩的眼皮,一个两条短辫、容貌俊俏,身体健壮的姑娘便浮现于眼前——啊,师傅张玉兰!耳畔仿佛传来她那泼辣无拘的朗朗笑声,还有……那双脉脉含情的迷人双眼。他自我安慰着,嘴里像含了糖似的滋润着"嗵嗵"直跳的心。

他遐想着,一桩桩往事浮现于脑际。

的确,这些天张玉兰处处对刘小林体贴照顾。收工时,给机车打扫卫生,她自己干,让他早收工早休息;外出跑运输,搬货卸货,她常常让他少搬、别用力过猛。自从拖拉机险些失火之后,她不但没有责怪他,反而鼓励他。她手把手地教他驾驶拖拉机,并单独让他操作,锻炼他的胆量,坚定他的意志。下乡前他曾是个伸手不提四两重的人,在爸妈的呵护下、在温室里长大的同时,沾染上了不少不良习气,平时甚至还要些小脾气、小聪明,瞧不起他们。然而,自己正是缺乏劳动这门课,导致自己也缺少对他们的感情、与他们沟通思想和感知他们的善良。在这些质朴的农民面前，自己显得多么渺小和不堪一击。他们的淳朴，他们的无私，他们焕发出来的精神气质，他们为了别人而甘愿牺牲的崇高品行，让刘小林感到无地自容。自从下乡来到广阔天地，后来又到机务组，分到张玉兰的车上，开初的几天，因为遇到这么个"冤家"，他一度灰心丧气。这些天他逐渐改变了对她的看法，虽然表面上不近人情，却是个一心为了集体，心像火炭般热情的人。他感到广阔天地的旷达，感受到了她的亲切、温暖、泼辣、能干。她像一堵墙，冬天给人避风挡雨；她像一棵树，夏天给人遮荫送凉。

也许这种玩世不恭的、带点儿痞子气的性格使然，这个无拘无束的爽朗泼辣又毫无私心的姑娘，给他的心灵注入了一股清凉。这夜，刘小林失眠了。他猛地披衣下炕，走到外屋，拉开电灯趴在桌上写起信来。

玉兰：

　　我过去太对不起你了，你还会生我的气吗？这些天，你处处对我悉心照顾和无微不至的关怀，给我精神上的力量和思想上的帮助，使我冰冷的心里得到了慰藉和温暖，这种生活是我在城里怎么也体验不到的。这些天的劳动锻炼和在热气腾腾的田野上体验到的欢声笑语，在我一潭死水的心灵上激起片片涟漪，我甚至感觉到了，我已经爱上了农村。我喜欢你那泼辣果敢的性格，喜欢你那美丽迷人的眼睛，更喜欢你那颗无私奉献的心……我愿和你交个朋友，永远的朋友。

　　期待你的佳音！

你的朋友　小林

信写完，他如释重负，回炕躺下，很快便进入甜甜的梦乡。

(六)

张玉兰早已有了心上人,她的心上人是何玉良,刘小林碰了个软钉子。

当刘小林兴致勃勃地来到机务大院,把辗转难眠花去一夜心血写就的这封简短情书塞进了张玉兰的手中,他的心更加"嘣嘣嘣"跳个不停。张玉兰略带好奇又有带点儿不知所措,她快速地浏览完信的内容,脸上微微泛起红晕,眉头不易觉察地紧蹙了一下,把信塞回刘小林手中说:"好,友谊我收下,爱情退给你。"一瞬间,刘小林恨不得找个地缝钻进去。这个涉世未深、刚步入社会来到乡下的刘小林,对这种爱的拒绝,有点儿手忙脚乱和茫然无措。他呆若木鸡地站在那里,像打在地上的木桩,以至张玉兰把信塞入他手中,他才如梦初醒,做贼似的快速而机械地把信装入兜中。

张玉兰不忍伤他的心,大方而坦诚地给刘小林说明了缘由。当得知她的心上人是何玉良时,刘小林更是如五雷轰顶。何玉良是优秀的,想到这里,心中甚至连那点儿稍稍忌妒的情绪也无影无踪了。

他的心除了冰冷外,甚至增加了莫名的忧虑,像丢了魂似的。特别是张玉兰丢下他去找组长何玉良,他感到一种不祥的预感,这个心直口快毫无杂念的姑娘,会不会把这件事情捅给何玉良呢?那可把人推到无法相处的窘迫境地了。他垂下沉甸甸的脑袋,打定主意,准备向组长要求调到大田组,离开张玉兰方为上策。抑或是什么都不想了,让青春在广阔天地里发光发热。他的思想在极度矛盾中徘徊着。

何玉良早已来到机务大院的办公室。这位一心扑在工作上的北方汉子,心里装满了工作,装满了集体。自从和张玉兰确立恋爱关系后,觉得挺对不起玉兰的,因为很少顾及卿卿我我的儿女私情。在张玉兰和刘小林说话的当儿,他隔窗望去,已知道了个大概。

张玉兰风风火火地走进何玉良屋里,捶了一下何玉良结实的臂膀,笑嘻嘻地说:"我的大组长,俺向你汇报这些天的工作。"

何玉良抬头看了一眼张玉兰那火辣辣的眼神,不知是刚才还未消失的窘态抑或是埋在内心深处的爱恋,几乎要把他的心融化。

"我都知道了。"何玉良正了正身子,装出若无其事的样子说。

"知道什么?"

"你们刚才嘀咕的呗!"

"你这张该死的嘴!"张玉兰顺手拿过桌子上的一份杂志朝何玉良狠劲打去,何玉良一闪身躲开了。扮个鬼脸故意压低声音说:"我都听见了。"

"听见又怎么样?"张玉兰脸上微微泛起红晕,"哎,现在俺跟你说正经事儿。"

"知道你想说什么。"何玉良半真半假地说,"是不是要和他调开?"

"不,这个徒弟我带定了!"张玉兰止住笑,斩钉截铁地说。她那双明亮的眼睛,忽然变得深沉起来。

何玉良投她一瞥不解的眼神,想想这也符合玉兰风风火火的性格和她那宽广无私的胸怀,不禁暗自折服。便故意说道:"让人捉摸不透。"

"他是在进步!"

何玉良咧开嘴巴微笑道:"一言为定!"

"不怕别人把我抢走哇?"

"不怕!"

"真有你的!"何玉良挨了个窝心拳。随着"咯咯咯"银铃般的一串儿笑声,张玉兰像往常一样,迎着冉冉升起的朝阳,奔向自己的劳动岗位。

1978年10月作于通县小海子大队
1979年发表于北京《群众文化》1—2期(总41期)
1979年发表于柳州《百花》文艺2期

粉房里的"秘密"

（一）

秋天，永青生产队的红薯取得个特大丰收。粉房里的活儿越来越忙，粉匠马长法一个人拉不开"栓"，队委会决定把刘金贵调到粉房。刘金贵开初还有点儿犹豫，就去找老队长，半道儿被队委会会计张七拦住了。

刘金贵说："粉房是生产队重要岗位，他又是我表哥，一块儿搭班合适吗？"

张七说："那怕啥？咱身正不怕影子歪，队里相信你。"

"可……磨粉我不会。"

"没关系，可以学嘛，谁一生下来就会？"

几句话说得刘金贵再没有词儿了。刘金贵二十四五岁，中等个儿，长得又粗又壮，黝黑的脸上有一双笑眯眯的眼睛，外表给人的印象并不太精明，他上着蓝色粗布衫，下穿浅灰色劳动布裤子，看上去没一点儿显眼的装束。他告辞了张七，就迈着坚实的步子朝粉房走去。见到马长法腼腆地招呼道："表哥，我……来了。"

马长法有个绰号叫"蚂蚱醋"，新中国成立前，十二三岁就跟着父亲学开醋坊，论做生意赚钱是个行家里手。父亲死后，醋坊不开了。但每年闲月时，马长法还要做一些醋来担着挑子到邻近村庄卖，以便换俩零花钱补贴家用。他做的醋酸味够劲儿，往往很抢手。有一天，醋卖得快，过马河时顺手往剩下的半桶醋里舀了几提马河水。但天不作巧，给人打醋时，偏偏提出两只半死不活的蚂虾来，闹了马长法个大红脸，"蚂虾醋"的名号便在四邻八村传开了。由于坑了人，后来村上两个年轻人便把小醋坊当作"资本主义尾巴"割去了。

这一刻看见刘金贵，马长法直起腰杆不冷不热地答应着："好——快把被窝拿来吧。"其实，马长法的心里美滋滋的。当初队里决定粉房添人征求他意见时，他一下子就推荐了刘金贵。心想，一方面表弟勤快能吃苦，光每早晨挑二十几担水就减轻他不少负担。另一方面表弟为人憨实，跟自己又是亲戚，凡事忍让三分，脾性上一定合得来……如今队里果真采纳了他的意见，天遂人愿，想到这里，不觉暗自佩服老队长有眼力，知人善任。刘金贵走出粉房回家拿被窝，马长法凝视着表弟远去的背影，高兴得两眼眯成了一条缝儿。

（二）

三间粉房坐北朝南，紧挨村东打麦场边。东间盘座大粉磨，磨周围堆满了驴粪；西间放两张活动床，有些懒人借宿的邋遢；中间零乱地摆放着几个大、小粉缸，显得一片狼藉；屋内石灰粉刷的墙壁已经变成灰黑色，似乎很久没有清扫；空气中充满了浓重潮湿的混合了酸浆和驴粪的味儿。

刘金贵来粉房的最初几天，马长法确实很满意。刘金贵先把卫生打扫了一遍，把磨粉家什归置到合适位置，又把多天没打扫的驴粪向外挑走，屋里的气味顿时小了许多。第二天刘金贵鸡不叫就起床，等马长法上班，刘金贵已挑了二十几担水，把大、小水缸挑得溜满溜满地。马长法疼惜地说："歇歇吧，汗把布衫都塌透了！"刘金贵抹一把脸上的汗笑着说："不累。"便走到水池边拿上"丁"字拐杖"哐咚哐咚"地搓洗起红薯，红薯洗净后，又拿把菜刀，一提裤脚蹲下来去削一些红薯上的黑斑，一削一剜干得虽不太利索，却很认真。马长法一边剁红薯，一边把剁碎了的铲入筛过筛，以防块头不匀堵塞磨眼。俩人就像打铁的师徒，有拿小锤的，有抡大锤的，叮叮当当，噼里啪啦，配合得很默契。

眼下，磨粉的二缸太小，刘金贵提议把盛红薯的缸换下来，弄成两个二缸。另外队里还没开套磨豆腐，豆腐锅可以换下来盛红薯。马长法听了，摇着头说："队长已经答应给买个大二缸了，何必找麻烦？再说两个二缸用着也不习惯。"刘金贵坚持说："我看能用就行。集体是咱家，能省就省。"马长法眉头不易觉察地皱了一下，不再执拗："也行。让队里派个劳力把豆腐锅换下来吧，我们起五更打黄昏的，眼都熬红了。"刘金贵听后再没吭声。

按惯例，磨完三套粉后，第二天上午要休息一晌。刘金贵卸罢早套却没有回家。他担了几挑土和两挑水，撮来一箩筐麦糠，和了一堆碾草泥，又挑来几担土坯，自己动手垒起了一个座锅用的圆形灶台，把原来的豆腐锅架了起来。他整整忙了一个上午，午饭后，马长法上了班。他走进粉房一看，呵！满屋都变了模样：粉磨一旁放着一对小二缸，盛红薯的大锅支起有半人高，用碾草泥糊得平整秀气，平时他哪儿使哪儿扔的大箩、二箩、拧子、竹刷子之类，都一排溜儿挂到墙上，放置得井然有序，屋里屋外打扫得干干净净，给人一种洁静舒服的感觉。眼前情景，马长法脸上虽没挂上笑容，心里却十分满意。他禁不住夸赞道："垒得真好！派谁垒的？"

"没派人。"刘金贵淡然地说。

马长法不吭声了，心里却说，牺牲了一个上午哇！人是憨了点儿。

别看小伙子平素不大言语，敢情是哑巴吃饺子——心里有数！

（三）

俗话说："牛怕不同性，人怕不同心。"开初，马长法逢人就要夸奖刘金贵一番，那溢美之词仿佛就在嘴边。哪晓得，第四天的下午，俩人竟闹起了别扭来。

午饭后，张七夹个账本来粉房统计今年的红薯出粉率，要往大队报产量。

马长法嘴里"吧嗒吧嗒"地抽着旱烟，一缕缕的烟圈儿绕着磨道弥漫着。他一边往磨眼里添红薯，一边信口说道："今年红薯出粉率高，百斤红薯出二十九斤呢，你就按这个数量往上报吧！"

正在中间屋里过大箩的刘金贵插腔说："表哥，出不了二十九斤哩，前天那一套粉，三百斤红薯出粉是七十斤。"

"那不准确！"马长法心里瘾症了一下，头也没抬说，"今年磨锻得好，红薯块头大，加上我这多年的磨粉技术，出二十九斤绰绰有余呢。"

张七说："今年试验没有？"

马长法说："没有。可上个月老队长家的加了两套粉，我还没有太在意就出二十九斤了。"

马长法说这话时，心里不禁"扑通扑通"跳了几下，抬头瞥了一眼刘金贵，想说什么嘴又没有张开。

刘金贵低着头，把大箩过得"哐咚哐咚"响，浆水"哗哗啦啦"流。他不再和表哥争执，因为他对磨粉的路数是陌生的，具体出粉率他也没有试验过。张七把二十九斤的数记上账本便告辞了。刘金贵埋头干自己的活儿，一下午都没说一句话。马长法也没再跟刘金贵解释，心里泛出隐隐的不悦来。

（四）

　　一连几天，刘金贵起了几个大五更，浑身很困乏。这天，他吃罢晚饭就躺下睡了。也怪，躺在床上好像瞌睡又全被赶跑了，翻来覆去地睡不着。他思前想后，最后还是想着把出粉率的准确数字试验出来再报。实事求是，出多少就是多少，一斤也不少报，一斤也不多报，含含糊糊、不清不白就对不住集体，若是有假就是坑害国家……想到这里，他决定同表哥商量商量，称几秤红薯，做两次试验，看看百斤红薯到底出多少粉面。可是，真不凑巧，下午表哥跟队长请了假，第二天要带表嫂进城去看病。都快秋分了，会计忙着算账向上报产。事不宜迟，应该亲自做做试验。他一个鲤鱼打挺跳下床，点亮马灯，从门旮旯里拿过一杆秤，走到红薯堆旁，一箩筐一箩筐地称了二百斤红薯，倒入水池搓洗起来。

　　这几天，他潜心跟着表哥学习，磨粉的技术已摸索出点儿门道来。红薯洗净，剁碎筛完，一切安置停当，他出外看看天上的星星，时辰已是半夜。他实在困乏得支撑不住，走到床边，衣服也没脱裹着被子就躺下了，不多一会儿就进入香甜的梦乡。

　　第二天起床时，三星刚刚正南。他点上马灯，拉驴套套，今天，他决定不休息，除拿下表哥两个人的活路外，先把这二百斤红薯试验出来。他把昨天的粉扒出二缸，装入粉包挂起来淋水，然后过了大箩过二箩，他不觉得累，总觉着浑身有使不完的力气，心里美滋滋的。

　　深秋的天气，本来有浓重的凉意了，可他起床后，就一直穿了件背心和单裤。磨粉本是个力气活，他脸庞上、肩膀上渍出颗颗汗珠，晶莹剔透，在灯亮处闪着光，冒出来，落下地，落下地又冒出来。渴了，他舀一瓢二浆水痛饮一气，那味道酸不溜溜的，降温又解渴。

　　日上三竿，"哞哞"的牛叫声从远处传来，上工的铃声早已敲过。母亲等得不耐烦，只好把香喷喷、热乎乎的饭菜端到粉房。他吆喝着牲口站下歇歇脚，自己一屁股蹲在门边一个凳子上狼吞虎咽地吃起来。母亲怕他着凉，拿过床上的布衫披在他身上。吃过饭，他卷上一支旱纸烟，深深地连抽几口，烟雾从那粗黑的鼻孔里浓重地喷出来，感到格外过瘾，乏累也就随着袅袅烟雾一会儿便消逝得无影无踪了。

母亲走后，他接着干起来。当他卸了磨，过完箩，挖出粉渣，又把二百斤的试验粉面扒出二缸，装入粉兜淋水，以便早点儿凝固成形。这时日头已经正南了。

过午，日头毒辣辣地烙人。他便把试验粉面摘出粉兜，掰成无数小碎块，向保管员要了张竹席，把试验粉面晒出去。他等啊等，等待表哥马长法快回来，好把这次试验结果告诉他。日头快埋入远方地平线了，黄昏已经很浓，仍然不见表哥的影儿。粉面已经晒干，他收了粉面，便又准备起明天的活路来。

（五）

次日，马长法回来了，他顺便给队里粉房买回来两张新箩底，取巧儿让队里少扣半天工分。

刘金贵把昨天晒干的粉面过了秤，就兴致勃勃地跑去找表哥。见了马长法，喜滋滋地开口就说：“表哥，我试验出来了，二百斤红薯出粉四十九斤半，咱这粉出不到二十九斤。”

马长法眼皮一跳，心里颤了一下，稀疏的眉毛往上皱了皱，淡然地说：“你知道磨粉有多少路数不？要是都能出到二十九斤，还要粉匠干啥？你呀，墨水没少喝，磨粉嘛，还差点儿火候。单说这过了箩往缸内压清水，这水压不好，百斤红薯就少出七八斤粉呢！”马长法说得云遮雾罩，摆起资格来。

刘金贵满头雾水再不吭声。他呆若木鸡地站着，犹犹豫豫拿不定主意。他不敢完全相信马长法的话，也不敢完全相信自己的技术。毕竟他刚学不久，一切都是门外汉，什么也不懂。

马长法乜斜刘金贵一眼，心里有点儿扬扬自得，他高兴刘金贵被他这招数拿捏住了。他拍拍刘金贵宽厚的肩膀说："行啦，你先回去干活吧，我拾掇拾掇就去。我是你表哥，你表哥说话还会有假？队长还相信你表哥呢！"

刘金贵一听，不高兴地说："表哥这是哪里的话！我试验不都是为了不错报产量吗？"

回到粉房，马长法滔滔不绝地表白如何如何识货有眼力，千辛万苦跑了好几条街才给队里挑选两张结实耐用的好箩底，好像故意让刘金贵夸奖一番似的，马长法平素就有喜欢往脸上贴金的癖好，偏偏刘金贵压根儿没有心思听。他把嘴巴噘得能拴下头驴木讷地说："表哥，我看咱们把红薯过过秤再试验一次，这又不费多大事。昨天你不在家，我的技术又不过关。"

马长法听了，火气简直不打一处来。冲着刘金贵连珠炮儿似的嚷嚷："试验！试验！你这不是成心拆我台、跟我过不去吗？我已经给会计报过了，你再试验，你再重报，显摆着你高明怎么着？"

刘金贵缓了缓气，耐着性子说："表哥，你不是也喜欢看报学习，咱们应该对工作认真负责、一丝不苟。"

"好哇！你给表哥上起政治课了，你眼里还有没有你表哥？"马长法大动肝火，把手中拧子往盛满浆水的大箩里"扑通"一扔，浆水飞溅一墙。又解下腰中围裙，往地上狠劲一摔，说："有能耐你自己干，我下大田干活去，照样拿工分。丢下书本才几天，处处跟表哥使绊子，真是公鸡下蛋——少见！"说罢一甩袖子走出了粉房。

刘金贵看着马长法摔摔打打的凶煞样子，窘得茫然无措，那干涩红肿的眼里噙满委屈的泪花。要搁旁人，也许真要大闹一场。但这是他表哥。张七不是跟他说过,身正不怕影子歪吗?也许自己太嫩绰,没有耐心,方法不对头,惹怒表哥生那么大的气。如果表哥真的下田干活了,老队长问起原因来,说是刘金贵把他气跑了,那他刘金贵以后还能在队里做人吗?想到这里,他铁青着脸咬着嘴唇,带着满肚子委屈,弯腰捡起摔在地上的围裙,拍打掉上面的尘土束在腰里。然后上到马长法刚才站的位置上,拿着拧子"哐咚,哐咚"地干将起来。这响,郁闷加劳累,连吆喝牲口的气力都没有了。

他干完粉房里的活儿,日头还有一竹竿高。卸了磨,拉着驴在地上打了几个滚,便朝马长法家里走去。他要拉下脸跟马长法去解和。屈人膝下,又不是偷抢,有啥丢人不丢人?委曲求全吧,他是这样想的。

(六)

细微的东北风,轻柔地刮着,吹得道路两旁的白杨树叶子"哗啦啦"地响。刚才的累乏和委屈,随着秋风舒缓的抚摩,霎时间全跑了似的轻松了许多。刘金贵便急匆匆加快步伐,到了表哥家院墙外面时,表哥和表嫂金花正在说话,话语伴随着东北风吹进他的耳朵,他不由得缓下脚步来。

原来,马长法离开粉房后并没有下田干活,而是回到家里躺到床上睡觉了。金花从田里干活回来,见到马长法悠闲自得的样子,问道:"粉房没活儿了?"马长法下床来像说悄悄话儿似的把晌里发生的一切一股脑儿地告诉了金花。金花听罢,迷惑不解地直皱眉头。

永青村生产队有这么个规矩:每年红薯季磨粉,队里把磨的粉面分到一家一户,等算账分红时,再把粉面折成红薯数扣掉。这时,马长法正在往灶房抱柴火,金花坐在院子里解开衣襟奶孩子。俩人就谈论起磨粉的事儿来。

"这就是你的不是了。办事凭公道,不能亏国家,也不能亏社员。"金花说。

"怎么亏社员?"马长法问。

"怎么亏?百斤红薯能不能出二十九斤粉?你得赶快纠正,张七不懂磨粉的路数,你信口开河一句话,他就当真的。"

马长法放下柴火,装上一锅烟,蹲下,一个劲儿猛抽,佯装没听见。

金花急了,顺手从地上捡个柴火棍朝马长法掷去:"你说话呀,你就恁聪明?你是怎么算的?"

柴火棍不偏不斜,正巧落在马长法头上。他挠挠头皮嬉皮笑脸地说:"正好这个地方痒痒的,砸得怪舒服哩!"

逗得金花"扑哧"笑起来:"不要脸。快算给俺听。"

马长法磕去烟灰,故意拿个稳当架势。金花翻他一眼,又捡柴火棍掷去。

马长法一躲闪,柴火棍落在地上。他心里这个谱谱儿早发痒痒了。他掰着指头算道:"你合计合计,咱们磨粉实际上百斤红薯只能出二十五斤粉,我给报二十九斤,这只能让社员占光。人家大队是按粉面计算红薯产量的,假如我报百斤红薯磨二十斤粉,二十斤粉面就得算一百斤红薯的口粮,报二十九斤,二十九斤粉面也算一百斤红薯的口粮,哪沾光?谁多吃点儿粉面少出点儿口粮?"马长法脸上浮现出扬扬得意的神情来。

金花听罢,沉下脸说:"你这是找着往钉子上碰。老队长摸了底细,不克你吗?"

"克我?"马长法毫无担忧地微笑道:"上个月他家加了两套粉,三百斤红薯,我给他出了八十九斤粉。"

"哦,快出三十斤了。怎么磨的?"

"掺有粮食呗!"马长法越说越来了兴致,"人家掺有三升绿豆。只要百斤红薯掺一升绿豆,这百斤红薯起码多出五斤粉。"

"他怎么舍得掺绿豆？"

"我单让他家那口子掺的呗！"马长法凑近金花身旁诡秘地说，"只要你不跑嘴，我粉匠嘴壳子硬一点儿，他就克不住我。"

"啊——"金花惊愕得目瞪口呆，半天问道，"那表弟呢？平白无故地跟人家闹翻脸？"

"小伙子挺好的，我会生他气吗？我就是想给他个下马威……"

院墙外面的刘金贵再也听不下去了，眉头青筋直暴，气不打一处来。他真想走进院里把表哥的这桩底细戳穿，他又想告诉老队长去，但他皱了皱眉头，刚挪动的双脚又退了回来，然后疾步朝家走去。他扑通倒在母亲床上，双手抱头，独自生起闷气来。

母亲问道："不舒坦了吗？"

他理也不理，母亲又急又气。

僵持了一袋烟儿的工夫，他忽地跳下床，拿来柳条筐子，掀开粮缸盖子，量过二升绿豆倒入筐，扤起来直朝粉房走去。

（七）

次日清晨，东方刚刚泛出鱼肚白，马长法便起床来到粉房。其实他并不想离开粉房，只是想拿捏表弟一手，也好让他以后凡事悠着点儿。

刘金贵正在灯光下往剁碎的红薯里掺泡发好的绿豆。直到马长法走到身边，他也没有察觉。刘金贵的举动，让马长法感到诧异，便微笑着说："呵！保管怎么让掺起绿豆来了？"

刘金贵这才停下手中活计，扭头看他一眼，平淡又有点儿辛辣地说："这不都是你教的吗？百斤红薯掺一升绿豆可以多出五斤粉。"

马长法脸像被人当众掴了一巴掌，"唰"地红了。冷不防这个平素里不爱说笑、少言寡语的表弟，关键时候说出话来有骨头有肉。他的"技术秘密"被戳破了。他一个劲儿地抓挠着头皮,极不自然地笑笑,企图打破难堪的僵局,便自我解嘲地、一板一眼地说:"实话对你说吧,俺是一心想让大家多吃一点儿,这也不算啥错误!"

"不算啥错误?不说老实话,私分瞒产,欺上瞒下,坑害国家,这错误还小?"刘金贵紧绷着脸,不依不饶,威严的目光凝聚在马长法的脸上,使马长法感到几分恐惧和不安。他从没有见到过表弟这般严峻的目光,也是第一次领教了这位老实巴交的年轻人的厉害,后生可畏呀!

"那你说吧,这出粉数该怎样报?"

"怎样报?实事求是,出多少就报多少。"刘金贵说罢,善意地看表哥一眼,"这里——"他指了指自己的脑袋(那里就是思想啊!)特别加了一句,"要吸取蚂虾醋的教训!"

马长法咬着牙朝刘金贵肩膀拍了一巴掌说:"哪壶不开提哪壶!"

1978年发表于北京《群众文化》第7期(总第34期)

钟声远去

我忘不掉那钟声,那伴随着一代人苦难历程的远去的钟声……

村子叫崈村。崈字,当地人叫"侉"的,字典上没有这个音。前辈人讲,明末清初,山东人逃荒到此地,兴村立业,因口音不同,当地人叫他们"山东侉子"。侉含贬义,侉子们就把山东二字合到一起,当时识字人少,都不知道此字怎么叫,就叫山东村,当地人嫌绕嘴,陋习不改,就仍称崈为侉。名字就沿袭下来。这地方土不养人,人又不养土,连年灾荒,土匪出没。后来侉子们大迁徙,崈村就留给了当地人。村子不大,百十来户人家,刘姓居多。我和父亲就在村子里生息。

父亲很勤劳,他每天背上镢头下地垦荒。我就跟随父亲到地里去玩,和我同去的还有二娘家的白娥。白娥比我小一岁,长得白生生,娇嫩嫩,扎两条冲天的羊角小辫。她是二娘的外孙女,二娘嫁到崈村没再生养,二伯仙逝,二娘嫌孤单,就接白娥过来同住。豫西南的早春,乍暖还寒,路埂上长满了酸咂吧草,意思是酸,酸得人直咂吧嘴儿。草儿不大,溜地而长,呈三片小圆叶状。我和白娥一边玩耍,一边掐酸咂吧草嚼着吃,那味儿酸中带苦、苦中含甜,特好吃。父亲刨地,每每刨出大草花儿——草花儿肥嘟嘟、亮晶晶,指头般粗细,是吃草根儿长大的。父亲一晌能刨出五六个大草花儿,我把它一个个装入兜,拿回家在火上烧。草花儿就"刺啦"一下变得硬梆梆的，紫红紫红的，一肚儿油。一个大草花，一掐两节，分给白娥一节，我吃一节，味道香喷喷的，真解馋。

父亲最要好的是村上的二娘。

父亲一辈子正直，他的正直几乎过于残酷，一直吃大锅饭那阵子，人人都是贼，独父亲不偷，我们家不出一年饿死三口人，那年月紫村绝了十几户人家。村上的树皮都被剥光了，地里没有了野草野菜。妹妹、妈妈、奶奶都相继饿死。那天黄昏，雨淅淅沥沥地下着，我听说白娥饿死了，就跑过去看，白娥噙着二娘干瘪的奶子，牙齿死死地咬着，二娘就那样搂着她，久久不忍心放下，以致白娥整个儿快要僵硬了，小嘴掰也掰不开，二娘没掉一滴眼泪，拿捆谷草就把白娥裹了，抱着往外走。父亲追到春寒料峭的山冈，一把从二娘怀里夺过白娥，说："别急着扔，先在家里放几天，好歹还能每天领到一个黑窝窝头，顾顾活人哩。"

二娘哭丧着脸怯怯地说："已经死了，敢吗？"

"人家都这样做了，还不是为了活命？"

父亲把白娥抱回家，解去谷草，摸摸身子还软和，就小心翼翼地把白娥放进被窝。他又仔仔细细地用刷子扫早已弃用的面缸，居然扫出一手窝面来，做了白面糊糊，一口一口地喂白娥，白娥居然神奇般地张开了小嘴。

白娥活了，我说不上有多高兴。二娘欢喜得抱着白娥只是哭。

第二天，少气无力的食堂钟声响了，父亲、二娘去领饭，食堂炊事员说：老锅反映，昨天听见你家有哭声，说你家死口人，瞒着不报。说父亲包庇。饭没领到，还扣掉二娘、父亲我们两家一天口粮。我饿得哭不出声来，父亲欲哭无泪，站在门外破口大骂。

那一天，我们吃的是父亲捡的干大雁屎。

父亲常常带我到二娘家串门儿，二娘就谑称我"尾巴"。走进篱笆院，我故意跟父亲拉开距离，躲进灯影里，二娘就问父亲："你的'尾巴'呢？"

我突然跑进屋里说:"我在这里呢!""我还以为你爹的'尾巴'掉了呢。"二娘盘脚坐在屋里纺线线,就盼着父亲去串门。二娘跟我们好,平时做好吃的,摊个煎饼什么的,每每在锅里放着,等我一去就给我拿出来。"吃吧,还热着呢!"父亲最拿手的绝活是炒红薯丝,那时乡下穷,红薯就是一切,红薯馍、红薯粥、红薯面条、红薯菜。父亲炒的红薯丝脆生生,酸溜溜,开胃下饭。每次炒红薯丝,父亲总要多炒一些,让我给二娘端去。二娘一边纺线一边就和父亲侃上了。她说,很久以前,一个员外不喜欢媳妇,夜里媳妇纺线,鬼就坐在她身边。她纺一尺,鬼就"吱"一声把线钩断,再纺一尺,"吱"一声又钩断了,媳妇生气,不纺了,拿麻绳去上吊。麻绳搭梁上,试试凳子低,绳套不上脖子,那凳子就"蹭"一下升到空中,看看身旁没有人,媳妇说:"我死也得死个干净,烧盆水洗洗脚。"于是就烧了一盆滚烫的水放在凳子上,脱去鞋袜,佯装洗脚,她猛端盆子朝凳子泼去。只听得那鬼"嗷"一声夺门而出。我听得有趣儿,就坐在二娘的纺车边,她纺一尺,我用手"吱"一声把线钩断。二娘微微笑着,佯装生气,骂道:"日你叔——那个脚。"

二娘年轻时是个大美人,听大人们说,她柳眉蜂腰,面若桃花,两靥漾情。老公跟她干那事,就先夸"我的美人儿",然后就抱着她满脸儿地亲。老公干不够,她就劝老公:"留得青山在,频了伤神儿。""留得青山在"被听房人掳走,"一呼啦"传遍崇村。但父亲不喊,他觉得喊一声"青山在"让二娘红脸儿。民国三十一年,崇村闹土匪,烧杀抢掳什么都做。崇村人逃到下宋寨。那里寨墙围着,寨子里有十几条枪,几门土炮。土匪血洗下宋寨那年真叫寒心,整整打了三天三夜,满寨壑沟血流成河,横尸遍野,正三伏天,苍蝇嗡嗡,恶臭冲天。打下寨子,一个土匪头儿,他们管叫连长的,要找个美人儿压惊,便从人群里拉出两个漂亮妞儿。两个妞儿中,其中一个就是二娘。匪连长先问一个水灵灵的妞儿,愿不愿意跟他走,那妞儿一脸怒容,坚决不从。匪连长举刀,"唰"地朝姑娘劈下去，血淋淋的头"咕咚"滚到二娘脚下，两条辫子甩在二娘腿上。匪连长又转向二娘，二娘浑身哆嗦着说"跟"。就这样匪连长把二娘带走了。那年二娘十八岁，还没过门儿。

原来那匪连长手下只十几个弟兄，他们带走二娘，让二娘陪他们睡觉。二娘死活不从，他们就打，打得身上青一块紫一块，打毕就扒下衣裳。匪连长先来，二娘被轮奸了，他们不让她走，每天派个土匪看管着，让她给他们做饭吃。二娘就想着跑，但几次都被人捉回来毒打一顿。二娘想：要走就不能玩硬的。

土匪们见二娘跟他们一心，就不再看管她。一天夜里土匪们睡熟后，二娘就逃出了山，不久二娘生下一女，就是白娥的妈妈。孩子生下后，二娘捎信问二伯，还要不要她，二伯传信说要。家里就择个吉日，二娘就嫁给了二伯。二伯和二娘开油坊，日子还红火，二伯积劳成疾，没有"留得青山在"，没几年工夫就死了。

父亲肚里有好多"瞎话"，天长日久，瞎话讲完，二娘说讲那过去讲过的。父亲说都听过了。二娘说，讲吧，听过了也听。父亲说，讲个酸的吧。二娘说，酸的过瘾。父亲说酸得很。二娘说酸得很也听。父亲说讲个温壶煮鸡蛋吧。二娘就哧哧地笑……

"文化大革命"那年，我十岁。崇村也闹得轰轰烈烈。当时我不理解，后来慢慢大了，才知道那是一场你死我活的斗争，崇村人不是东风压倒西风，就是西风压倒东风，因为我们家族住村东，老锅家族住村西。再后来我才知道那叫闹派性。

那天日头刚刚爬上东山顶，听大人们说郑金天被捆绑了，他半夜里搞老锅的儿媳妇。我就跑去看热闹。郑金天是二娘的侄子，他父亲跟二娘家的二伯是一母所生。他膀大腰圆，一身腱子肉，天不作美，赐他生满头秃子，快三十岁了，还没有讨上老婆。那秃子后来好了，就留下满头的疖子，太阳一晒，明晃晃的，我们就叫他电灯。他为人不错，又是贫农，村上人就选他当生产队长。我们小孩子家就编顺口溜作贱他：

要想吃得饱，就说金（今）天好，病了不上工，就得找电灯。

郑金天被五花大绑地吊在老锅家的木梁上。老锅手抄一根木棍，在旁边逼着郑金天交代。郑金天脸黑丧着一声不吭，眼睛里透出一种不屈的光，又俨若丧家之犬。

老锅是崇村人送给刘大山的绰号。因后脊罗锅，人们就喊罗锅，沿袭久来，脸上又来了皱纹，省去罗，干脆喊成了老锅。他长得并不魁梧，尖头尖脑的，尤其是那皱巴巴的三角眼，平素里老带血丝儿，像压根儿没有睡够过似的。人说吃喝嫖赌坑蒙拐骗他给占全了。郑金天事件是他一手导演的。他要占生产队的耕地建房，让郑金天给他派劳力，郑金天没答应，老锅吃味儿，就操心整治一下郑金天。老锅儿子在队上是民兵排长，民兵排长对郑金天说："明天我进趟县城怕起不早，你打钟时顺便喊我一声。"

次日天不亮，郑金天早早起床来到大槐树下打过上工的钟，就朝老锅家走去。

老锅早已起床，听到钟声，支走儿子，就摸黑来到儿媳卧房。那女人先以为是自己丈夫，渐渐觉得大腿里黏湿湿一片，睁眼瞧时发现不是她熟悉的身影，便大喊一声："谁？"这时郑金天正推开虚掩的门。

"有贼呀！"老锅溜到院里一声号叫，等在院外的老锅儿子手持棍棒走进屋，见媳妇披着衣服，抹着眼泪儿，就气不打一处起，飞起一棍，把郑金天打翻在地。

天正午时，郑金天被大队治保主任解下来。治保主任把那媳妇喊屋问究竟。那媳妇哭着说上床的那人有头发。真是秃有秃的好处，要不然谁给郑金天洗罪？

然而事情远没有那么简单，仅凭女人那一摸就摸出了郑金天的清白，太便宜，他老锅是干啥的，你郑金天不是跟我拉两套马车吗？他让儿媳妇回娘家，封了她的嘴，第二天他组织家族中十几个汉子，手持棍棒耀武扬威地开进郑金天家。二娘怕郑金天有个什么闪失，赶忙去找父亲。父亲和我们家族中的大哥、二哥就一呼啦来到郑金天家，把房子围了个水泄不通，另有两个汉子护着郑金天。老锅那帮人闯到郑金天家，两个女人凶神恶煞般挤进屋朝郑金天就是两个耳光，其他人硬冲时被我们挡了回去。老锅那帮子人不敢硬拼，在郑金天院里骂了一阵就走了。

又过了几天，郑金天竟鬼使神差地给老锅批了耕地建房，事情也便不了了之。郑金天跟老锅好得跟亲兄弟一般。父亲说郑金天没良心，不是我们，他早成肉酱了。

"文化大革命"越来越"深入人心"，"文化大革命"也被坏人利用了。大哥被民兵排长打成叛徒。那时叫"武装拿总"，民兵排长比生产队长的权力还大。每逢批斗大哥，老锅走到会场骑在大哥身上按住大哥的头在地上磕，磕出血疱之后，再揪着耳朵啐上口黏痰。这时郑金天就喊口号："打倒×××！""×××不投降，就叫他灭亡！""坦白从宽，抗拒从严！"有天夜里，天黑得伸手不见五指，大队通知开批斗大哥的大会，彻底清算叛徒的罪行。民兵排长组织了十几个青壮劳力，每人发一根拳头粗的木棍。会议刚开始，老锅按住大哥的头，恶狠狠骂道："低头！"老锅手一松，大哥又昂起头。会场躁动起来。郑金天把老锅推一边骂道："这家伙不老实，我料理他！"说罢朝大哥脸上"啪啪"扇了两个耳光。"饿着风尿尿，看浇谁一裤裆？给我奔拉下去！"大哥眼冒金星把头低下去。郑金天脸黑丧着，会场鸦雀无声，郑金天环视会场周围，指着两个带枪的民兵道："把他拉下去，学毛主席语录。"两个民兵都是我们家族的，就把大哥带出了会场。郑金天插空讲生产，因为三夏大忙了。过了一个时辰，有个民兵慌慌张张报信说："叛徒跑了。"郑金天惊讶道："跑了？天下是我们的天下，我们是天罗地网。找！往哪个方向跑了？""往东跑了。""敌人惯于声东击西，兵分两路，东西同时找，麻棵里、庄稼地里、井里坑里、沟沟壕壕都不要放过。"拿木棍的人蠢蠢欲动，会场骚乱起来。郑金天布置完，趁乱的当儿走到父亲眼前，往父亲手上塞了一下又使劲推父亲一把。父亲拉着我离开会场。回到家，大哥在我家坐着呢。父亲一句话也没说，把郑金天给的东西给大哥，大哥展开一看是十元钱，他把十元钱装入兜。父亲锁上门就上会场去了。后半夜时大哥走了。

　　我躺在床上再没有睡意，就问父亲："大哥真的是叛徒吗？"父亲嘱咐我："小孩子家可别乱说。刚解放那阵儿，老锅会骂人，泼皮胆大，当时地方政权还不稳固，为了稳住阵脚，农村用些泼皮胆大的人，上级指派他当了乡长，你大哥是会计。有一年秋天，村上来了一个贩烟土的女人，女人粉面柳腰妖里妖气，老锅见女人眼开，把女人弄到家里整天跟女人睡觉抽大烟。那些天老锅说要办公事，让老婆回娘家回避。老婆在娘家住着，不知道怎么听到风声，回来跟老锅闹。老锅'嗖'地从腰里抽出盒子枪，老婆吓得就跑，他掂着盒子枪在后边撵，撵到赶集路上，朝老婆身后'砰砰'就是两枪。'我的妈呀，真打！'老婆吓得尿了一裤裆。就再也不敢回来了。后来女人带的烟土抽完了，女人向他要钱，他就找你大哥，你大哥不给，他就把女人撵走了。女人走时下着雨，鞋也没穿，哭着走的。'文化大革命'了，老锅说当年那个女人是共产党，说你大哥跟共产党不一心，叛变革命。你说说哪有共产党抽大烟的？"

　　二娘手儿灵巧，纺的线细如丝，织的布有很多美丽的图案，什么天女散花、二龙戏珠，孔雀开屏，丰收乐呀，个个巧夺天工。为了生计织下的布就偷暇去卖，每每都很抢手。生产队分的棉花有限，自己的棉花纺完就跟要好的村里人做义务。妈死后父亲和我的穿着都出自二娘的手。二娘说，等栋子长大结婚，我一定拿出绝活儿做个大号铺单送给你。二娘说的铺单就是床单，那时穷，能铺上床单就是最好的。我心里直痒痒，痒痒的是二娘说的结婚,我就想起白娥,我和她是最要好的总角之交,我们每天在一块儿。我们玩"娶媳妇",我扮新郎,白娥扮新娘,白娥大红花布衫盖到头上,我拉着白娥的手双双拜天地,入"洞房"。我指着地上一堆软和和的干草说:"这就是我们的床。"白娥羞得脸儿通红,我搂着白娥亲了嘴儿。白娥捂着脸哧哧地笑:"真好玩!"就趴在我耳边小声说道:"等我长大了,我给你做媳妇,你要不要?"我说:"要!"

我们也有恶作剧的时候。有一次,天像蒸笼一样闷热,二娘在自留地拔草,白娥在她身后逮蚂蚱。秋天蚂蚱正多,她逮的蚂蚱一嘟噜一串的。我口渴难耐,搬起二娘的茶壶咕嘟咕嘟饮了一多半儿,又掏出小东西,对着茶壶嘴哗啦啦尿进去。白娥走到地头,摸一把脸上的汗,抱起茶壶牛饮。我在旁嘻嘻地笑,唱道:

  茶壶茶壶满肚臊,喝了茶水生宝宝。

白娥被笑得莫名其妙,噙着变味的"茶"喷了我满脸。
我自感理亏,不敢告诉白娥茶壶里的秘密。
岁月疯长,把我们都催大了。我当兵那年,白娥已出落成漂亮的大姑娘。她在中学读书,请假去送我,我们走上村边的山冈时,我把小时候尿茶壶的事告诉她,她脸上羞羞地说:"你真坏!"我说:"我坏吗?"她说:"你坏,我也坏,我吐你一脸,臊吗?"她脉脉含情。"臊,臊甜臊甜的。"我俯在她耳边说。我掐了一朵山茶花插在白娥头上。啊,白娥好美!我欣赏着她:甜美的脸上,眉里的情泱泱荡漾。她一下子扑入我怀里……

父亲跟二娘一直要好,可后来跟二娘绝交了。那是秋天,秋夜月光朗朗。父亲到二娘家串门,还是他熟悉的篱笆院,篱笆院里很静,篱笆院洒满了月光,篱笆院只有蛐蛐的叫声,隔着窗棂微弱的灯光透过来,老锅和二娘坐床上，二娘伸胳膊把老锅揽怀里。再后来灯熄了，篱笆墙沉默着，亮亮月光把满院弄温柔。父亲悻悻离去，他像受了莫大的侮辱，感到一阵阵震颤和晕眩。跟谁也不能跟老锅，老锅是个什么东西？他配吗？父亲很懊恼，父亲愤愤地。"我怎么就没摸过她呢？"他想。几十年了，他没敢碰过她，他不是不敢碰，他觉得碰了就不好了，碰了就没情味了。这好！一辈子没敢碰的身子让老锅碰了，让老锅看了，让老锅弄了。那身子就再也不神秘了，他甚至生出对那身子厌恶的感觉。"对不住黄泉下的二哥哩！"他讷讷着。甚至想一脚踹开她的门揪起她问一声，那只是一瞬间的感觉，很快便消失了，说不出为什么，人不该那么做。老锅也太损了，一辈子玩过多少女人？父亲把她整个儿看成自己的了。在几十年的多少个日日夜夜，他们说"瞎话"，侃大山，度过多少个欢快的夜晚，熬过多少个寂寞的寒冬，他跟她是从一点一滴做起来的，她在他心目中是金子，是至高无上的。有时他也想，她三十岁熬寡，风风雨雨几十年许是想那号事，他就原谅了她，但眼前一浮现老锅的影儿，那原谅就跑得全无踪影了。"老锅是什么东西！"他又骂一句。早晚得整治他一次，这个老不要脸的，这辈子作恶，阎王爷下辈子惩罚哩，阎王爷瞎眼，眼睛长到屁股上了，咋光让坏人得志呢？老锅这辈子可是嘴不受穷，穿不受穷，连在女人上都不受穷哩！

　　父亲再不上二娘家去了，偶尔和二娘碰面也是远远地躲开，他一下子觉得和她陌生了。有一次父亲跟二娘碰个正着，二娘说："我哪地方得罪你？这么久不上我家来？"

　　"各人心里有数！"父亲板着脸冷冷地甩一句。

　　"我没数。"二娘迷惑。

　　"我们到头了。"

　　"……"二娘脸色陡变，泪"唰"地流出来："好了几十年……"

　　二娘身子剧烈地抽搐着。哭诉道："……你不是没那个意嘛，你要想，我早就给你了。我想你没意，我就跟你心好，到墓坑里我也把你的心带走……呜呜……"二娘哭出声来。几十年，她没有这样哭过，多少风风雨雨过来了，多少寡居的日子过来了，即使二伯的仙逝，她也没有这样哭过。

黄昏的斜阳暖融融地照着悠远的山冈；野雀子欢快地叫着觅寻最后的巢居；一泓儿溪水从山脚那边流下，幽怨、哀婉、凄凄，夹裹着那恸哭潺潺地流向远方。

父亲心软了，他缓步走到二娘跟前，搀扶她。二娘一下子扑到父亲的怀里捶胸顿足地扑打父亲脊梁。任泪水顺着他光滑的脊梁往下流，不知过了多久，二娘缓缓抬起满是泪痕的脸，轻声说："老锅要抖落我跟土匪的那段老底了……我是坏女人……"她深情地望父亲一眼，缓缓地转身走了。绵延的山冈在毫不宽容的落日余晖里渐渐模糊起来。

白娥已经很久没有给我写信了，我心急如焚。从父亲和亲人的信中，我获悉白娥疯了。她是跟郑金天结婚的那天疯的。

凉爽宜人的秋夜。熟睡中的白娥的门被推开，郑金天像剥小鸡一样剥光了她的衣服。她的两只胳膊被郑金天铁钳般的大手紧紧钳着，她用脚蹬、用嘴咬，郑金天臂膀被撕下一块，在汩汩地淌血。泪水泉涌般顺着白娥美丽的面颊淌下来……郑金天出门时，白娥一动不动，她甚至不知发生了什么事，她失去了知觉。不知过了多长时间，白娥苏醒过来，"外婆……"她唤一声，没有应声。屋里漆黑一团。"外婆哪里去了？"她想。难道这是陷阱？是外婆、老锅、郑金天设下的陷阱？为什么？为什么……她越发愤怒和恐惧。

鸡叫时，二娘回来了。她点亮蜡烛，白娥蜷缩成一团唏嘘着。二娘坐在床边，抚弄着白娥凌乱的头发，安慰说："闺女娃儿迟早都有那回事。郑金天虽然比你大，但大了知热、知冷、知疼人……"白娥往床里边挪挪越发瑟瑟发抖着。

"流泪"的蜡烛惨淡地跳跃几下，熄灭了。

次日，结婚仪式办得红红火火。郑金天特意请来了邻村的响器班，吹着《新人乐》《百鸟朝凤》的曲子。一身红装、打扮时兴的白娥哭哭啼啼地被迎进新房。郑金天待了二十多桌的客，老亲旧眷，亲朋好友，官场要人前来捧场。正当太阳西斜人们酒至半酣，白娥光脚丫子从新房走出，掀翻几张桌子，朝大槐树底下跑去。

"当，当，当……"白娥敲响了钟声。荡气回肠的钟声，在崟村上空回荡着。未参加郑金天婚礼的人们放下饭碗朝大槐树下聚集……白娥脸色惨白，站在大槐树下高高的土坡上，"哈哈哈"地狂笑着。郑金天和客人们陆续赶到。白娥怒视着郑金天吼道："郑金天，我今天就死给你看。"吼罢飞也似的朝不远处的水井跑去……人们把白娥打捞上来，她满脸绀紫，口吐白沫，不省人事。

白娥苏醒后，哭笑无常，她疯了。

她常常来到村边的山冈一坐就是一天，直到郑金天把她领回家。她疯后的那年春节，她端了碗饺子来到山冈，望着蜿蜒的小路一个人在那凝神儿，黄昏时再垂头丧气地端回来，她一睡三天，嘴里喊着："栋子……栋子……"

后来，她的病本来好了，老锅在她身上打主意，她就又疯了。她头插一朵美丽的山茶花，来到大槐树底下提着名字骂老锅。骂声刺得民兵排长耳朵发痒痒。他揪着白娥的头发连推带搡，白娥踉跄着，踉跄着，一脚踩空，滑到偌大的粪坑里。天刚下过场雨，满粪坑腥臭的污水。山茶花在臭哄哄爬满蚊蝇的水面上浮动着。白娥伸手去抓，她把山茶花抓到手里，直直地瞪着脏兮兮的山茶花哭了，泪水顺着她黄瘦的面颊流淌。"你赔！你赔！"她神色慌张，大声哭嚷着。她从粪坑里爬出来时，民兵排长快快地走去，她愣愣地望着他的背影，显出万般无奈和绝望。她小心翼翼地捧着山茶花紧紧贴在胸前"嘻嘻"地笑着。

人们偶一驻脚儿，叹口气道："这个疯子又犯病了。"

"也怪老锅做这样的媒。"

"巴结郑金天呗，现在的郑金天可不是过去的郑金天喽，人家在公社还是党委委员哩！"

阵阵南风把麦海吹皱，麦浪翻滚着，翻滚着，煞时变成金黄金黄的海洋了。天上麦雀儿啭鸣着"麦熟了，麦熟了……"单调而重复，那收获的季节就挨到眼前了。

我家门前是一块平展展的大空场，父亲就睡在空场里。三星正南时见一人扛一大捆麦子溜空场边走过。硕大的麦捆压在那人身上，那人只露出两条短腿儿在朝前方缓缓移动。父亲仰起头，硕大的黑影越来越小，不多时老锅院里传来"吱呀"开门声，又"哐当"一声关上。大空场是麦地通往老锅家的必经之路。一会儿工夫，黑影沿空场边缘又走过来：果然是老锅！父亲赶忙低下头去，黑影站着不动了，须臾，那黑影又蹑手蹑脚地朝村后走去。父亲"蹭"地钻出被窝，尾随老锅走进生产队麦地，俯身听见镰刀割麦子的嚓嚓声，父亲才反身折回被窝，佯装沉沉睡去。约有半个时辰光景，老锅肩扛一捆麦子，鬼鬼祟祟进了院门。

父亲再也睡不着了，集体的麦子不能让少数人往家里偷。天还不亮，父亲就叩开了郑金天的家门。把这事儿一股脑儿告诉了郑金天。郑金天问："看清是谁了？"父亲诡秘地说："没看清，估计到不了旁人，昏昏沉沉地见那人背麦子进村，两趟。"郑金天和父亲上地里查看，果见刚熟的麦子被人割了一大片。天蒙蒙亮，郑金天打响了生产队的钟，钟声脆响急促，划破黎明前的黑暗，全村男女老幼全集中到大槐树底下。郑金天阴沉着脸扫视人群一周，看看人都到齐，把大手一挥说："从现在开始，谁也不准回家。昨天夜里，"他清清嗓子，"我们的麦子被人偷了……"

人群躁动起来。

"大家说怎么办？请大家拿个主意。"郑金天扫视着人群继续说，"我们一年到头，起五更打黄昏，不知流了多少汗水，才等来这么个好收成。这麦子，我们除交爱国粮、光荣完成国家任务之外，老少爷们，这可是我们全村搦脖子的保命粮啊！"

群情激愤。有人开始骂骂咧咧："搜，搜出来剥他个龟孙！"

"对，搜！"很多人赞同这个意见。

"好！我也赞同这个意见。"郑金天又大手一挥就像一道命令，他把话题一转说，"老少爷们，我不怀疑咱们任何人，在座的都是我的好社员。如果是谁，今天自觉承认，咱从轻处理，不扣工分，也不罚口粮，把麦子交还集体还是我的好社员。人嘛，一辈子谁还不犯个错？人非草木，孰能无过？但错了不要紧，只要知错就改，就既往不咎。"

大伙你瞧瞧我，我瞧瞧你，沉默不语。

"那只有挨家挨户搜了？"顿了一会儿，郑金天接着说，"这次搜，没光棍没眼子，你可不要埋怨我怀疑你，先从他那里搜，先从你那里搜，咱不先从东也不先从西，咱兵分两路，从两头往中间搜。"郑金天铺派了两套人马，从两头开始搜起来。半早晨光景，人们从二娘家里背出来两大捆麦子。民兵排长看看郑金天小声说："怎么办？"郑金天脸陡然变成猪肝色，又罩上一层太阳的光晕，眼睛滴溜溜一转说，"什么怎么办？开会斗！"

于是两个民兵把二娘架到大槐树底下。

郑金天一言未发，多种感情交织在一起又聚拢到脸上，使得这张脸变成奇怪的脸，扭曲、愤怒、幽怨和无奈。父亲深深地看二娘一眼，咬牙"咚咚"使劲跺了两脚，便无可奈何地悻悻走了。

记忆是片片惨淡的梦。若干年后，到车站接我的是郑金天。这位当年魁梧的汉子，现在腰已经佝偻了，脸上满是岁月犁出的道道痕迹。二娘挨了批斗，回家就上吊了。父亲不久也已作古。唯有老锅红光满面，看样子还要撑些年。白娥的病已经好了,她给郑金天生了两个孩子。

郑金天背着我的行李,沿着蜿蜒的山路走着,跟我谈村上的变化。他早已不当队长了,土地都分到一家一户,省心省力,还能多收成。大槐树下那口象征着他权力的大钟也随土地承包,抓阄分到户下当废铁卖掉了。

瘘 子

　　瘘子死了四十多年了，他早已淡出石磨庄人的视野，甚至在现在的年轻人中，压根儿不知道曾经有瘘子这么个人。然而，我却忘不掉瘘子。瘘子活着时的一些影像，偶尔还在我的记忆中显现。

　　我不知道他是怎样变成瘘子的，是先天还是后天？从我记事起，瘘子已经五十多岁了。他不会走路，只会在地上瘘。他的两条腿很短，经常蜷着，不能直立，而且腿上没有腿肚，就剩下皮包着腿骨。他瘘得很快，几乎赶得上常人。所以，他同其他人一样下地挣工分，生产队长也就因人而异地给他分派适合他干的活路，虽然活轻，但是人们都不说什么。一个小板凳，是他的一条腿。他一手搦着小板凳，往前一放，一使劲把上身和残腿撑起，再往前一跨，两条残腿着地，就是一大步，紧接着那搦小板凳的手跟上来，这样前后循环，从不落伍。一旦停下来不走时，屁股一磨，坐在小板凳上，那小板凳既是座又是腿，一举两得。

　　那小板凳还是我父亲给他做的呢。

　　我父亲是木匠，特选了块坚硬耐磨的梨木，按瘘子的要求，只做三寸高，以便手摁上去，胳膊恰巧能攒足劲儿。父亲格外上心，为做那小板凳，整整花去三天时间，给我做玩具也没下那么大功夫。那板凳两头大，中间小，呈马鞍桥形，既能搦起来养手，又能让屁股坐上去舒坦。

日积月累,板凳从不离手,那板凳面早已磨得溜光水滑。为此直到痿子死,他和父亲关系都特别好。

痿子不能站立,痿子却很厉害。我们小孩子家不懂事,就常戳逗他。有次,痿子从屋内出来,我们一群孩子,就各拿一根高粱秆跟在痿子身后,他往前挪一步,我们就用高粱秆戳他屁股一下。痿子两眼放出凶光,浑身颤抖着,先是破口大骂,见我们不吃这一套,又撵不上我们。把屁股一磨,坐在小板凳上不走了,然后从衣袋里掏出他那包一拃长的银针来,比画着要扎我们。这是他惯用的伎俩。谁家孩子不听话,他就拿出那包银针来吓唬孩子,做出要往肉里扎的样子,直到孩子不哭听话了,他才收起那银针来,再爱抚地捏捏孩子的脸蛋,说:"乖孩子,听话伯伯就不扎了。"我们也停下来,远远地望着他,不敢近前。痿子无奈地怒吼一声:"谁敢过来?"我们嬉笑着一哄而散,他才收起那针包,一痿一痿地向前痿去。我们就又紧跟上来。这次他没有坐下来,而是转了方向,朝我家痿去。

痿子见到父亲,告了我一状。父亲一把摁下我,扬起巴掌,朝我的小屁屁狠劲打去。痿子见状,不知怎么是好,连忙拦着说:"别打,别打,娃改了就行了。早知这样,不跟你说了。"我猜想着,痿子心里一定是幸灾乐祸的。父亲怒气不消:"你甭管,小孩子不管教,会蹬鼻子上脸的。"我吓得两眼噙满泪水。痿子伸出胳膊:"来,伯伯抱抱。"我不搭理他,恨死痿子了。他紧痿两步,一把抱着我,用干瘪得割人的茧手把我的泪一珠一珠地擦去,说:"没娘娃,可怜哩。都是伯伯不好!往后不戳伯伯的屁股,好不好?"我含着泪"嗯"了一声。

那以后,我见到痿子就远远地躲开了。也许是他跟父亲关系太好,戳他的屁股,他才不肯饶恕。大了的时候,我才悟出,痿子是为了尊严。我知道他失去一个正常人的东西太多,他害怕没有尊严而受人欺凌。

原来,石磨庄人习惯没老没少地称他痿子长痿子短。痿子很不乐意。

守着矬子不说短话嘛，有一次石磨庄一个浑身蛮力的后生，干活歇晌时挑衅他："矬子，听说你能摆架，敢跟我比试吗？"矬子心里不悦，半天说："喊我吗？""喊你呀！"矬子矬到后生跟前。后生捋起袖子，扠开双腿，把手递给矬子，矬子不慌不忙地伸出双手，说时迟，那时快，矬子一只手突然朝后生裆里抓去，使劲一掬，另一只手往后生腿上"嗖"地一扫，后生被摆了个四仰八叉。那后生双手捂裆，龇牙咧嘴地朝后面退去。虽然这招有点儿歹毒，但矬子是残疾人，人们也不好说什么。矬子却一脸严峻："还喊我矬子不啦？"后生连连摆手："不敢啦！"矬子说："就是嘛，打人莫打脸，我矬子也是有名有姓的。"从此，矬子声名大振，人们凡事敬畏他三分。

矬子身怀绝技，就是给人扎针治病。矬子十几岁时，父母嫌累赘，把他送到济渎寺修行。寺里的印光和尚可怜矬子是残疾人，就收留了他。印光靠一根银针普度众生。方圆百里，谁家有什么病痛都找印光医治。那时济渎寺香火鼎盛。矬子的针法得印光真传，印光圆寂前，把人体奥妙、走针穴道传授给矬子，并嘱咐他：人生在世，一要有人生信仰，二要有生活本领。一是精神的，一是物质的。信仰是寄托，善心待人，包容一切；有本领，可以不被饿死困死。矬子没文化，对印光的话不理解，但矬子记性好，对印光的话会慢慢咀嚼。印光就捧出一尊铜佛爷送给矬子。印光走后，济渎寺香火渐衰，新中国成立时，矬子回到石磨庄。

矬子继承了印光的衣钵。谁家孩子得了惊疯，谁家媳妇突然没气儿了，谁家女人"野鬼扑身"了……人们就把矬子请去，只要矬子的银针往病人身上一扎，准好。方圆十里八村，都知道矬子的针法厉害。而且他给人治病从来不收钱，人病了，把他请去，一针扎好了，走人。人们过意不去，免不了闲月时掂些礼品去瞧他，矬子礼让一番，能吃的、自己会做的就留下，比如一双鞋之类，矬子脚小，可脚的留下来，大的让人拿回去。所以，矬子屋里一年四季不缺吃的和穿的。

他那银针包是皮子做的，随身而带，上面沾了厚厚一层灰，就像剃头的逼刀布一样龌龊明亮。那皮包里装有十几根银针，长短俱全，长的有一拃多长，短的有一指长。给人扎针时，三个指头捏着一根银针，"噗"地吐手窝里一口唾沫，掭着银针按唾沫上一捋，再把银针往病人的穴位上一放，两个指头不住地往肉里捻动，一边问着病人麻不麻，直到病人烧心痛麻难忍时，他才停止手中动作，然后点上一支烟，吸几口往里捻捻，循序渐进，过上个把时辰，病人就轻松了。当地人叫"板针"。遇上有些怕针的，针就会夹死取不出来，痿子不慌不忙，跟病人说"瞎话"（讲故事），等病人完全放松了，趁病人冷不防备，手就"噌"地把银针揪出，然后，病人长吁一口气，痿子脸上却沁满汗珠。

有一年，从几十里外的山上来了母女二人。母亲肩扛半袋子大米，领着女儿来到痿子家，说是给女儿治病。姑娘人漂亮，就是见男人脱衣裳，犯病时，把衣裳脱得一丝不挂满庄子跑，并且奶子里长有拳头大的一个疙瘩，看了很多医生都不见好转。母亲嫌丢人，就放出狠话，谁要能医好女儿的病，就把女儿嫁给谁。但没人敢接。听人说石磨庄痿子能医疑难杂症，她们就慕名而来。

痿子房子窄狭，两个哥哥成家后，只给他分一间房，屋内一张床占了小半间，还有锅灶、案板，突然来了两个女人，住都没地方住。母亲看透了痿子的心思，说："没事，病不讳医，你和闺女睡床上，我睡地下。"

痿子知道这种病，但没有医过，既然大老远来了，无法拒之门外。说道："我试试吧！医好了是你的人，医不好是我的人。"

一句话，母亲心里突然有了底气，痿子的形象在她心里高大起来，对痿子产生十分的好感来。那母亲在山上是生产队长，活路忙，在痿子家住了两天就走了。临走，依然撂下那话："闺女的病，医好了是你的人，医不好是我的人，你就死马当活马医吧，我不会怪罪你。"

痿子家突然住进个女人，我们小孩子家都感到新奇。那时孩子们能彻半夜地在外面野，有时，直到大人们拧着耳朵把我们拽回家。我们有时就转到瘘子家的门前，见里面豆似的油灯还在亮着，就屏着气隔着门缝往里面瞧瘘子给那姑娘治病。门死死地闩着，屋里飘散出缕缕的香气来。那时我们很少能嗅到这种气息。临时用土坯垒起的案台上，点燃的三炷香在焚烧，香的后面，放着一尊铜佛爷。一缕缕的青烟，在空中静静地上升飘散。那姑娘脱去上衣，静静地躺在床上。瘘子先是跪在地上，两手作揖朝铜佛爷叩三个头，然后把屁股往板凳上一坐，嘴里嘟囔了一阵什么，也听不清楚，又手摁床板，把身子撑到床上，他的床位很低，正适合瘘子上床。姑娘把身子往里挪挪，他瘘到姑娘身边，坐直身子，拿过银针包，抽出几根银针，然后端来油灯，把几根银针在灯头上烧了一阵子，转过脸来，用手指在姑娘的胸部上拃了拃，拇指按下不动了，手捏银针朝胸部刺去。那姑娘的胸部好白好大好满。我们瞧着，把眼睛都瞪直了。几根银针扎进去，瘘子转过脸去，装上一锅旱烟，对着灯点燃，深吸一口，吐出一缕烟雾来。一锅烟吸透，烟锅里冒出咝咝啦啦的响声，瘘子朝床帮上磕掉烟灰，手捏银针，不停地轻轻捻动，又用中指朝银针上钉了钉，直到姑娘麻痛难忍，把两座小山高高地撅起，口中发出阵阵呻吟，他才停止捻动。这样过了大约一个时辰，瘘子一根一根地把银针取出，"噗"的一声吹灭灯，钻入被窝。

……

老牛吃嫩草，瘘子有艳福。原来，那姑娘隔三岔五就要犯病的，自从住进瘘子家之后，她的病再也没有犯过。她见了人很害羞，很少跟村上人搭讪。有时跟我们小孩子玩耍，还跟我们叠纸飞机。她叠的飞机有冲劲，往前一射，能飞出几丈远，还在空中兜个偌大的圈，渐渐地我们都非常喜欢她。白天，瘘子上地挣工分，她就给瘘子做饭吃。掐点的时间，等瘘子收工回来，锅里的水正好烧沸，擀好的面条，往锅里一下，瘘子就能吃上热气腾腾的饭菜。有一天，父亲领着我到瘘子家串门，她见了父亲，满脸绯红，彬彬有礼，起身让座，就拉着我到院中玩耍。那天，她看见我的衩裤裆，找出针线来，拉着我让脱掉裤子，执意要给我缝补，我怕她看见我的小鸡鸡，死活不脱。她用指头刮下我的鼻子："哟，还害羞呢！"她蹲下身子，捏着我衩了的裤裆，一针一线地缝起来，没想到她手儿那么灵巧，针脚匀匀实实，密密麻麻，就跟缝纫机缝的一样。缝完，趁我不防，又用指头朝我鼻子上使劲刮去："羞、羞、羞！"我不敢说话，就拽着她的衣裳，把脸埋在她的衣裳上，她蹲下一把抱着我，把我的脸紧紧地贴到她的胸部。我想挣脱,她搂我很紧。父亲让我叫她姐姐，有一次我那样喊了，她好像很不高兴，说："不准叫我姐姐。"我瞪大了迷惑的眼睛："为啥啊？""以后你就知道啦。"她说。但我依然不解，以后很多年，一直成了我心中的谜团。

姑娘的病在一天天好转，面色一天天红润起来。姑娘在瘘子家住了两个多月，听瘘子说，她胸部的疙瘩完全消失了，疯病也痊愈了，姑娘活泼开朗，讨人喜爱。有时我想这还是那个面黄肌瘦、头发蓬乱的疯子吗？有一天，瘘子撑她走。寂静的石磨庄，只有孩子们在村里玩耍嬉戏，有逮蝎子的孩子，拿着手电筒，顺着土坯房的墙根挨家挨户地转悠。瘘子家的煤油灯在闪烁着微弱的光亮。

"闺女，你的病已经好了，明天我送你回家吧。"瘘子说。

姑娘坐床上，娇嗔地说："我不嘛！"

"那你……再住两天吧。"瘘子犹豫一下说。

"我要给你做老婆。"

"我年纪大了。"

"我愿意。"

"我是个瘘子。"

"我不嫌弃。"姑娘有些嗔怒道，"还说？"

"不行，那会毁你一辈子，我也没法跟你妈交代。"

"交代啥？我妈从来说一不二，要不她会当队长？朝云暮雨谁还会信她！"

"那也不行。"

"哎呀，你烦不烦？"

屋内沉寂了一阵儿，姑娘把瘘子扶上床，吹灭了灯。

……

我们小孩家淘气，就偶尔听一下瘘子的墙根。有时也评论一番。有的说："瘘子给她扎肉针啦！"

"你胡说！"我喜欢那姑娘，不允许他们说她坏话，"瘘子伯伯是好人，那姑娘也是好人！"

这当儿，姑娘的母亲来了，她要把闺女嫁给瘘子。瘘子还是不松口。母亲叹一口气说："你是我们的恩人，要不是你治好她的病，她现在是死是活还不知道呢。你孤孤单单地，干什么活儿多作难哪，等你老了怎么办？你答应吧，让她照顾你。"

瘘子沉思了一阵儿，说道："你要不嫌弃我是瘘子，就把她认给我做闺女吧。"

姑娘坐在床上，两眼盈满泪水，腾地站起身喊道："我就跟着你！"她拉着母亲的胳膊晃动着，撒起娇来，"妈，人家喜欢他嘛……"

母亲无奈地摇了摇头。

次日，瘘子让姑娘回家，姑娘不回，母亲只好一个人走了。过了几天，母亲让人挑来一担大米。那时生活困难，家家的粮食都不够吃。

一天下午，天上下着蒙蒙细雨。我听到外面热热闹闹的喧闹声，就跑出来看究竟。瘘子的侄儿绰号小精明的带一帮子人围在瘘子房子外面。小精明逼着瘘子交出铜佛爷。还有人喊着"破除封建迷信"的口号，我知道那口号是他们临场发挥编出来的。

瘘子被吓得面色苍白，浑身哆嗦着，瘘了半天才瘘出门槛，堵着门子辩解道:"哪会有铜佛爷呀!我要那干吗?"

小精明抖抖肩膀走出人群,站在痿子面前,慷慨陈词道:"叔,不要跟群众运动作对,赶快交出来吧!"

痿子狠狠地瞪小精明一眼,转向大家,露出和善的笑脸说:"说我有铜佛爷,你们谁见过呀?"

有几个人摇了摇头。小精明打断痿子的话:"我见过!你忘了,那年你向它叩头,我伸手去拿,你还打我一巴掌。"

痿子把屁股挪在小板凳上,脸上一会儿青,一会儿紫,嘴唇哆嗦着说不出话来。姑娘从屋里走出,站在痿子身边,一只手搭在痿子窄窄的肩膀上。小精明一把推开姑娘,跨过痿子进到屋里,从床底下的小木箱里,搜出了红绸子包裹着的铜佛爷和一把香来。

曾被痿子抓裆,撂了个四仰八叉的蛮力后生,也在人群当中,他走到姑娘面前说:"痿子在搞封建迷信,你可不要上当受骗哟。"姑娘恨恨地剜他一眼。蛮力后生转向小精明,跟小精明耳语一番,小精明说:"我不庇护他,现在就开批斗会。"

姑娘打了个寒战,惊讶地"啊"了一声,离开痿子,走到小精明和那帮人面前,一把扯下上衣,露出两个硕大的奶子来:"来啊,大哥哥,你们批斗我啊!"她一边脱着衣裳,一边抓住蛮力后生的胳膊:"来呀,大哥哥,来呀!"那蛮力后生羞得把脸转向一边,下意识地挣脱姑娘的手。"这姑娘又疯了。"人群里有几个人嘀咕着说。人们羞得不忍直视。姑娘在人群里来回冲撞着,逢人就拉,口中嚷嚷着:"大哥哥,来呀,快来呀!"人们像躲避瘟疫一样往后退去。姑娘兜着圈子奔跑到小精明身边,欲夺回铜佛爷,小精明高高地举起铜佛爷躲闪着,那裹在铜佛爷上面的红绸子脱落下来。"那不是毛主席像吗?"不知谁惊讶地喊了一声。小精明定睛看时,果真是一尊毛主席铜像,脸上顿时像被人捆了一掌,吓得连忙双手捧着,再不敢有半点儿造次。姑娘嘻嘻地傻笑着,那硕大的奶子上下颤抖着。人们不忍直视，便一哄而散地跑开了。院外静悄悄地了，过了一阵儿，稀稀拉拉的几个人也各自回家了。姑娘穿好衣裳，系上扣子，走到瘘子跟前，弯腰把瘘子搀进屋去。瘘子一身冷汗，惊恐地看着姑娘。姑娘腼腆地朝他笑笑，说："好了，没事儿了。"瘘子还是惊魂未定，一阵阵冷汗浸洇出来。姑娘蹲下身子，扶着他说："哎呀，我没疯！"瘘子笑了笑，凝视一阵儿姑娘的脸，惊悚的冷汗才渐渐褪去。

　　瘘子仍然一脸茫然，自言自语地小声讷讷着："铜佛爷怎么一下子变成毛主席啦？"姑娘笑而不答。瘘子陷入了沉思，把粗黑的眉毛拧起来。姑娘微笑道："我病了之后，妈说'我们老百姓没啥遮风挡雨的'，就请了尊毛主席铜像让我带在身边。我昨晚就把它换掉了，在我心里，毛主席才是我们劳动人民的救星。您不会怪我吧？"姑娘从枕头底下拿出铜佛爷递给瘘子，瘘子手推了一下说："不要啦！"

　　第二天，瘘子家来了两个人，强行撵姑娘走。雨，还在淅淅沥沥地下着。瘘子死死地拽着那姑娘，苦苦哀求着："她有病，你们就放过她吧！"他们不听，一把扯开瘘子，就把姑娘架走了。姑娘泪流满面，可怜巴巴地不时回头朝瘘子张望，声嘶力竭地呼喊道："你等着我——"那声音越来越微弱，渐行渐远消失在茫茫雨幕中。瘘子瘫坐在泥地上，面如死灰。

　　第三天，姑娘又回到了石磨庄。这次没有人再撵她走。庄子上有不少好心人还给瘘子拿来了好吃的，姑娘一心一意地住下来。

　　不久后的一天，瘘子突然死了。姑娘伤心欲绝，哭得死去活来，石磨庄人看着心里都流泪了。有人说，瘘子自绝于人民，死得轻于鸿毛，也有人说瘘子最忠于毛主席。然而这件事热过一阵儿之后，便归于平静。人们几乎把瘘子忘了，只有地里有坐着干的活计时，人们偶尔还会想起瘘子来。

　　若干年之后，我问父亲，瘘子伯伯因为啥死了啊？父亲叹了口气说："他是为那姑娘死的。瘘子说过他不死，那姑娘不会走，那不是害了人家吗？哪承想，他就真死了。瘘子更衣入殓时，姑娘发现，一根一拃长的银针刺入了瘘子的心脏。姑娘捶胸顿足地拍打着瘘子的遗体：'你咋这么傻呀！你咋这么傻呀……'"

2015年3月16日草于广州花都
2019年2月19日改于饶良花园

承 诺

（一）翠姑和顺子

那时候，翠姑年龄小，对"承诺"这两个字并不完全理解，她只是懵懵懂懂，好像是父亲要兑现一件事情，把她许配给了麻秆，是一生。

翠姑的心上人是顺子。她和顺子同岁，又两小无猜，一块儿玩耍，一块儿长大。

那是个古朴而美丽的村庄，庄子叫石磨庄。庄东面有条河，叫月亮河。石磨庄有个碾盘大的石磨，传说当年八仙路过此地为赈济穷人而锻造。张果老的毛驴在月光下拽着石磨，那时月光亮如白昼，石磨就源源不断地流出雪白的面粉，才使穷人存活下来。八仙走后，月亮就黯淡了，而河湾里突现半轮月形的白色沙滩。

翠姑和顺子一块儿牧羊。

他们常去的地方是浮萍湾，月亮河在那里陡然转弯，绕半爿村庄，形成S形。河湾里长满了水浮萍，碧绿碧绿的，像绿链。浮萍湾的右侧是白沙滩，洁白的沙，太阳一照，白得耀眼。站在远处的河岸，朝那里俯瞰，白沙滩就像半亏的月亮"啪"地落下，河湾就平添几分神秘，几分悠远。他们把羊赶上坡岸，到白沙滩耍去，耍够了，就跳到河里打水仗。初夏，气候宜人，打阵子水仗，凉爽了，走上白沙滩。舒缓的阳光暖洋洋地晒着，惬意极了。翠姑的身子很好看，湿了水的衣衫贴在身上，显出优美的曲线来，顺子眼睛眨也不眨地盯着。"你看什么？"翠姑脸上羞羞的，下意识地双手捂着胸脯。"别捂，我再看看。"顺子伸手拿开翠姑的胳膊。翠姑后退着："别看，不好看。""好看。"顺子和翠姑撕拽着，翠姑冷不丁被顺子使"坏"绊了脚跟，两人"扑通"摔倒了，松软的白沙溅起一阵浅浅的沙浪。翠姑双手捂着脸羞涩地讷讷道："别看……""就看。"顺子摸了翠姑馒头似的两座小山。大人们说，男人手壮，一摸就摸大了，翠姑害怕摸大又抗拒不了，她被顺子美美地压着，顺子还和翠姑亲了嘴儿。也不知道怎么啦，亲了嘴儿的翠姑就还想让亲。

  河湾很神秘。浮萍湾的下游还有个五妮潭，大人们说那个地方"紧"，晴天白日，会有美女坐在潭面上招诱路人，五妮潭就常有淹死人的传说。不知哪朝哪代有个叫山农的，生养五个女儿，个个貌美如花。大女儿爱上了附近村上的一个后生，山农嫌弃后生穷，逼迫女儿嫁给一个财主的傻儿子。五姐妹绝望之时，就在一天当午投潭了。后来人们就把那潭叫五妮潭。潭水阴森，四周沉寂。有一年，一位孤僻的老者，到五妮潭边垂钓，银白色的胡须上爬满了蚂蟥，老者看看天色，黄昏的脚步正缓缓走来，才抖一抖胡须，极不情愿地收起钓竿……后来，那老者就神秘地失踪了。翠姑和顺子不怕那地方"紧"。大人们说，五妮潭只死坏人，不死好人，淹死的都是五妮不喜欢的人。说是不怕，但听起来还是令人毛骨悚然，他们只在白沙滩和浮萍湾那地方耍。

  翠姑睁开眼睛，看见了顺子一边的耳廓，那厚厚的耳垂上面有个眼儿，翠姑伸手捏弄了一下说："这个眼儿挺好看咧。"

  顺子说："我妈生我时就有的，妈说，这叫福眼。"

  翠姑就又爱抚地捏了捏，又用嘴唇含了含。

天已近午，太阳火辣辣地当顶照着。翠姑说："晌午了，我们捞鸭草。"

顺子站起身，翠姑撒娇似的把手伸给顺子，顺子一使劲把翠姑拽起来。两人相视一笑，面颊绯红。翠姑扳过顺子的头朝顺子脸上"啪"地亲了一口，便头也不回地向浮萍湾跑去，顺子还在沙滩上傻傻地发呆。"快过来呀！"翠姑喊了一声，顺子愣了一下，拿起两个筐子朝翠姑奔去。两人跳下河，厚厚的水浮萍一捞一大把，不多一时，各人都把筐子捞满了，拿到河岸沥沥水，拿回家喂各家的鸭。那鸭可满劲儿地吞，一会儿就吞饱了，便摇晃着身子，朝个凉爽的角落一个个卧去，还不时地扭扭脖子，瞅瞅主人，小声"啊啊"两声，享受着饱餐后的满足。

（二）麻秆

麻秆是翠姑的姑母家表哥。把翠姑承诺给麻秆，按照乡下人的说法，叫侄女随姑，血脉顺流。血脉顺流不倒流，倘若姑母的女儿嫁舅父的儿子，叫血脉倒流。生下孩子要是缺胳膊少腿抑或傻不楞登地屙尿都不知，那就要犯乡下人"血脉倒流"的大忌了。

表哥比翠姑大十岁，长得瘦瘦弱弱，细长腿儿，像传说中的"路游神"，翠姑就诨叫他麻秆。麻秆很讨厌，虽然翠姑和麻秆同是石磨庄人，翠姑却很少到姑母家去。乡下人的婚事多是父母之命，媒妁之言，翠姑少不更事，不敢反抗，她害怕父亲。

翠姑的姑父叫刘建业。刘建业苦心经营了一辈子，过上了奢侈、富足的日子。他拥有三百多亩土地，几处宅院，几十匹牲畜，觅有几十个伙计和十几个丫鬟。各种红木家具应有尽有。葡萄架子床、龙凤雕花几案、八仙桌椅……刘建业闲暇之余喜好古玩，名人字画、唐三彩、水晶花瓶充斥室内各个角落。刘建业娶三房姨太太，生有五胎，前四胎皆是没带把儿的，到了五十大寿那年，三姨太（就是翠姑的姑母）突然生下个儿子。

儿子聪颖过人，就是不住声地昼夜啼哭。刘建业五十岁得子，如获至宝，捧到手上怕掉了，含在嘴里怕化了。虽然他对古玩嗜好如命，然而儿子更是胜过一切。儿子啼哭不止，他先以为有什么毛病，便遍请天下名医来家诊治，诊断结果都是身心健康。找不到儿子啼哭的原因，他就逛遍附近寺庙，虔诚地烧香拜佛，乞求佛祖保佑。几个月过去了，儿子照哭不误。十几个丫鬟昼夜轮番哄抱，个个熬得眼如铃铛，也没有把儿子的啼哭止住。

一天，刘建业被儿子的啼哭弄得一筹莫展，他连气带急，抓起几案上的水晶花瓶恨恨地朝地上摔去，"叭咔"一声脆响，那水晶花瓶立时粉身碎骨。儿子听见花瓶的脆响，低头看看满地碎瓶碴，霎时止住哭声，拍着小手，破涕为笑了。虽然刘建业为了那价值昂贵的水晶花瓶好一阵子惋惜，但儿子生下半年来还是第一次给他笑脸。不由得从奶妈怀里接过儿子，在那粉嫩的小脸蛋上亲了又亲。谁晓好景不长，儿子只安生了三天，三天之后，就又哭得死去活来。一连哭了几日，刘建业想起那天摔花瓶之事，灵机一动，抄起陪伴他几十年的镶金宜兴紫砂壶朝地上摔去。刘建业嗜茶，那壶中央经过几十年茶水冲泡垒涮，凝成一座奇形茶山。此壶沏茶，茶水层次丰富，浓郁饱满，幼滑细嫩，馥润无穷，即使炎热的酷夏，茶水搁置几天几夜亦无异味。那壶中央茶山已成不可奢求的古董和宝物。曾有行家愿出五根黄鱼，刘建业都没松口。儿子马上又破涕为笑了，向奶妈努努小嘴，抠扭着手指，数数一样若无其事地独自玩耍起来。那儿子又只三天不哭，到第四天头上就又哭得哄不住了，刘建业就又拿起桌上的茶杯狠劲朝地上摔去……这样，一年之内，刘建业屋内可摔的东西所剩无几。

儿子八岁就会占方。儿子任性、乖僻，谁的话都不听，说恼了，就把屋内的东西又摔又砸。只要刘建业不在家，他就把刘建业藏的元宝偷出和人对弈。别人说：吃死子。他说反悔是狗娘养的。别人用土坷垃，他就用元宝；别人赢了吃他的元宝，他赢了吃别人的土坷垃。这样，没几年光景，刘建业家道中落。儿子不好读书，私塾先生稍有严苛，他张口就骂。骂了几次，就把先生骂跑了。儿子十来岁染上赌博恶习。刘建业管不住，儿子输了开始卖地，三百多亩土地不到一年就卖掉了。刘建业万分失望，什么事也不管了，逢人便讲："这个孩子是来索我的命来了。"气得咳血连连，一病不起。

这个儿子就是麻秆。

刘建业冥冥之中，把自己的小舅子叫到床前，拉着小舅子的手说："……让儿子和翠姑定个亲吧，为了你姐，也为了刘家，哥求你了。"

事情来得突然，翠姑父亲猝不及防。答应这门亲事，嫁给一个败家子，不是把闺女往火坑里推吗？不答应吧，是他的姐姐和姐夫，面子上抹不开。亲顾亲顾，人哪，不就是关键时刻拉一把吗？想想，姐夫家人老几代都是好人，积福行善。闺女娃儿顺横都是人家的人，嫁谁不是嫁呢？一辈子老实巴交的翠姑父亲，从来不过问外边的事，看到刘建业老泪纵横，奄奄一息，他不忍心伤害他，就把这桩亲事承诺下来。刘建业才咽下最后一口气。

那时翠姑刚刚三岁，刘建业死后的第二年，这地方就解放了，石磨庄建立了人民政权。划成分时，刘家被划成贫农。三十年河东，三十年河西；人生没有永远的富，也没有永远的穷；走过高山，必履平地；贪多，撑破肚子；饿极，腹变瘪囊。

至于麻秆，有人说是灾星，有人说是福星。说是灾星，是因为他弄干了万贯家财，使家道陷入万劫不复的深渊；说是福星，不是弄干万贯家财，家道中落，刘家准划为地主。地主的日子好过？哪朝哪代，哪个社会，富人的钱不是靠剥削穷人得来的呢？共产党会容忍剥削吗？是灾是福，众说纷纭，翠姑懒得打听，也不想知道。但是，翠姑父亲却来了个一百八十度的转弯，他认定麻秆就是福星。头上三尺有神明，麻秆一定是受上天的差遣落生刘家，为刘家免灾的。

（三）石磨边

过了几年，翠姑十八岁啦，她和麻秆的亲事被摆上桌面。翠姑死活不同意这门子亲事，她憧憬人民政府提倡的自由恋爱，惹得翠姑父亲十分恼火。说轻了，无济于事，说重了，翠姑就堵上一句："愿嫁你嫁！"这是啥子话嘛！翠姑父亲倒噎一口凉气："那你就等着在家扎老妮坟吧！"便气哼哼地摔门而去。

翠姑父亲来到石磨边的时候，这里已经聚集了很多人。这里是村中新闻的传播场，这里是正义和邪恶的发源地。张家长李家短，人们往往拿到这里来评判。

按理说，翠姑娘死得早，翠姑父亲既当爹又当娘把翠姑拉扯大不容易，可这老头儿好摆谱，那时农村短吃少喝，谁家偶尔做顿好吃的，能风光半爿庄。有一次翠姑父亲心血来潮也想风光风光，就在家用香油把上下嘴唇涂了一圈，便神气活现地走到石磨边，站在人中央炫耀道："多天没吃油馍了，昨晚炸球了一筐，两顿都没吃完。"翠姑父亲，平常说话不带脏字，为了炫耀，他故意带了个球字，并把球字说得嘎嘣价响，人们伸着脖儿看翠姑父亲油光滑腻的嘴唇，翠姑父亲抖抖肩膀，噘起嘴巴让人欣赏，还真是，香味儿回溢，把石磨边的人们馋得流出口水来。偏这当儿遇上个馋嘴的，死拉硬扯拽着他到家要吃油馍，翠姑父亲干眨巴眼睛拿不出来。底子揭穿，人们便对他产生三分不敬来。

翠姑父亲满脸郁闷地找个僻静的地方坐下，喜好插科打诨的赖毛凑过来，趴在翠姑父亲耳边问道："我闻闻叔嘴唇上还有球油馍味没有？"人们哄然大笑，翠姑父亲眨巴眨巴眼睛："这孩子，哪壶不开提哪壶！"脸便像被人掴了一掌，木涟涟的。

"翠姑爹，听说你把翠姑许配给了那个败家子，你还嫌那灾星败得不够哇！"双手抱拐，坐在磨盘上的韩爷瞥了一眼翠姑父亲，便咄咄发话。

不知是谁又接了一句："就是，几百亩地都输进去了，小心他再输了翠姑。"

石磨庄人说话直爽，但这话翠姑父亲不爱听，本想转身走掉，转念一想，不能便宜这帮卷舌头说话的："你们只看见一面。那年大旱，谁家没吃过刘家的西瓜，你们这帮没良心的，良心都让狗吃了。你们说说，刘家是好人不是吗？"

众人都哑不作声。时间刚过去没多年，人们还记忆犹新。那年天气大旱，石磨庄人种西瓜，别人的西瓜都旱死了，而刘家的西瓜却喜获丰收。刘建业让伙计们购置了两千多个瓦盆，每个盆上钻个眼放到西瓜根部，让伙计们舀来月亮河的水灌满瓦盆，那水就朝西瓜根部一滴一滴地滴。卸罢西瓜，刘建业让伙计们拉着成车的西瓜每家送两个去。刘建业从此落下个刘善人的美誉。

韩爷看了一眼怒火中烧的翠姑父亲，不想再火上浇油，毕竟娶妻嫁女是人家自己的事情，别人都是咸吃萝卜——淡操心，便转移了话题，他说的是刘建业蹊跷的发迹史。

刘建业的父亲在刘建业幼年时就死了，守寡的母亲一辈子积德行善。传说，刘家有一年建房子，老太太为了让工匠们吃好喝好，就每天给他们杀几只鸡。工匠们见老太太待人实诚，干活就格外卖力。房子快竣工时，工头想想不对劲儿，老太太每天给我们杀鸡吃，怎么没见过鸡大腿呢？别人也恍然大悟：对呀，怎么没见过鸡大腿呢？泥巴匠们闷闷不乐，就想法整治一下老太太。房瓦快苫完时，泥巴匠们用泥巴捏了个泥人和一辆泥车，泥人撅着臀推一车货物往外推。泥巴匠把泥人泥车放好，就把瓦苫上了。太阳还没落山时，房子竣工了。老太太喜气盈盈地备好几桌饭菜，打来几坛好酒犒劳大家。

酒足饭饱，结罢工钱，老太太从屋里扛出来两大筐油炸的鸡大腿，说："匠人们多天没有回家了，这些鸡大腿拿回去给家人捎个包。"说罢每人四只鸡大腿用麻纸包好递到他们手中。泥巴匠们脸上羞羞的。工头眼睛滴溜溜一转，说："大娘，房上有个地方没泥好，一会儿我们上去再泥一泥。"于是两个工匠爬上房，揭开瓦，把那辆泥车掉了个头朝里，又把瓦苫好，用石灰泥严实。

　　待刘建业长达成人，老太太已六十多岁了。刘建业开始做丝绸生意。刘建业聪明伶俐，和善待人，又讲诚信，他的生意只赚不赔，只进不出，江湖上闯荡几年就发迹了……

　　韩爷说罢，众人都干眨巴眼睛，因为除了刘家那不争气的儿子，谁也找不出刘家的短处来。被翠姑的话呷得喘不过气儿来的翠姑父亲，此时也感觉气管顺畅，脸上渐渐云开雾散。他"啪啪"磕掉烟锅里的烟灰，"噗"地吐飞一口痰，故意拖着长长的声音说："所以嘛，人不能乱嚼舌头根子，头上三尺有神明。"他顿了顿，郑重地说："我告诉你们，人嘛，说出的话就要像颗钉，吐口唾沫舔起来，那还算人吗？承诺了的事情再收回去，天下哪有这样的道理？"赖毛脑子活泛，接过翠姑父亲的话茬儿说："就是，人家麻秆是什么人？是福星哩，不是吗？"话点到翠姑父亲的心窝。虽然他摸不准赖毛的话是讥讽还是褒奖，但听着顺耳，也让他面子上好看许多，脸上渐渐露出笑意来："还是娃儿懂叔。总算说了句人话！"

（四）找工作

　　翠姑毁婚，急坏了姑母和姑表姐，好在翠姑父亲始终信守承诺，才让他们悬着的心放了下来。

　　表姐人漂亮，在邢台棉纺厂当工人，表姐夫是个大个子，在棉纺厂当司机。有一天，姑母突然捎信来说，在邢台给翠姑找了份工作，去棉纺厂当工人。喜从天降，翠姑和父亲乐得几夜没合眼。

那时农村穷，很多女孩都想脱掉农壳，告别面朝黄土背朝天、汗珠掉下摔八瓣的日子。做个工人，做个城里人多风光啊！这是多少女孩子梦寐以求的。翠姑脑子热过之后，静下心来，觉得不对劲儿，这么好的事情，怎么不让麻秆去呢？姑母说，人家这一批只招女工，是内招，干够十年以上的工人，才有资格享受这待遇。姑母说得有鼻子有眼。父亲也在一旁撺掇说，这是自己人，才把这么好的事情给了你，过了这个村，就没那个店了。迫切找工作的心诱惑着翠姑，翠姑的心里像小兔子抓挠，痒痒的。管他呢，豁出去了，只要能当工人，青春才不会浪费。至于麻秆，她本不同意，总不能把她跟麻秆捆绑在一起。

这些天，顺子闷闷不乐，他不能阻止翠姑，那是她的前程啊！他常常独自一人顺着河湾溜达，走上白沙滩，皎洁的月光下，河湾幽静而淡远。他想着翠姑，心里不由生出梦幻般的阵阵甜蜜来。突然，他的眼睛被两只手紧紧地捂着。脊梁上被两条辫子挠痒似的蹭了一下，他吓了一跳，便感觉到翠姑急促的呼吸："你怎么知道我在这里呢？"

"这叫心有灵犀。"翠姑松开手，愉快地跳起来，"上你家找你找不着，猜你就到白沙滩了。"

白沙滩哪……她忘不掉这个男人，是他把她的心给掳去了。翠姑一个人时，就骂顺子："勾魂鬼！"骂罢，就偷偷地笑，心像被蜜浸泡了一般。顺子呢，一个人时遐想着：那人真美，也骂一句："小妖精！"骂罢，就如痴如醉，癫癫狂狂。

这晚，他们紧紧地相偎着，沿着白沙滩的边缘走着，走成很大很大的圈。翠姑趴在顺子耳边说："我们走成月亮了！"

顺子也惊喜地说："我们走成月亮了！"

"这是咱们的月亮！"顺子一把抱起翠姑……河湾里留下阵阵无拘无

束的欢笑声，随着潺潺的河水流向远方。

月亮沉下去了，他们在河岸上蹚着青草，露珠儿把他们的鞋子打湿了。

次日，翠姑要到邢台去，顺子把翠姑送上车，开往县城的汽车，"喔"的一声把翠姑带走了。顺子一阵阵失落，整个身子好像变成了一具躯壳。

两天后，到车站接翠姑的是大个子司机和麻秆。翠姑的脸"唰"地变了颜色。原来，麻秆早在半个月前就已经到了邢台。表姐和表姐夫玩的是"调虎离山计"，哪里是给她找工作呀！表姐哄着翠姑说，工作还没有安排好，先替表姐看孩子，待工作说好了，就让翠姑上班。翠姑气得浑身发抖，又不便在表姐面前表露，她毕竟被装在人家笼里了，她恨透了这个人面兽心的表姐。

当夜，表姐以房子窄狭为借口，让麻秆和翠姑住在一起。这是让麻秆和翠姑生米做成熟饭哪！翠姑欲哭无泪。夜深人静时，门外有窸窸窣窣的声响，翠姑看见一个鬼鬼祟祟的大个子身影站在门外，"咔叭"一声，把翠姑的房门锁上了。翠姑跺门，喊破嗓子踢破天，门外静悄悄的没有丝毫应声。麻秆坐在沙发上抽着烟，皮笑肉不笑地乐道："别喊了，喊了也没用！"说罢，使劲掐灭烟头，站起身一下子扑向翠姑，两人厮打一阵，麻秆脸上被抓出一道道血印："有本事，全使出来！"麻秆狰狞地咆哮着……

翠姑一直没给顺子写信，她不知道该怎样向顺子说。她心里像猫爪子在抓：跑吧，她被麻秆严严地看管着，而且她身无分文，身上带的钱早被麻秆搜去了；不跑吧，她被麻秆夜夜蹂躏着。虽然麻秆每顿饭都给她端到跟前，而且打不还手，骂不还口，但翠姑看见他就像口中吞下个苍蝇，厌恶极了。

一晃几个月过去，表姐似乎比翠姑还要心急火燎，怎么不见翠姑肚子里的动静呢？她对翠姑更加体贴，下了班就跟翠姑谈心，星期天陪翠姑一块儿逛街，还给翠姑买衣裳，翠姑就想着脱身。她心情好一点儿的时候，对麻秆说："反正我的身子你已经占有了，过几天我们回家吧。"麻秆喜上眉梢，几个月来，翠姑还是第一次给他笑脸。忙追问道："你答应了？"翠姑说："我不答应行吗？不过，我告诉你，强扭的瓜不甜。"

麻秆死皮赖脸地赔笑道："只要是瓜，管它甜不甜呢？"表姐给翠姑和麻秆买好车票，他们就又回到了石磨庄。

（五）私奔

翠姑的婚期很快就定下来。谁也说服不了父亲，翠姑被父亲的承诺折磨得焦头烂额，她浑身慵懒，不想见人，更不想面对顺子。从邢台回来之后，一天到晚闷在家里。按理麻秆破了她的身之后，她应该焕发出女人的愉悦来，可她总是没有那种感觉。

婚期越来越近，翠姑心急如焚。十月十八日夜里，老亲旧眷都来了，压箱、置奁、打扮新娘，个个忙得不亦乐乎，翠姑却高兴不起来。夜，沉沉睡去，有几个人很快进入梦乡。翠姑没有睡意，她蹑手蹑脚地起床，走出屋外。天上月明星稀，墙根处不时传来虫子的鸣唱，溜河的风吹拂着月亮河里的阵阵潮气迎面扑来，显得深夜里的石磨庄越发沉寂。石磨庄就像卧在地上黑咕隆咚的庞然大物。她深吸一口潮湿而清新的空气，心里的抑郁释放出来许多，像挣脱了牢笼，便径直来到顺子家后窗边，叩响顺子的窗棂。"顺子——"她小声唤了一声。

"谁呀？"顺子没有睡着。自从翠姑走了之后，既没有给他写信亦没跟他见面，明天又是翠姑的喜日，这些天正一个人生着闷气。

"快出来！"翠姑催促道。

顺子听出声音来，翻身下床，疾步来到房后，一把抱住黑影里的翠姑。

"俺跟你说个事儿。"翠姑说。

顺子放开翠姑。

"咱俩私奔吧！"

月光如银，宁静而致远；徐风轻拂，树影正婆娑。两个黑影紧紧依偎着。顺子说："你等等，俺回家带盘费。"

翠姑一把拽着他："不用，俺的压箱钱全带来了。"

顺子扯起翠姑朝月亮河奔去。

他们望见白沙滩了，那洁白的沙滩，在朦胧的月色下，像灰色的面团似的影影绰绰，河两岸的树木和荆棘一览无余地笼罩在夜色里，伴随着"轰隆隆、轰隆隆"极不和谐的洪水声一同闯入他们的视野。河水陡涨，二十多米宽的河面，河水湍急，打着漩儿，像野兽的怒吼、撕咬，在撕裂着他俩的心，夜越发恐怖、可怕。他们走上白沙滩，河水离白沙滩越来越近，眼看就淹上白沙滩了。

怎么突然发水呢？顺子和翠姑站在沙滩上，遥望着还在灰蒙蒙夜色中的石磨庄，焦急着、纳闷着。石磨庄那边隐约传来此起彼伏的阵阵犬吠声，似乎在追咬着人。不久，犬吠声渐渐稀落了，消逝了。

"一定是白石山下大雨了。"顺子说，"我背你过河。"

翠姑没有吭声，两眼怔怔地望着咆哮的河水。

月光时而亮如白昼，时而躲进黑色的云层，仿佛在偷窥着他们。两岸的树荆，像一个个黑枯桩子，鬼怪似的，仿佛在嘲讽着他们。

"喔喔——喔——"

石磨庄方向隐隐约约传来雄鸡的第一声鸣唱，接着鸡的叫声此起彼伏。翠姑心里"咯噔"一下，她紧紧地搂着顺子。她不能让顺子来为自己冒险，她拉着顺子坐地沙滩上，她依偎在顺子身上，顺子就把翠姑抱在怀里亲吻着……

"明天，你得送我。"翠姑说。

"嗯！"

"你得跟我相好。"

"嗯。"

"你得把我肚子弄大。"

"嗯，弄大。"

翠姑解开顺子的衣裳。

他们紧紧地缠绕在一起，发出阵阵舒缓的呻吟，身下的白沙随着他们的疯狂有节奏地缓缓腾起，又缓缓落下，绒毯似的徐徐覆盖在他们身上。又一阵沙浪腾起，又一阵微风拂来，他们紧和着沙打微风的乐感和节拍。洪水一个劲儿地咆哮着，越来越凶猛。洪水淹没了他们的脚踝……一个浪打来，又一个浪打来了……

石磨庄早早地醒来了。翠姑家的灯光彻夜亮着，当鸡的第一遍叫声响起，人们就欢欢喜喜地起床，人们发现翠姑不见了。鸡的第二遍、第三遍叫声响起时，晨曦把石磨庄的轮廓变得明晰起来，仍然不见翠姑的踪影，人们的心揪紧了。人们浩浩荡荡出外寻找，人们到了月亮河，才知道昨晚发水了。站在远处的河岸俯瞰，洪水吞噬了白沙滩。

翠姑的父亲有一种不祥的预感，他两腿哆嗦着扑通跪在岸边，声嘶力竭地喊着："翠姑，儿啊，你回来吧，爹平时好面子，爹再也不……"伸手朝脸上啪啪地掴去，"儿啊，回来吧……"

麻秆也不见了踪影，洪水消退后的第三天，人们从五妮潭打捞上来一具尸体，尸体上的肉不知被什么怪物吃得一片狼藉，只有挂在脖颈上的玉坠，人们才认定那是麻秆。有人说，那是五妮馋男人了用嘴啃的。翠姑的姑母整理遗物时，发现麻秆床头柜上的一张字条："顺子，我要跟你在白沙滩决斗……"人们恍然大悟，原来那夜麻秆也是一夜未眠。

凡事不可以太较真。若干年之后，你会发现较真的结局，伤害最深的是你自己。翠姑父亲何尝不是吃了较真的亏呢？石磨庄人在石磨边把翠姑父亲的承诺当笑柄谈。不过三年之后，翠姑怀抱一个孩子，突然回到了石磨庄，但顺子却再没有回来。人们都说，那孩子是顺子的，孩子的耳垂上也有一个眼儿。翠姑说："是福眼。"翠姑再没有嫁人，那孩子成了她的安慰。

            2015年8月16日于广州花都

猿山的呼唤

猿山没有猿，猿山是座山，一座普普通通的山，至于为什么叫猿山，已无从考证。有一天父亲告诉我说：山明姑姑疯了，我的心一下子冰冷到了极点，眼泪"唰"地涌流出来。我说我想看看山明姑姑，父亲说，那你回来吧。趁着周末，我急匆匆往家赶。

翻过猿山，到了溪畔，打算洗把脸。阳光很好，很温馨。溪水清凌凌地流着，偶有几只白鹭站在溪边，伸着细长美丽的尖喙啄着鱼儿。鱼儿很多，但都漂浮于水面，有的已经死去，有的半死不活地翻着白色肚子毫无挣扎之力地随流水任意漂流。我知道一定是上游有人偷偷下药了，都是一些贪婪的人所为。水已经污染了，我有点儿丧气，只得作罢。

山明姑姑一直生活在抑郁中。她很少跟孩子们玩耍，只有见到我时，脸上才透出一点儿喜气来，甚至偶尔拿出些"包"来让我吃。"包"是炸得焦香的小鱼，是在那条溪里逮的，活的。她看着我吃，那笑意就显露出来。这是我看到的她唯一最灿烂的时刻，平素里是见不到的，包括鲇鱼三爷。

我记事时，草鱼二奶就死了。二奶是山明姑姑的亲妈。高高的个子，利利索索，长得很耐看，年轻时准是个讨人喜欢的美人坯子。父亲每每领着我到鲇鱼三爷家去串门，二奶待我总是很亲的，山明姑姑就拉着我到外面去玩耍，跳绳，捉迷藏……一身汗时才回鲇鱼三爷家。村上人很少跟鲇鱼三爷来往，也没人到他家去串门，只有父亲才是他侃得来的。幼时的记忆里，庄上人对鲇鱼三爷嗤之以鼻，似乎就是瘟疫，唯恐躲闪不及。这状态，二奶死后，稍有缓解，但仍然不甚来往的。

鲇鱼三爷有两个儿子都已成家立业，都与他撇清了关系，逢年过节，生灾害病也都不上门，所以那时三爷过得很清苦，尤其二奶仙逝，他就显得更加孤单和苦闷。年纪大了，又一身残疾，孤独凄凉可想而知。好在山明姑姑并不嫌弃他，才使他心里得了些许安慰。多数时候，他盼着父亲去串门，侃大山闲唠嗑、抽旱烟，打发寂寞时光，那时父亲和我生活得也很苦，过食堂饿死的就剩下父亲我们俩，算是同病相怜吧。

人们抛弃了鲇鱼三爷。

二奶的丈夫草鱼二爷，婚后不久，就被国民党抓壮丁抓走了，且杳无音讯。二奶正年轻，芳心未艾；三爷正雄健，色心未泯。三爷就和二奶混到一起，那时满石磨庄就炸翻了锅。那是新中国成立前夕，二奶的肚子一天天鼓起来，纸里包不住火。恰逢此时，鲇鱼三奶得热病死了。鲇鱼三爷和草鱼二奶顺水推舟，干脆就在一起过了。弟有情嫂有意，按理挨不着谁，但大儿子无法接受，逮住鲇鱼三爷痛打一顿，且放言终生断绝父子关系。好事不出屋，丑闻传千家。石磨庄人看见鲇鱼三爷恨不能唾满脸唾沫才算解气。

小儿子虽然从没打过鲇鱼三爷，也是不给好脸子看的。新中国成立那年，二奶生下山明姑姑，三爷和二奶视若珍宝，但她在石磨庄人的眼里，却是邪恶的化身。所以，山明姑姑并非在欢声笑语、亲情融融中降临人间。

二奶年轻时不但人漂亮，针线活儿也样样精通。山明姑姑几岁时就会绣花，什么鲤鱼跳龙门、鸳鸯戏水、百鸟朝凤……都是二奶手把手教，十几岁时学得一手好刺绣。邻居凤仙出阁那年，山明姑姑绣了一帧鸳鸯戏水帘送凤仙，临好的前一天，凤仙隔墙唤山明姑姑，山明姑姑喜气盈盈地出门去，凤仙就把鸳鸯戏水刺绣退给她，山明姑姑瞪大迷惘的眼睛问："为什么？"那凤仙话也没搭理，就顺墙秃噜下去了。山明姑姑呆若木鸡地站在墙根足足有半个时辰，眼泪吧嗒吧嗒地往下滚落，回到屋里，拿把剪刀把刺绣剪得稀烂，从此她再也不学刺绣了。说是说，有手艺总是心里痒痒，就像唱戏的三天不吼几腔，就嗓子冒烟。

　　记得幼年的冬天，总是冷得邪乎。我的手冻得红肿溃烂，山明姑姑见到我，总要把我的两只小手捧到她的嘴边用热气哈一阵，哈热了，方才放手。那天黄昏，父亲领我早早地到鲇鱼三爷家串门，山明姑姑从屋里拿出一副暖套来。听三爷说，那是姑姑昨夜做的，黑呢子布的暖套上各绣一枝粉红色的荷花，很逼真，就跟真荷花一样。她说让我戴手上，刚给我又要了回去，把两只暖套塞入她贴身的怀里，暖了一阵儿，摸摸热乎了，拉着我给我戴手上。那暖套带着山明姑姑的体温，使我对那个寒冷的冬天十分地怀念。她对我的烂手格外上心。她拿胡萝卜在火上烤，烤熟了，小心翼翼地揭掉胡萝卜皮贴在我的冻疮上，贴上两三天就长出红鲜鲜的肉芽很快就痊愈了。

　　山明姑姑手儿灵巧，自然跟二奶学得一手好饭菜。那时乡下虽然穷，但人们的精神生活却过得丰富多彩。逢着春节，家家户户立天灯，冲旱船，猜灯谜，抵忙牛阵，把年过得有声有色。老婆婆们，大闺女小媳妇们则在三十晚上忙着做面人，把白面捏成鸡呀鸭呀猪呀狗呀，甚至十二生肖之类，捏好后放在笼屉上蒸，面人里放入红枣、花生仁、葵花子仁、白冰糖之类。村上孩子们到各家各户去熬年，燃放鞭炮，每每地主家婆婆把蒸好的面人分发给孩子们吃。山明姑姑捏的面人很逼真，味道好，又香甜，但孩子们很少到她家耍，她家就衬得很冷清，只有父亲领着我到她家时，才显示出一种过年的味道来。见到我，山明姑姑笑盈盈地一把拉着我，忙从刚出锅的笼屉里拿出面捏的小动物。为防烫手，用秫叶包半截儿递给我，对于二奶和山明姑姑的款待，我和父亲是从不拒绝的，她满脸的愉悦溢于言表。吃罢香甜的面人，山明姑姑从笼屉里挑出红线扎住的一只小羊递给我，说："吃了长大个儿，长大了财源滚滚。"我双手接过小羊，一掰两半，露出一个五分硬币来。她拍着手笑成一朵花，我吃着小羊，把硬币放回桌子上，山明姑姑佯装不高兴的样子，拿起硬币塞入我衣兜里说："这是吉利，不兴不要的！"乡下人捏面人，一笼屉只包一个带硬币的。小气的包一分的、贰分的，大方的包五分，是从不做记号，以便谁吃着以示一年幸运。山明姑姑家的面人是做记号的，以便我去时好一把挑出来。她看着我吃完一只小羊，伸手从桌子上拿来一张麻纸，拣了十几个面人包了一大包，双手递给我说："去吧，去给庄上孩子们发发，吃面人能咬灾，一年不生病的。"

我接过那包面人，来到庄上，见到孩子们，馋嘴的孩子们一哄而上一下子就分完了。回到鲇鱼三爷家，山明姑姑很高兴。我说狗子他妈把面人摔了，说上面沾有晦气。山明姑姑的脸一下子拉长了，小声嘟囔一句："是晦气。"狗子是山明姑姑大哥的儿子。那时候我是那样不懂事，不知道美丽的谎言对一个人是多么重要，就像一个癌症病人想让他死得快就实话实说，所以谎言有时是善意和美好的，而真话有时是荒唐和害人的。

你别说老辈人不懂感情，其实他们的爱情一点儿也不逊色于今人。以至到我长大成人，我突然对山明姑姑的名字产生浓厚的兴趣来。鲇鱼三爷的名字叫顺山，草鱼二奶的名字叫月明（旧社会女人一般是没名字的，姓啥就叫啥氏，嫁了人也是夫姓在前，妇姓在后，叫啥啥氏）是新中国成立那年起的。山明是把男人和女人的名字合到一起。我想山明姑姑出生后，三爷和二奶一定为这个爱情的结晶动了一番心思的，只是世俗和偏见不容罢了。命运的幸运儿往往有滋有味地活在世俗偏见中、搭上命运的顺风车，从而过得风风光光。山明姑姑不是搭顺风车的人，她似乎生下来就是被世俗和偏见牢牢盯死的异类，遭人唾弃。

富人有富人的堂皇，穷人有穷人的喜气。

那年山明姑姑出嫁。两个哥哥出于掰不开的血缘亲情，不得不破天荒地来送她。我来到山明姑姑家玩耍。家里不怎么忙乱，只是一个独栅门上贴了一个偌大的囍字，那是山明姑姑的手艺，囍字两边被两个龙凤图案拱出，显得分外耀眼和别致。山明姑姑从房内走出，从衣兜里掏出一把糖果递到我手中，俯身掬着我的脸儿说："明天姑姑要走了，你送姑姑好吗？"我默默地点一下头，不知怎的，泪珠儿就滚落出来了。我问："姑姑还会回来吗？"山明姑姑笑道："会回来呀，这是我娘家呀！"

山明姑姑的嫁妆很简单，没有唢呐声，没有亲朋好友相送，一个木箱一双被子由两个哥哥替换挑着，门前燃放一挂鞭炮，我们就上路了。正值初春，春寒料峭，我们走过后山的山坳。微风拂来，刚绽放绿芽的杨柳枝条在溪畔摆动着婀娜的舞姿，柔美宜人。满河的鱼儿溪里畅游，蹦跳得正欢。几只喜鹊在山坳的几棵松树上叽叽喳喳，像是为山明姑姑送行。两个哥哥挑着担子前面走着，山明姑姑拉着我的手远远地跟在后面。

"知道我为什么让你送我吗？"山明姑姑说。

我忽闪着迷茫的眼睛。

山明姑姑接着说："你是姑姑心里的亲人，他们，"她用目光指了指送亲的哥哥，"说是送亲，心里都巴不得我早点儿消失呢！"她目光呆滞，面部的喜气消失得无影无踪了。我们走上鹰嘴崖边的猿山，太阳从晨雾中露出鲜红的笑脸来，山梁上几株迎春花含笑绽放，开得鲜俏、娇美而冷艳。我抬眼看姑姑时，她正俯身在迎春花旁凝神沉思，刚才呆滞抑郁的神情已经一扫而光，她的脸同初升的太阳一样美丽。

"姑姑，是不是结了婚，就不再孤单了呀？"我好奇地问。

"是吧。"她心不在焉地回答。

"是不是结了婚，就不再痛苦了呀？"

"是吧。"

"是不是结了婚，就有人疼怜了呀？"

"是吧。"

"是不是结了婚，就跟男人睡一个被窝了呀？"

"是吧……不是。"她脸上突然泛起一抹红晕，羞赧地责怪道，"一个没脱黄嘴叉子的小屁孩哪儿来那么多是不是？赶明儿你长大了，就什么都知道了。"她佯装生气，心里还是漾溢出阵阵甜蜜来，我感觉到了，因为她在那一枝一枝的迎春花丛里畅游了好久好久。

忧郁像摆不脱的魔鬼，总在山明姑姑的脸上出现。她一会儿笑颜如花，呈现成熟女性特质的美丽；一会儿又如魔幻的云，冷颜的愁绪悬挂眉梢。这也可能是我的一句"你的男人是个什么样的人"的话深深刺痛了她。我们一路上说了好多好多的话儿。我听说她男人比她大十几岁，又老又丑，虽然我没有见过他。若干年后，我肠子都悔青了，愧疚我的不谙事理。因为翻过猿山，就是山明姑姑新生活的开始，我应该做的是让山明姑姑脸上的美永远留驻，从此不再孤单、抑郁和苦闷。

山明姑姑结婚后，接连生了两个孩子，那时她相夫教子，日子过得还算顺风顺水。有一年她给我父亲送了二斤叫"香烟"的烟叶来，她笑吟吟地说："哥，您贤弟说您好吸壮烟。"从她喜盈盈的脸上看得出她对她的婚姻很满足。父亲很高兴，好烟叶是吸烟人的命，它很柔很有劲，不燎嗓子不绝火，是用香油饼做底肥长成的，打了烟叶要在房檐下晾晒，太阳不要太毒，才能做成好的烟叶来。

那天，我正好在家，见到山明姑姑，我反而有些羞怯来。我拿出来保存完好的暖套说："姑姑，您还记得它吗？"她眼睛突然明亮起来，说："记得记得，你真有心！你知道我为什么给你绣朵荷花吗？夏日风狂雨猛，她有荷叶护着，就像妈妈护着孩子，荷花很美，但不妖冶，荷花是出污泥而不染的。"她指了指外面一群小鸡，"你看那小鸡，母亲总要张开翅膀让它们避冷取暖的。"她虽然识字不多，她的初心和理解力让我震惊。动物植物都有了，唯独没提羊羔跪乳。人是要报恩的，我又给了姑姑什么呢？后来她每年都给父亲送二斤香烟叶来。又过了几年，山明姑姑的两个孩子上学的时候，鲇鱼三爷和她的丈夫相继去世。

突然失去两个亲人，她的天塌了。尤其鲇鱼三爷过世，她哭死过去几次，虽然村人和哥哥都不待见她，但血脉相连，那是她亲爸。接着丈夫死，丢给她的是满屋的孤寂和凄凉，那时她刚三十岁出头，她常常回娘家住些日子，面对孤独破陋的鲇鱼三爷的两间草房暗自垂泪，有时坐在二奶荒凉的坟头，一坐就是半天。他们不让鲇鱼三爷和草鱼二奶合葬，因为二奶不是正宗娶到家的，二奶是和一个空木匣子埋到一起的。她心里有万般苦水和凄楚。娘家住些时日，她就走上猿山，坐在鹰嘴崖下朝远山的天际痴痴傻傻地眺望。山涧野花开放时，她漫无目的地徘徊，有时在花间，有时在溪畔。

过了山坳就是溪。溪很宽，溪里有鱼，草鱼、鲇鱼，不像我现在看到的溪，一河的死鱼！草鱼是母亲前个男人的名，鲇鱼是母亲后个男人的名，她不知道庄上人为什么给兄弟俩起了这么古怪的以鱼为名的诨号。溪下游的潭里早年盛产鲇鱼和草鱼。她站在溪畔，溪水仍然很清亮，只是鱼儿没了，草鱼、鲇鱼也没了。没了鱼儿，这溪就逊色很多，也没了诗意。干瘪瘪荒凉凄凄的山梁，干瘪瘪魂灵不在的溪水。

山明姑姑疯了。有人见她在猿山上披头散发，从这岭跑到那岭，手中掂根木棍舞着跳着在那里赶鬼，嘴里念念有词：

妖魔鬼怪你忒可爱，
你让本姑娘人不人鬼不鬼来难下台，
企盼天公降下斩妖剑，
霹雳一声斩杀妖魔和鬼怪，

本姑娘我坐享公平笑逐颜开，
　　……

　　她唱时，舞着动作，脸上严重扭曲变形，一改姑娘时的忧郁和腼腆，眼睛瞪着，横眉冷竖，劈脚独立，俨若画上的张飞抑或神话传说里冷面的判官。她那唱词，我知道是她信口编出来的，毫无章法可言，也没有什么深意，只是发发积压心里多年的郁闷和不快，但又何尝不是她对爱的一种呼唤，对人性冷漠和无情的鞭挞呢。但毕竟她疯了，是人性深处的恶魔逼疯了她。她没有爱，没有幸福的童年和亲情相抚慰，她所得到的是邪恶的化身，着着实实压在这位女性如此脆弱的躯体和心灵，使她无力反抗和挣扎，有朝一日，她需要找个发泄的出口！

　　山明姑姑疯是疯，从来不祸害人，所以石磨庄人都不害怕她。她一个月左右就要回娘家一趟，满庄子跑着闹腾一天，闹够了就翻过猿山，消失在浓浓夜色中。她的两个儿子慢慢大了，经常来找她回家，有时把她圈屋里，又担心憋出什么大病来，久而久之也不再看管她，任由她去，反正她也不祸害人。她喜欢到二哥家去，二哥家每顿给她端碗饭吃，得着这一好处，去二哥家更勤了，二哥家日久生厌，就不给她吃。再后来只有走到谁家就在谁家吃一顿。父亲常常赶在饭点，给她端些吃的。她吃过饭说阵子话就走，从不缠磨人，偶尔还打听一些关于我的消息。她打听我时，眼睛里就放射出神采奕奕的光晕，那凶煞的样子荡然无存。她吃过父亲的饭说："哥，这多不好意思呢，赶明儿我让孩子给你拉车粮食来。"心眼儿还好，就是说话不靠谱儿。

　　那年夏日的黄昏。石磨庄的快嘴嫂到二哥家串门闲唠嗑。快嘴嫂说："婶子，你听说了吗，疯子今儿在老队长菜庵里睡一天，真是丢死八辈子人了。"

　　"她去那里干啥？"

"还能干啥？谁不知道老队长的为人，庄子上的几个风头儿高的媳妇他都搞过来了，老队长能饶了她？"

二哥家的气就不打一处来，她感到脸上火辣辣地像被人重重捆了一掌。

恃强凌弱，冷漠和无情是人类社会难以根治的最无耻的顽疾。

夕阳沉到西山根时，山明姑姑喜笑盈盈地到了二哥家。"嫂嫂还没做饭吧，妹子帮你做吧！"她说这话时，我想她肚里一定很饥，嫂嫂把脸拉得老长，顺手抄根棍子朝疯子后臀摔去："你干的好事，你不要脸我们还要脸哩！"

山明姑姑接连挨了几闷棍，撒腿跑向门外，哭着嚷着："你为啥打我？"

"打你？在家里丢人现眼还不够，跑到石磨庄来了。""啪啪！"又是两闷棍。

山明姑姑在院里转着圈子躲闪着。

"我让你再在院里转，打不走你了？"

噼里啪啦又是一阵毒打。这几棍子下手狠了，山明姑姑"妈呀妈呀"地号叫着终于忍受不了闷棍的横飞，一个鹞子翻身冲出人群，消逝在重重夜色中。

那顿毒打之后，山明姑姑再没回过石磨庄。我那年看望她时，她病得很重，目光呆滞，也不说话，眼泪一个劲儿吧嗒吧嗒地滴着，攥着我的双手死死地不忍放开。一连两年，我再没听到过山明姑姑的音讯。我从省城回家，走上猿山，见到山梁上有座坟茔，听说是山明姑姑的坟。后来听父亲说，她回家就病倒了，时而清醒，时而疯癫。清醒时她说，我不能死，我要活出个人模狗样来。哪知她的身子一天不如一天，弥留之际她交代儿子，死后要把她葬在鹰嘴崖下的猿山上，曾经她在那里睡着时，有条蛇在她腿上缠绕。她说，那是块风水宝地。这已是几十年前的事了。

寄语"猿山"风日道，明年春色倍还人。

如今，山明姑姑的大儿子是部队上一个团长，小儿子大学毕业后在省城工作，听说也是个什么官儿。生活没有亏待她，当然是在她死后。

2019年1月9日于饶良花园家中

"典型"

老赵已经连续六年被评为车间的"先进生产者"了。他是车间的典型、车间的荣耀，当然，更是他个人的荣耀。公司要给"先进生产者"颁发贰仟元奖金。每到年底的这个时候，车间里的人们都几乎异口同声地围着老赵嚷嚷："骚，什么时候请客？""可不能吞独食哟！"

老赵每星期天都要光顾"秀秀美发厅"，那哪儿是正经人去的地方？但老赵却照去不误，加上平素里在车间喜欢和大家说些骚话取乐，譬如：花果山水帘洞亦深亦浅，孙悟空金箍棒能长能短之类……虽然有点儿黄也怪幽默，这样久了，还总变换花样，人们就给他送个"骚货"的绰号。后来干脆去掉"货"字，直接以"骚"代称。他亦不生气，亦不回避。

老赵也只是莞尔一笑："一定，一定！"

"今年可不能一人一瓶红牛哇，要那样，明年我们都不评你。"

"那是，那是。"

"希客莱饭庄？"

"希客莱饭庄。"

玩笑归玩笑，主人请不请，人们也都不过分追究，作为老赵本身，奖金得来的亦非那么容易，那是一年的辛辛苦苦操心受累哦！

老赵的家乡在云南边陲，与缅甸接壤，离缅甸三公里路程，在家时常常越界到缅甸去赶场。他到宏昌胶粘带厂已经七年,只回过两次家,家里撇下四十岁的妻子和一双儿女,儿子在上高中,女儿七岁,刚入学不久。一个女人带两个孩子还要侍弄三十多亩的一片茶山。

他回趟家很不容易,从广州坐两天两夜火车到昆明,再从昆明坐两天两夜火车到他们县城,还要再转半天汽车才能到家。有人跟他算过一笔账:去美发店一次五十元,比回家划算。

他们是特品部特品配胶车间。胶水配好后要拉到涂布车间去。胶水、固化剂的比重、比例、时间要严格掌握,配胶工人必须认真心细,一丝不苟。每一个疏忽、瑕疵都可能造成几十万元的损失。车间共九人,分三个班组,老赵是他们的楷模。每次车间主任把配胶单子下发后,他总要先看几遍,从不马虎。而多数人往往并不在乎这一点儿,照着配方做就是,何必那样机械呢?但内心不得不佩服,只有老赵没有被罚过款,他从没有出现过一丁点儿差错。

最要命的是安全生产、防火和机械事故。防火没问题,他们的烟火都存放在保安室里,他们的服装是不带静电的。他们把胶水和固化剂配好后要放在桨上搅拌,因为大塑料桶要连续使用,必须在塑料桶上套牢缠实塑料袋子,以免浆搅到袋子飞溅满屋胶水,甚至把眼睛蚀瞎,那样就会酿成事故。

配胶工人把塑料袋用胶带缠好后一般都是使劲拽断的,费时又费力。老赵做得却得心应手。只见他缠好胶带后指甲轻轻一掐,那胶带"咔嘣"一声就断了,整个动作轻松而自然,省时且省力。特别是涂布上胶厚度五十微米以上的胶水,几分钟就是一桶,常常是忙得手忙脚乱。他们要的是质量和速度。

徒弟张很羡慕师傅轻松弄断胶带的技巧。那天,他们配厚度七微米的胶水,一天都很清闲。徒弟张恶作剧似的一把抓起老赵的一只手抬到桌子上仔细查看,徒弟张惊讶地张大嘴巴:师傅的一个大拇指甲剪成一个三角形的利尖。徒弟张恍然大悟，师傅是为了掐胶带才故意剪成这样的，胶带缠好后，指甲尖往胶带上轻轻一扎，胶带就会断掉。

实践出真知，劳动者最美。这自然是老赵的独特发明。

"看什么？"老赵疑惑地一笑，好像秘密被偷窥一样，连忙把手缩回去。徒弟张暗生佩服，这个矮个子，没有什么力气的男人，处处想的是把工作做好。虽然同是打工人，跟他相比，不免有点儿相形见绌，他进厂两个月了，到现在还没过试用期。于是从口袋里掏出个指甲剪，照着师傅的样子，也把大拇指甲剪了个尖溜溜的利尖。屁颠屁颠地拿来一卷胶带，哧啦撕开，用尖尖的指甲朝胶带戳去，那胶带"叭"一声就断开了。

人们都很亲近老赵，他为人和善，和人相处跟谁也不远，跟谁也不近，一视同仁，没有歪心。尽管他工作过于认真，有时人们不免对他讥讽、挖苦两句，但他不生气，也不跟人红脸，依然还是那种认真劲儿。但那天他却独独跟车间的邢可干了起来。

邢可精明、有学问，对老赵从来不屑一顾。那天邢可配固化剂时没有按规定操作，站在一旁监督的老赵一把把邢可推向一边，自己闷头做起来。工人配胶都是两人操作，就是一个人配比，另一个人监督，以防出现差错，虽然称量都进入电脑，工作在摄像头下，但他们必须是零差错。

老赵的动作让邢可很尴尬，心里窝火，就不冷不热地道："做得再好也是打工的，受的是剥削。"

老赵脖子上的青筋鼓了起来，黑着脸嘟囔一句："那你也可以不干哪！"看得出，老赵很反感。他是一般不跟人红脸的人，也就是邢可，平素里愤世嫉俗大大咧咧惯了，遇上个认真得过于呆板的老赵，就难免尿不到一个壶里去。

老赵的话，噎得邢可心里添堵。

"你说什么？"邢可红着脸揶揄地骂道，"你以为你是什么东西？除了泡美容院你还会什么？"虽然人们几乎遗忘了老赵的大名，顺口喊起

"骚"来，除了开句玩笑也无贬意。这么些年，老赵都是生活在一片赞扬声中，哪受得了这号窝囊气，加上平素里对邢可看不顺眼，就接着邢可的话骂道："愿干干，不愿干滚蛋！"

邢可顺手抄起一根棍子，低沉地道："你再说一遍！"

老赵站着没动，两眼噙满泪花，一股从来没有过的屈辱感油然而生，使他血脉偾张，他紧紧咬着青紫的嘴唇，终于没有说话。

这当儿，车间门口早已站着另外一个人，只见他不慌不忙地朝屋内走来。满车间人惊得目瞪口呆：是厂长！

厂长走到邢可面前，抬手一指说："今天你——卷铺盖走人！"声音不大，那略带气愤的表情浸透着一种威严。厂里规定，打架是要被无条件开除的，人们都为邢可捏了一把汗。

邢可尴尬地放下手中棍子，脸像被人掴了一掌，木木的。

厂长扫视一眼车间里的人："你们都给我记住，我要的不是谁色不色，而是能给厂里创造效益的人。"他顿了顿又接着说，"效益，永远是企业的生命！"便气呼呼地走出了车间。

邢可被炒，老赵很长时间都觉得抬不起头来，毕竟农民工找份工作不容易，一种良心上的谴责常常袭扰着他，每天只是郁闷地干活，跟谁也不说话。车间里短暂的躁动之后，又恢复了往日的平静。

终于盼到了周末。徒弟张诡谲地趴在老赵耳边说："明天就是礼拜天啦！"

翘翘尾巴知道你屙啥屎，老赵自然会心一笑，心里有几分不悦。

徒弟张似乎意犹未尽，更加兴致勃勃："花园路又来了个靓的，比秀秀美发厅那个还风骚，怎么样？要不要换换口味？"

老赵不屑地瞪徒弟张一眼没有吭声，潜心做自己的活计去了。

老赵也很不容易。七年了，他只回过两次家，这让人们有点儿不可思议。没办法，为了挣钱，他不是不想老婆，三十如狼，四十如虎嘛！

这是对女人说的，而男人又何尝不是呢？何况老赵才刚四十岁。不过老赵似乎天生好那一口。其实世上的单身汉们，一辈子没整过那号事，也没见谁憋出一头青疙瘩。在配胶车间，老赵是很会安排生活的一人。他工资最高，基本工资、绩效工资加加班费，一个月能拿四千多块，他不抽烟不喝酒，按这样的水准，一次五十元，每星期一次，如果有时意犹未尽偶尔加塞，一个月三百块钱就够了。而车间里一半人都是抽烟喝酒的，即便抽廉价烟喝劣质酒，一个月也要花去千儿八百，如再约个狐朋狗友，一个月工资也就所剩无几。不过，让人百思不得其解的是，老赵这好色也像干工作那样呆板认真，哪有只靠住一个的，是镶金戴银的？男人那德行，哪个不是哪个靓找哪个？莫不是用情太深难以自拔，但那些失足女哪个不是逢场作戏，会投入真情？

　　星期天。华灯初上，霓虹灯闪烁着异彩，如梦如幻，街上早已人山人海了。这些常年在外的农民工，收入菲薄，不敢奢望光顾高级宾馆或舞厅，那要一晚消费几千元甚至上万元的，也只是光顾那些巷子里的美发厅、足浴之类，档次低，但消费得起。老赵自然也不例外，他是每星期天都要光顾"秀秀美发厅"的。见了老赵，一个花枝招展的大屁股女子，温柔地笑笑，彬彬有礼地招呼老赵坐下，随即端上来一杯清茶和一盘水果。老赵一屁股埋入松软沙发里的时候，隔壁套间里传来一阵打情骂俏的浪笑声，这声音似乎有点儿熟悉，老赵心里油然生出一阵不悦来。

　　浪笑声平静下去了，接着隐约传来低声的哭泣和偶尔的几句争吵。

　　"对不起，对不起！我太激动了，碰伤了你！"徒弟张！是徒弟张的声音！

　　老赵不禁攥紧了拳头，把牙齿咬得"咯咯"地响。

　　"瞧瞧，把人家胸抠的，两道血印子。"女人不依不饶，"没见过哪个客人，把指甲剪成尖子，往人家胸上乱抠！变态！变态！"

　　老赵似乎知晓了里面发生的一切。

难耐的沉寂之后，徒弟张满脸沮丧地从套间里走出，一眼看见老赵，脸上泛起微微红晕，尴尬地笑笑，说："师傅也来啦！"

老赵像暴怒的狮子"霍"地从沙发里弹起，一把抓住徒弟张剪了指甲的手，举到徒弟张面前，面颊上的肌肉颤动着。这样僵持了一阵儿，老赵终于愤怒地使劲甩下那只手。

"秃子跟着月亮走，谁也不说谁的光。"徒弟张小声嘟囔一句。

"啪"的一声，一个响亮的耳光朝徒弟张脸上掴去，徒弟张本是想自我解嘲来戏谑地结束这一狼狈局面而逃离现场，哪承想这个小个子男人一耳光如疾风闪电使他猝不及防，随即冲老赵咆哮道："你凭什么打我？"

那老赵已满眼泪水在打着转儿，终于溢出眼眶，大颗大颗地滚落下来。他抓住徒弟张的衣领往外走，他们撕拽着，老赵劲头很大，使徒弟张无法挣脱。他们拐过一个小巷，巷子里黑咕隆咚的。老赵这才放开徒弟张的衣领，在一扇斑驳破旧的门边停下脚步，"啪、啪、啪"叩响那门。不多一时，门开了，走过来一个瞎婆婆，有七十多岁，柔声说道："赵来了！"老赵一脚跨进门去。指了下墙边一个凳子，示意徒弟张坐下。徒弟张这才观察一下屋内，屋子很陈旧，靠里墙的一张简陋的床上躺着一个男人，苍白的脸上没有一点儿活人的气息，一股刺鼻的气味不断袭来，整个空间压抑得使人透不过气来。

老赵挽起两只袖子，抓起男人床边的一堆衣裳和垢物扔到不远处的木盆里，倒上洗衣粉，端到前墙的水龙头下，拧开水龙头，开始清洗起来。一股腥臭味再次袭来，呛得徒弟张有点儿头晕。老赵的举动，徒弟张越发丈二和尚——摸不着头脑来。诧异道："师傅，你这是……"老赵很长时间没有吭声，待到一堆衣裳搓洗完毕、不冷不热地道："你们不是说我嫖吗？的确，每星期天我都要到那里看看秀秀，再到这里干活。"他又"哗哗"放一满盆清水，把搓完的衣裳又涮了两遍，然后拿拖把把地面拖干净，指了一下瞎婆婆："这就是秀秀的婆婆，床上的是她的丈夫。七年前，她丈夫在建筑工地从楼上摔下，偏瘫、肾衰竭……换肾得七十多万元，秀秀不忍放弃……"

"她是谁？"

"弱者。"

2019 年 1 月 20 日于饶良花园

情归何处

（一）

　　吃过晚饭，老头儿好像处于半昏迷状态。刘向东一直陪护在他的身边，凭着他做护工的经验，他觉得老头儿今天不太对劲儿。他犹豫着，脸上略带几分焦急的神色，唤来老太太，用征询的口吻说："大妈，您看，病人好像跟以往不一样，要不找个大夫来家瞧瞧或送医院诊断一下？"

　　老太太相貌精致，细皮嫩肉的，看上去有六十来岁。刘向东想，她年轻时一定是个小家碧玉。她腿脚麻利地走到床边，望一眼床上的老伴儿，不冷不热地说："有什么不一样？今天折腾了一天，一定是累了，半夜三更的，上哪儿去找大夫，城市不同你们农村。饭后我给他喂了药，让他睡一会儿吧，别再打搅他！"

　　刘向东往后边挪开，离老头儿远一点儿。老太太亦上外屋去了。但他还是不放心，他想到了责任，什么责任呢？他说不清楚。他们做护工的都是你给我钱，我给你看护病人。这是新兴的职业，没人给界定什么责任，责任就是良心。护工要负责病人的吃饭、穿衣、洗漱，说白了就是跟病人的屎、尿、痰打交道。这原本是医院护士的工作，现在护士都不干了，就由户主请那些进城务工的农民做护理。护工的工作要复杂得多，它几乎无所不包。笑脸、勤快、忍让、细心、包容是做护工的基本素质，所以它要比护士委屈得多。听说天津看护病人工资高，他们就蜂拥地来了。一引十，十引百，刘向东的老乡布满了天津大小医院和各个角落的病人家庭。

今天是刘向东来老头家的第三天，三天来，他对老太太的印象不怎么好。老头儿原是区里的纪委书记，官儿不小。患有高血压、糖尿病、心脑血管病，半月前又摔了一跤，掉了大胯。老头儿很慈祥，他有一对儿女，都很孝顺。儿子在什么局任副局长，是个权力新贵，女儿已经嫁人，在区里某机关任职。老太太对老头儿很有感情，原来她一人侍候老头儿。病人掉了大胯，不能动弹，老太太搬不动老头儿，没办法，就请个护工来。刘向东没来时，老太太每天给他喂水喂饭从不厌烦。还每天定时给他喂火龙果和黑豆茸。火龙果是给病人增加营养的，起润肠和补充水分的作用；黑豆茸是让病人排泄的，以防便秘。老头儿胃口好，每每切一大碗火龙果，狼吞虎咽地一口气吃完，突突放俩响屁，还嫌不够，嚷嚷着还要。

刘向东站在一旁问："大妈，这是什么水果？""火龙果。没见过吧？""没见过。病人敢吃吗？""敢吃，这是糖尿病人专用水果。"老太太显示一种高高在上、什么都谙知的神态。刘向东怯怯地说："我可听说火龙果是高糖水果哩！""胡扯！火龙果不含糖，要不，你尝一块？"她用叉子拣了一块切得最小的叉给他。"不、不，我不吃。"他礼貌地笑笑，心里却隐隐地不舒服。真看不起人，还官太太呢，一点儿常识都没有。火龙果、葡萄、菠萝这几种水果是高糖水果，糖尿病人是禁止吃的；苹果、梨、西瓜之类是中糖水果，糖尿病人正常情况下可适量吃一些。你这种喂法，是吃着降糖药，升着血糖，不是折腾病人吗？面对老太太的傲慢，他不想再多说什么。

（二）

老太太让他一天喂老头儿六次水，到夜晚，老头儿的尿特别多，一夜要换六次尿袋子。这一夜还睡什么觉？尿袋子不好系，松了，掉下来，病人就会尿一床，次日就要遭白眼；紧了，尿路不畅，病人就要"嗷嗷"，同样得不到好脸色。老太太看见他满眼都是血丝，就说："今晚我替两次吧，前半夜你休息。"说归说，他心疼老太太，只让她换了一次尿袋子，就让老太太睡了。天刚蒙蒙亮，老太太就拨通了儿子的电话诉苦："这几天熬得我骨头都散架了，昨晚一眼没合，坐到天亮。"刘向东听到了权力新贵的声音："那个护工呢？""护工不是瞌睡嘛，昨晚睡了一夜。""你告诉他，我们请他不是请的爷。"老太太这不是制造矛盾吗？刘向东佯装没听见，谁让咱是来挣钱的呢？他心里越想越别扭，就借到外面抽烟的机会，电话打到老乡那里。老乡说："辞球他，当官怎么啦，老子不侍候你，怎么着？"

老乡鼓动，他就想念林姐。他忘不掉林姐甜美的声音：

小祖宗，

小祖宗，

我的亲亲的小祖宗，

……

这是刘向东偷听到的林姐独自一人时哼唱的小曲。林姐唱的时候，让人觉得酥麻酥麻的、甜腻甜腻的。

林姐的丈夫患的是高血压、糖尿病加偏瘫。电视上公布：天津市的糖尿病人占总人口的百分之十九点七，市民们说还要多。真邪门了，莫不是天津人吃得太好，都患上营养过盛症吗？刘向东在林姐家护理四个月，钱少，一天才六十元。我们出来是挣钱的，当然哪儿多上哪儿。但林姐是医院护士，人好，面对这样一个长年躺床的病人，又每天得出很多医药费的家庭，刘向东张不开口让涨工资。听老乡们说这一家每天开九十元，他就编瞎话辞了林姐。他觉得对不住林姐，一股深深的内疚之情常常困扰着他。

（三）

　　林姐屋里太脏，她养十五只猫和两条狗。风水先生说，她的房子是兔仙的居所，比猫画虎，猫就是虎，虎能镇宅，病才能慢慢好起来。城市人也迷信鬼神，刘向东很理解，这是不幸家庭没办法的办法，权当去去心病，精神寄托吧。但每当刘向东出门，身上就有抹不去的猫狗的尿臊味儿，还要在身上揪半天的猫毛。最不能容忍的是林姐的丈夫骂娘，已经骂走五六个护工了。刘向东挨了骂，两眼泪汪汪的，气咻咻的，谁没爹娘？每当这时林姐就跟他道歉，还温柔地抚摩着他的肩膀，哄着他说："别生气了，我的小祖宗。"仿佛林姐欠了他什么似的。长期躺床的病人，小脑萎缩，性格都扭曲了，情绪不稳，急躁、易怒、反常。骂了之后，再问他，他就说没骂。

　　刘向东最怕林姐的丈夫排泄。他经常便秘，一星期才解一次大便，每到解大便那两天，就开始骂人。一直到费了九牛二虎之力解下像石头那样坚硬的黑屎蛋蛋，骂娘才停止了。刘向东就赶忙给他擦屁股，病人温情而腼腆地看他一眼说："太脏。"说什么也不让他擦。他一把夺过刘向东手里的卫生纸，埋怨道："不是你们家的钱买的！"吝啬地揪下一点点儿来，再笨拙地塞在屁股底下慢慢抠起来，弄得指甲缝里和床单上都是屎，再让刘向东端来一盆清水涮手指甲。刘向东看出来了，他不想脏了别人。刘向东就得给他换床单。排泄完，心情舒畅了，他感到很羞愧，说："不好意思，又让你忙活啦！"以后每当他到了排泄时，坚持让刘向东推着他到卫生间的坐便器上，而林姐最怕他在坐便器上拉，因为那黑屎蛋蛋水冲不下去，总堵了坐便器。

想到林姐的丈夫便秘，他就想到老太太给老头儿用的黑豆茸，赶紧给林姐打电话。林姐用笔记下药名，问："你在哪里？""我在老家。"刘向东随口撒了个谎。林姐忸怩地央求："回来吧，我的小祖宗。"他不好说什么，就把电话挂了。

林姐的活，是他的老乡狗子让接的。狗子原在林姐家，也是嫌钱少，就不想进家庭了，想在医院做护理，医院钱多。狗子特别交代两件事。一是要骇住病人，活才能干轻松。林姐的丈夫，有次骂狗子，狗子把他推到墙角没人处，搦着病人脖子，一下子搦了个半死。真是绝招，很长时间病人没敢再骂他一句。还有的护工打病人，并且打了之后，病人服服帖帖，还不敢告诉家人。病人嘛，各有千秋，护工也得因人而异。久病床前无孝子，不少躺床的病人都是遭人厌的，你骇着他了，他也给家人少找很多麻烦，甚至夸你护理得好，没准过个节什么的送你红包。刘向东打心里是不赞成这样做的，但他很理解有的护工的过激行为，要不有人说，钱难挣，屎难吃呢。这二嘛，狗子诡谲地笑笑，你跟林姐年龄差不多吧，都四十多岁，难免会日久生情，要把持着自己，林姐人好又漂亮，可不要有非分之想。你没听说有的护工把病人的老婆、闺女都搞了。爬你的蛋,狗子！刘向东是那样的人吗？不过他听说,在天津的护工,有不少男单身、女单身、老婆、丈夫不在身边，常年不过夫妻生活，憋不住，找个情人或结成临时夫妻，生理需要嘛，没办法，为了挣钱，什么忠贞不忠贞。有的男人没有情人，一个活下了，要到足疗店花上一百元去泄泄火。这些男人，憋了多日的躁动不安的火气，在这温柔乡里，被舒舒服服、美美滋滋地泄掉之后，便又意气风发地投入下个活中去了。对于林姐，刘向东真的没有想过。她的丈夫由于长期卧床，屁股蛋已经萎缩得没有了，就像青蛙，只剩下两条大腿和屁股眼。刘向东记得，有一次给病人更换一次性裤头，林姐走进来，惋惜地叹了一声："连小祖宗都缩没有了。"他转脸看林姐时，林姐脸"唰"地红了……一想到这里，对于那号事，就没有了任何念想。他们是夫妻，人啊，同样是人，他却那样不幸，你还有心搞他老婆吗？天理不容啊！他倒是常想念王大夫。王大夫和林姐同一个医院、同住一个社区，又是好姐妹。王大夫腰椎间盘突出犯了，在社区医院做针灸，而刘向东每天推着轮椅到社区医院给林姐的丈夫做艾灸，王大夫就主动跟他攀谈说，林姐老夸你呢，说你素养高、心眼好、特温柔、特男人。他们就认识了。在他印象里，王大夫美丽娇俏，温柔可人，尤其那双眼睛，深邃、明净、有情。当他编瞎话说妻崴了脚要走跟王大夫道别时，王大夫眼睛红了，柔声地说："林姐那么喜欢你，你别撇下她，等你老婆好了，还来。"她握了他的手，当刘向东想要放开时，王大夫却紧紧地握着他的手不放开，说："林姐就快支撑不下去了……你别不男人。"他不敢抬头望她火辣辣的眼睛。

每个寂寞的夜晚，他脑海里充满王大夫的影子……

（四）

老头儿咳嗽两声，刘向东赶紧朝老头儿床边走去。见老头儿仍然处于半昏迷状态，呼吸似乎很微弱，他觉得老头儿今晚是个坎儿，能不能翻过去还很难说。今天儿子、女儿、女婿拉着他到二百里外的一个乡间骨科医院做复查，因为陪伴的人多就找了一辆面包车。北方的隆冬，真邪乎，寒风如刀子，割得人脸都是疼的。车内没有暖气，老头儿经不住车里的凉气和长途的颠簸，在车上呕吐了多次。回到家里，精神状态还不错，如今是怎么了呢？当官的也真是会瞎折腾，放着国家一流的市骨科医院不去，偏听人介绍了一个偏僻的乡间医院，这不是让病人活受罪吗？也许当局者迷、病急乱求医吧。刘向东趴在病人脸上呼唤着："老爷子，您醒醒。"病人眼睛乜斜着，没有应声。刘向东心里像猫爪抓了似的，一阵阵不安。他又想到了责任，人家把病人交给你了，就是对你放心，护工嘛，就是病人的儿女，是尽孝的，何况人家付给你钱呢。他不像个别护工，把钱看得碾盘大，接一个重病号盼着他马上死掉。那样能马上下活，再接新活，户主好付给他一笔数目相当可观的吉利钱。这在天津似乎是个不成规矩的规矩，护工叫撵晦气，户主不给，护工会张嘴要的。那些户主手忙脚乱地忙活死人的后事，悲痛之中，哪还会让护工纠缠，面子上也过不去，就赶紧出钱让护工走人。遇上有的户，不会给死人穿衣裳，请护工帮忙，这时护工就要讨价还价了，穿身衣裳，一个钟头不到，张口就要千儿八百的，这种事一般不砍价钱，护工掌握着"度"，报个数，户主就出了。

刘向东走向外间唤回老太太，苦口婆心地道："大妈，您听我的话，赶快拨打120，把大伯送医院。我可把丑话撂这里，明天大伯有个什么好歹，您可别埋怨我没给您提个醒。"老太太走到老头儿床前，仔细查看了一阵儿说："没事啊，可能是今天累了，路上又吐了许多，身体一定很疲乏。"老太太犹豫着走到外间，还是拨通了权力新贵的电话。不到半小时光景，儿子、女儿、女婿都来了。权力新贵趴在父亲身边仔细观察半天，问："回来后，给我爸吃什么东西没有？"老太太说："没有哇，回来好好的，刘师傅还喂你爸一大碗饭呢。啊，对了，我给你爸喂了降糖药。我怕他折腾一路血糖升高，我多加了一倍的量。"

权力新贵二话没说，把老头儿抬上车送往市人民医院。一个钟头之后，检验报告出来了，老头儿的血糖很低。生命垂危。

刘向东这才缓了一口气。

（五）

　　哪承想，病人三天危险期，折腾得刘向东东倒西歪，他整整两天两夜没合眼。病人抢救了一夜，次日缓过来神时，儿子、女儿、女婿全上班去了。权力新贵说："妈，您也回去休息吧，这里有护工呢！"老太太就也走了。他不敢懈怠，生怕病人再有个什么闪失。第三天，老太太掂着一筒松花蛋肉丝粥来了，她问了一通病人的病情，就揭开筒盖子倒了一碗给老头儿喂了，她指指老头儿问："今天排泄没有？"刘向东说："没有。"老太太脸寒了一下，就又拿出屎面面似的黑豆茸来，用清水和和给老头儿喂了两汤匙。便眉飞色舞地说："今天下午，李书记要来看望，儿子陪同他来。"老太太立时容光焕发了，连细密的皱纹里都绽放着一种荣耀："你还不知道吧，就是Ａ区的纪委书记，他原来在老头儿手下当一名小兵。"刘向东这才注意观察一眼老太太，打扮的有点儿妖里妖气，穿着和她的年龄不相搭配的紧身绸缎马褂，胸前绣了一朵妖冶的大红花儿。刘向东想，权力和荣耀，在这个家庭是那样至高无上，他觉得不可思议。到了下午，刘向东就给老头儿铺尿垫子，上午老太太给老头儿喂了黑豆茸，没准儿什么时候就排泄了。尿垫子还没换，李书记和权力新贵就来了，刘向东只好停下手中的活计。李书记和家人寒暄了一阵儿，详细了解了病人的病情。待客人坐下，刘向东开始给病人换尿垫子。他把尿垫子折了一半，双手捏着折层，往病人一边臀部用力一压，再轻轻搬过另半边身子，双手抽出对折的尿垫子，就换好了。李书记看着夸道："这个护工够专业的。"权力新贵赔笑道："我妈身体不好，这不刚找了个护工。""好，就得找一个，辛劳一辈子了，何况现在在病中。"李书记客套了一阵子要走，他握了权力新贵的手后，又走向老头儿的床边握着刘向东的手说："辛苦你了，你要多上心。拜托了！"刘向东心想，这些当官的真是够可以的，你握我一个护工的手有什么用？后来他才悟出，他是让老太太和权力新贵看的，领导关心，多么天衣无缝。

（六）

北方的腊月，天黑得早，夜影笼罩了整座医院。送走了李书记，老太太和权力新贵该各自回家了，刘向东将在医院守夜。这几天他身体难以支撑，趁老太太和权力新贵还在，他要下楼去买盒烟。老头儿还没有排泄，权力新贵一改刚才李书记在时的神情。他猜不透刚才老太太又给儿子嘀咕了什么。权力新贵的脸抹下来："你快一点，我爸昨天就该排泄了，你不让他拉。""放你那个出溜子拐弯抹角屁，你爸拉不拉关我屁事，怎么我不让他拉。"不过这句话刘向东是心里骂的。他赶紧跑下楼在烟酒店买了盒烟，想想这几天熬得困乏，抿一口酒解解乏，少瞌睡，就又拿了瓶酒。钱刚付过，刘向东的手机响了，是权力新贵的："刘师傅，你快上来，我爸排泄了。"他飞跑着上楼。他知道护士不让喝酒，还没进病房的门，他就把棉袄脱下，用棉袄卷了那瓶酒，往病房的空床上一放。看看老头儿正往外拉，权力新贵翘趄着身子，用两个指头捏起被角，催促道："你快一点儿！"老头儿的粪便黄灿灿的，不稀不稠，完全是正常人的粪便。

老太太朝空床上坐下，手被棉袄里那硬梆梆的东西垫了一下。权力新贵说："那是什么？""像是刘师傅买的酒。"刚刚缓了下来的权力新贵的脸又"唰"地阴沉下来，说："医院不让喝酒。"刘向东说："我知道。但我这几天连着熬夜，喝口酒夜里少打瞌睡。我不是酗酒的人。""我爸不敢嗅酒气。"权力新贵不依不饶。刘向东没有吭声，心想，前几天你妈还用茅台给你爸擦身子呢，连屁眼都擦了。

气氛有点儿凝固。过了一阵，老太太来到老头儿床边，说："排泄完了。刘师傅，给换掉擦洗吧。就隔了一天，看看，排泄了一大摊。"老太太的话中，温婉又带了几分怨愤。刘向东也不想把局面弄得太僵，就说："再等等吧，还没排泄完呢。病人太虚弱，没有力气排便。等一阵儿，会自然排出来。"

过了十来分钟，站在旁边观看的权力新贵，有点儿急躁，用揶揄的口吻说："刘师傅，人家别的护工都是用手给病人抠粪便的。"

刘向东一下子怔住了。他不知道该怎样回答权力新贵的挑衅，看来今晚想不僵住也难了，便不冷不热地说："我没这个习惯。"这当儿老头儿咳嗽一声，一下子排泄了一股子。刘向东这才双手捏着尿垫子对折着向外边抽边擦，心里越想越气，一不留神，粪便流了他一手面。刘向东今天才真正感觉到了脏，不但粪便脏，这个当官的心比粪便还脏。

病人排泄完，老太太坐权力新贵的车回家去了。权力新贵看也没看他一眼，蛮横地把那瓶酒也带走了。

这夜，刘向东越想越赌气，用手抠？护工怎么了？护工也是人。我刘向东在医院做护理时，几个病人家属要我手机号码要请我。一个大妈，辞了别的护工，点着名字让上她家做护理。林姐又来几次电话了，让他再回去……

次日，太阳还没有爬上楼顶的时候，老太太又送饭来了，手中还掂了一个红灿灿、鲜凌凌的火龙果。等给病人喂完饭，老太太剥开火龙果的皮，拿刀切了满满一碗，用叉子叉了一块朝老头儿嘴边送去。老头儿见了火龙果，眼睛放出神光，张口"叭咔"咬着，大口大口嚼起来。刘向东想阻止她，但话到了嘴边又咽了回去。刘向东睨视一眼老太太说："大妈，我今天在你家已经七天了。如果对我的护理满意，我今天再在这里干一天；如果不满意，可以随时辞我，我现在就走人。"

老太太手中的叉子停在了空中，脸变得阴沉沉的，很长时间没有说话。他们当官的家庭，历来都是别人望着他们的脸色行事，如今这世情的落差让她始料不及，心里就窝了一肚子的火。约过去了一个时辰光景，老太太说："行啊，昨天我跟儿子也商量了，你刘师傅也这么大年纪了，挣这仨瓜俩枣的钱，要把你刘师傅累个什么好歹，还不够住医院吃药呢！等我找到护工了你再走，这是我们提前说好的。"刘向东笑笑说："您放心，我身体好着呢！就是没跟药铺打过交道。""那也保不准一跟头栽下去呢……"老太太这句话到了嘴边却没有说出口，她的两腮帮子哆嗦几下，气咻咻的情绪在她满脸细密的皱纹里蹦跳着。她害怕刘向东软香不塞牙的话会绵里藏针地戳向她的心窝，再说她真正害怕的是刘向东一拍屁股现在就离开，七天的工钱，即便不给他也拴不住他的心。

（七）

 这一天，对于刘向东来说，真是度日如年。他心里烦乱不安，一分钟也不想多待。晚上零点时分，老太太终于以每天一百二十元的价格找来新护工。刘向东把病人的习性、病情及如何护理向新护工交代了一番后，心里总觉得还有些什么需要向老太太嘱托。他又想到了"责任"，球的责任！他转身看到床上躺着的这位慈祥的老头儿，他想到了生命的珍贵。他不能因为老太太的无知，把老头儿折腾出个什么好歹，但他这样做，是不是把香烧到神屁股后呢？老太太会领情吗？管球他哩，宁愿天下人负我，我不负天下人。于是他唤上老太太。老太太愕然道："还有什么事？"刘向东压了压心里的火气说："这件事不说，我心里不舒服。我告诉你大妈，火龙果是高糖水果，糖尿病人不能吃，火龙果不甜，但它却含糖量极高。"他把什么水果糖尿病人能吃，什么水果糖尿病人不能吃，认真地复述一遍。老太太没说什么，只唯唯诺诺地答应着。老太太从坤包里掏出工钱递给他，刘向东看也没看就把钱装入口袋。

 刘向东背上随身挎包，走出医院大门，抬头望一眼天空，啊，今夜星光灿烂！夜，凉意很深，但他觉得很温馨。他转身眺望一眼渐行渐远的医院，浑身轻松、释然，他朝那里喊了一声："我不欠你了！"

"今夜到哪里去呢？"他想远离肮脏，远离污浊，他能逃脱掉吗？在这个复杂的社会里，哪里是干净的呢？家，在等着他去挣钱……借着路灯的光亮，从衣兜里掏出老太太付的工钱数了数，整整少了一天工钱。"龟儿子！"他骂了一句，唤来一辆的士。狗子说："好马不吃回头草。"刘向东想到狗子曾警告过他的话，但林姐怎么办呢？病人再骂走护工怎么办呢？他拨通了林姐的电话。

林姐说："快回来吧，我的小祖宗，我去接你……"

"不许喊我小祖宗。"

"就喊！"

2013年6月12日草于广州花都
2019年2月16日改于饶良花园

绿化笔记

乡镇合并时，我下岗了。为了生计，便随同乡来到西安阳光绿化责任有限公司，做了一名绿化工。

公司设在T城一个偏远的小镇，老板李铸涛是当地人，他很有能力，"娶"有两个老婆，平素很少到公司来，公司的事务，主要有大婆支撑着。二婆年轻漂亮则在T城跟着他过。老板很有钱，资产不下两亿元了。

自从娶了二婆，大婆就失宠了。大婆王淑君不到五十岁，相貌出众，虽然到了黄脸婆年龄，却不失美人风韵。她爱管闲事，文化档次上又欠缺点儿啥，往往民工见到她如鼠见到猫，连公司的经理们、带班的都很怵她。她本名王淑君，民工们背地里却极不文雅地叫她"老母子"，既含贬义，又含仇恨。恐怕最了解她的莫过于她的丈夫，听说去年他给她二百万元，让她闲着去，她不干，说公司有她的股份。李铸涛没有办法，只得约法三章，让她把公司领导层管好，不再跟民工接触，因为每年夏秋季节就有大批民工流失，公司需要人时，引起民工荒。

王淑君生就的贱命，总要跟民工过不去。去年有个民工，恰上班拉肚子，见车走了，提着裤子撵车，被"老母子"撞上。"老母子"不愠不火，手一摆："来来来，上午，你就不要去了。对你这号人，就得让你长长记性！"民工要争辩，还没容话出口，"老母子"骂道："不愿干，卷被片滚蛋，我这里不是养老院，今天开始，罚工三天。""老母子"是铁娘子，听同乡说，每年总有一二十个民工因上班抽烟或因没穿黄马褂挨罚的，少则五十元，多则几百元的不等。老母子总要电话打到公司一个叫小冉的姑娘那里记上名字，交给财务室，月底发薪时兑现。

那天兰考的老施锄草时，忘记穿黄马褂，旁人冷不丁地开玩笑说："老母子来啦！"老施脸"唰"地白了，再看老施时，老施却尿了一裤裆。原来去年被罚三天工的正是老施。

中原早已春暖花开时，这里仍然结着一尺多厚的冰，这是自然界的春天，在民工看来却是冬天。

民工们被分为四个队，由跟老板沾亲带故的四个带班的带着。带班的多是当地的恶棍。其中一个是王淑君的同胞兄弟，去年曾两次打民工，还霸占了一个民工的老婆，不到半年，民工们都跑完了。我们带班的长相很黑，我们都叫他黑子。黑子有时也会笑着说："只要你们别骂我心黑就成。"

黑子带的队要到D县去。D县的县长跟"老母子"是儿女亲家，所以D县新开发的公路和城市绿化全部承包给了阳光公司。那里三年五载有公司干不尽的活。

在公司干了二十多天，我也想换个新环境，起码远离"老母子"，心里不那么别扭。公司的饭菜非常单一：早饭，馍就咸菜；中饭，馍和大白菜；晚饭，馍就中午的剩菜，晚一点儿连剩菜也被抢光了。公司大白菜够吃几个月了，都是去年民工们自己种的。每天如此，吃得实在厌烦。民工们每天五元的生活标准，实际上还不到二元，食堂是"老母子"承包的，她的口头禅是："管饱不管好。"不过还好，民工们不会得高血压和糖尿病。如厕时，屁股兑屁股，"扑哧"一声，拉得倍干溜净。不像城里人，蹲厕半天使出吃奶的劲拉不下来，苦恼的得借助治疗便秘的药物。

我们来到离公司一百多里的D县。还好，我们这班人在外地，每人每天补助五元生活费,那就是十元了。我们几个新民工私下议论,几个老民工不屑地说:"那五元到不嘴里,带班的黑着呢。"黑子每年就盼着出差,除自己的补助外,民工们的生活补助都进了他的腰包。果然,我们来D县一个多月来,每天吃的仍然是从公司拉来的腌白菜。活很累,起树、打包、装车、栽苗一切都要人工操作。黑子是个工作狂,四个带班人中,他又爱处处表现自己:每天让我们比公司规定的时间早上半个小时,下班又晚半个小时,中间从没有歇响。民工们招架不住时,唯一的办法是多撒两泡尿。体力消耗大,就不得不买些鸡蛋之类的补充营养。

  黑子从来不跟我们在一个灶上吃饭,他是个酒鬼,每天两瓶二锅头,在街上饭店订上两个菜。他个头不高,粗壮,脸呈黑紫色,没有一点儿鲜活的气息。老民工跟他开玩笑:"你身上的肉,狗都不吃。"黑子马上笑着接道:"吃了都能醉死。"他说他满脑子装的都是绿化上的事,不喝酒睡不着觉。他对谁都不放心,不管是栽花、栽苗、栽树、锄草,他都要跟屁虫似的跟在我们身后,手掂开封的啤酒边喝边时不时地吆喝一声。我们多数时间是在柏油路和水泥路上作业,黑子晒得受不了时,才到车上或树荫下坐一时,而眼睛却一眨不眨地远远盯着干活的民工。

  黑子喝的酒、抽的烟,相当一部分是一些民工买的。黑子爱骂人,见哪个民工不顺眼,不管你干得好坏,撕开嘴就骂:"妈的,你会干活吗?"民工都是冲着挣钱来的,敢怒不敢言,实在忍不下去时,就一面赔着笑脸,一面鄙夷地顶上一句:"要在河南,我们用铁锹拍死你!"又有人插嘴:"那要在河南,早挖窖活埋你了!"黑子不怎么生气,诙谐地接上一句:"我就不上你们河南去。"糟糕的是,下次黑子准给你派重活。一些民工摸透了他的脾气,光棍不吃眼前亏,就瞅着空子在街道的商店里以自己口渴为幌子给他买瓶啤酒或烟什么的,黑子虚让一阵接着,也就转怒为喜了。人们有了经验:有哪个该挨骂的民工突然之间不挨骂或干点儿轻活了,那准是给黑子"进贡"了。

初来乍到，我对建明的印象不怎么好。中等个子，脸盘长得还算拿得出门，最讨厌的是两只三角眼，我对三角眼本身就没好印象，那一定是当面叫哥哥，背后掏家伙的主儿。到公司第一天，他就向黑子献殷勤，当了个二带班，指手画脚给我们分任务，而他自己却这里走走那里逛逛俨然真的带班似的。他见了我诡秘地说："眼色活泛些，黑子来了干快些，走了悠着点儿。黑子要速度，不讲质量。第一年来？"我看他一眼算是回答。"往后我们就是一家人啦！""哎！"他看我没有兴趣便朝别的民工走去。建明来公司三年了，干活不得法儿，但他很会给黑子花些小钱，为的是干些轻活，拿个高工资。在D县二十五人中，他是挨骂最多的一个，他不生气，哪怕骂娘也从不红脸。他是三门峡人，早些年老婆带着女儿跟别人私奔了。如今女儿已上大学，他每月要从挣的钱中拿出大部分供女儿上学。他今年不再往黑子身上投资了，也就没干过占便宜的活。

民工生活在社会的最底层，说话从不计后果，从国家大事到家长里短，东一榔头西一棒槌地信口开河。建明有两个名字，另一个名字叫了然，不过喊"了然"是黑子的专利。他脸色铁青，腮帮子鼓起来，气冲冲的。小李子被闹个大红脸。我解嘲地说："其实叫'了然'挺顺口的。"建明看我一眼，再没吭声。同乡碰我一下，我越发在五里雾中。黑子在我们身后，见我一脸狐疑，解释道："去年我们栽树，我让他掌握直线，他说，没问题，我是一目了然。树栽完，嘿！有四五棵都歪到八里外了。从此'了然'的诨名就传开了。"原来建明只有一只眼睛，另一只眼睛是先天性失明。我惭愧至极。

了然终于忍耐不住，下了班跟黑子到街上喝酒去了。平素里他有个小酒瘾，劳累一天爱喝两口。民工们害怕了然喝酒，据说他喝醉了酒能闹腾半夜不睡。九点多钟时，了然一摇三晃地回来了。他手掂一瓶二锅头，嘴里哼着小曲，到了旧仓库门边一脚踩空"扑通"一声栽到地上，在门边睡的老施，一个鲤鱼打挺起来扶起了然。了然紧紧地握着酒瓶子，凝视半天见酒瓶完好无损,用手罩了一下眼睛,摇摇晃晃地站起,走到床边,掂过酒杯,"咔嚓"咬开酒瓶盖,咕嘟嘟倒了一满杯,送到老施面前:"喝!咱不怕黑子,我今天拾掇黑子了,为什么只给老施定七十元工资?我给你做主,喝!"说罢,对着门外大喊,"黑子,我不怕你!有本事你把我开除!"

了然闹了一阵,开始"哗哗"地吐酒。这时黑子走进屋,蔑视地笑骂:"了然,长能耐了,瞧你那点儿出息!"

了然"霍"地跳起,吼道:"我是个公的!"他歪了几歪才站稳身子。

民工们哄然一声笑了。

我这是见了然第一次爆发。他话里有话,既还击了黑子,又给黑子留足了面子,为什么?是怕得罪黑子失去这份工作吗?一个多月的相处,我改变了对了然的看法,我没发现他在黑子面前告任何一个民工的黑状。他是个很圆滑又城府很深的人。虽然自己干活不怎么得门儿,但黑子离不开了然,了然亦离不开黑子,黑子烦恼时,把了然当作出气筒,了然利用黑子少下很多死力。黑子说:一上午了然小解四次,每次半小时,这不,两个小时就没了。了然呢,当黑子对民工发火时,上前劝两句,再不然手捋黑子脖子,升一捋(旅)长,黑子亦就"扑哧"一笑,什么也就烟消云散,他们的相处就是那样微妙。我们出外打工的民工需要生存哪,只是生存方式不同罢了。

了然拿毛巾擦拭一把嘴上的秽物,说:"喂,黑子,下个月老施的工资涨不上去,我——了然不答应!"了然非常得体地插科打诨。黑子笑着不耐烦地呷他一句:"管好你自己!"便灰灰地走了。

有人形象地把绿化工比作城市美容师。不到两个月,D县新开发的两条宽阔的六车道大街,就在我们挥汗如雨的辛勤劳作中变了面貌。大街的中间和道路两边全是绿化带,我们按照电脑设计的制图操作,图案由绿、红、黄搭配,苗子由小薄、尾毛、玉针、大小叶黄杨搭配,花草由月季、玫瑰、金娃娃搭配，再等距离地配以金银花球，古柏球、塔松等风景树，变焕成各色美丽的图案，各种苗子亦在我们"咔咔"的修剪声中变得整齐、悦目，那波浪似的绿色、一叠叠、一片片蜿蜒起伏延伸到远方。这座城市生活在花团锦簇的海洋里，这座城市绿得顺眼，美得壮观。我们为这座城市自豪，为这座城市骄傲！但是谁知道我们的辛酸和悲凉？我们的理想、目标和追求全是为了每天那点儿血汗钱。我们是天工，干一天才有一天的钱，老板还要扣押我们两个月的工资。干到入冬拿着我们可怜的工资回到贫穷的家乡，到街割二斤肥肉，美美地吃上一顿算是我们最奢侈的生活了。

  我们每天顶着毒辣的日头干上九到十个小时，再疲惫不堪地回到住地；我们栖居在一个废弃的大仓库里，每夜忍耐着蚊虫的叮咬和酷热的煎熬；我们甚至不知道星期天和节假日，它与我们早已绝缘；没有电视机，我们不知道外面的世界发生了什么。也许饮食上多食牛羊肉的缘故，这座城市的女人很丰满，她们的大腿丰腴而白皙，亦常饱我们的眼福甚至成了我们取笑的笑料。我们平均年龄五十九点五岁，而多数人已经六十开外了，而我们在大街上每每遇上身穿黄马褂的扫大街的半老徐娘，看谁争先恐后、热情殷勤地说上几句话儿。我们甚至偶尔哼上几句豫剧《朝阳沟》的段子。这就是我们最奢侈的文化娱乐了。我们生活在被人遗忘的角落。

  我们的伙食很久没有改善了，几个老民工抱怨道："真心黑，还不如去年呢，去年一个月给我们改善一次，这都快三个月了，还没见肉腥呢！"

  县绿化局几个年轻女干部从我们栽苗子开始始终监督着我们的进展。有一个小妞走过来跟我们搭讪："你们有什么苦可言呢，你们的工资比我的都高。"老张温和地笑笑说："姑娘，站着说话不腰疼，饱汉不知饿汉饥。你干不干都有钱花。"

  小妞脸红红地。我亦接她一句："你这是当料峭的春寒冻得我们骨头缝都是凉气的时候,诗人正兴高采烈地歌唱春天的花香。"

小妞疑惑地笑问:"你究竟是什么人?"

"民工。"我答。

"不是!不是!"她连连摆手摇头说,"你简直就是个诗人!"

"过奖!过奖!"

以后每遇见她时,姑娘总要站在我跟前攀谈几句话。有一次,了然说:"老刘,你看绿化局的姑娘在看什么?"我顺着了然的视线反讥相讥道:"是的,她在向你招手——向你微笑——向你走来——她的裙裾也摆动起来啦——"

老施的工资一直没有涨上去,我们为他愤愤不平。没有办法,工资的升落,只有黑子说了算。他瘦小而跛脚,人倒精明,小头小脸被不协调的衣服罩着,让人想起乞丐的模样。四十岁出头,看上去有六十多岁了。老施人本分,不偷懒耍滑,往往一到工地就满身大汗,衣服周边浸满一道一片的不规则的白色汗碱,看得出与他的体格相比,他使的是蛮力。他来自焦裕禄工作过的地方——兰考。家里穷困,一个瞎妻在伺候着七十多岁的老母亲。他舍不得花钱,干满月二千一百元工资,他只留二十元买廉价烟丝抽,剩下的全部打回家去。那天上午我们起银杏树,每人起四棵,挖直径一米的坨,挖掉之后要打包,就是用稻草栅子把土包好,再用草绳一圈圈地缠起来,以免车吊或人工抬时根上的土散架。老施分的树,长在房子的背阴处,D县的早春还没有完全解冻,树根上结一尺多厚的冰,坚如磐石,镐砍下去只一道白印。那天上午老施只挖掉两棵树。而别人分的树都解冻了。第三个月发工资,有三人七十三元,唯有老施七十元,是我们这班人中最低的。从此,黑子总给他派扫垃圾的活。我们栽、剪苗子,掉下的枝枝杈杈、土或叶子要全部清扫干净,内行人知道它并不比干其他活轻松!但黑子有个固执的看法,派谁扫垃圾,就对这个人失去信心了。好处的地方,你可以多偷闲歇会儿,黑子也不再脚踩着尾巴骂娘。老施是实在人，偷懒耍滑教都教不会，每天照样汗水淋漓。

捡垃圾是我们这最轻松的活了。这个城市的公民素质还不是那么高，一些人用过的一次性饭盒、塑料袋子，矿泉水瓶甚至剩饭等随手往苗子里一抛。我们就在活路不紧时，偶尔捡一天垃圾，那等于放了我们的假。我们每人从垃圾箱里找个废弃的塑料袋，从街的这头捡到街的那头，有个别偷懒的就从街的这头跟到街的那头。老施则不然，他不停地弯腰，不停地把头伸进苗子中掏废弃的垃圾，他的手被小薄的针刺划出一道一道的血印来。

有一次我们栽金娃娃，黑子又派老施扫垃圾，老施就和黑子吵起来："你给我多少工资？"黑子黑丧着脸说："你也就是七十元的料！"老施气得脸色黑紫，浑身颤抖着。黑子冷冷地说："不愿干，你歇工。"

歇工就意味着没钱。

老施涨工资没戏了。

司机小李子开车技术一流，这是大家公认的。这个小眼睛的白净脸儿，一颦一笑处处显示出一种精明和世故。我们都不了解他的底细，只知道他来自附近山区。生活上我们都很烦他，平常老跟我们要烟抽，而他从不给我们半支烟。

小李子本应跟我们一块儿吃大伙，饭菜差，他很少到大伙上来，不少时候跟黑子到街上吃。但他很精明，偶尔掏上一两次饭钱，多数时候则连三赶四吃完爬蛋，买单留给了黑子。黑子是酒鬼，几次暗示他进点酒和烟的贡钱，他却巧妙而圆滑地岔开。这种铁公鸡式的处事，终于有一天让黑子彻底失望，几次要撵他又没有拿得出手的理由。

小李子请假三天，回家给他爸过生日。司机本归公司的后勤领导，后勤经理同意往D县派司机，黑子不冷不热地说："你回去后就不要再来了。"小李子脸"唰"地寒下来："为什么？""你当我这里是旅店哪，想来就来，想走就走。"小李子跟公司签有合同，黑子撵不了他，他坚持走了。他们的对话传到民工耳朵里，几个三门峡、泌阳的民工倒慌了手脚。原来小李子私下里向这个借二百元，向那个借二百元，竟然互不透气地一下子借了一千多元，还有人一下子借给他五百元。他们一齐去找黑子。黑子像抓根救命稻草似的心里窃喜，面上却说："你们借给他钱时谁向我透过半个字？""小李子可是公司招的司机呀，谁想到他是这种人呢？""但公司没让你们借给他钱呀，那是你们个人的事。"最后黑子答应给财务室打电话，停发小李子的工资，事情才算暂缓了结。

  黑子向公司要了跟自己同村的一个熊姓司机。这家伙四十多岁，傲慢性足，头上长两个顶门旋，一看就不是省油的灯，果然不出所料：是个开"英雄车"的主儿。有一次我们收工回住地，迎面一辆六十吨的大卡车，方向左转，由于车体长，需转大弯才能左转。司机判断失误，也朝左迎面开上去，快撞上卡车时，才来了个紧急右转。好险！只差一尺远的距离，险些酿成大祸。还有一次，我们坐车路过一丁字路口，向西转弯时，一辆重载车由西向北转，司机仍不减速，向重载车司机骂一句："妈的，会开车吗？"他猛踩油门，我们的车飞过去，又是差一尺距离没有拦腰撞上。一车人都倒吸了一口冷气。那是二十多个家庭的顶梁柱哇！挣钱不挣钱，只要人平安，我们的安全哪里去了？我们都吓出一身冷汗来。从此，我们一坐上车，心就提到嗓子眼儿上。

  憋了几天，民工们推举我和三门峡老张当代表找黑子反映情况，让他叮嘱司机，上下班开车慢一些，利害关系都讲了，黑子不屑地说："没事，你们还没见过快的呢！"

  我俩垂头丧气地离去，我们想念小李子，小李子再也没有回D县。他被辞工了。

  我干活从不惜力气，也从没挨过黑子一次克。

  晚饭后，黑子习惯到民工房间站一阵子，跟我们沟通一下感情。他带班十五年了，十五年来，黑子并不完全成熟，公司有活了，他急，逮着谁就骂；公司没活了，他也急，上蹿下跳的。民工就骂他："鳖娃，活不了大岁数！"但没活的时候，他很会找活干，反正他不让你闲着，你不得不佩服他。他说，没办法，就想让你们多挣点儿钱吧。他走到我的床前，说："刚来我就观察到你跟他们不一样。"我诧异："为什么？""没废话，说话有水平，素养挺高；会干活，样样精通；而且一口标准普通话，不像他们，到现在他们说话我都听不懂。尤其是你，"他指一下三门峡的老张，"说话跟老日差不多，我就纳闷，你是不是老日投降时留下的种？""妈的！"老张跳起来，抄起一把扫帚朝黑子砸去。黑子微笑着躲开。他跟老张老骂架。一会儿把脸转向我："慢慢处吧，时间久了你会知道我是什么人，我也知道你是什么人，有缘了，希望你明年还来，我喜欢带你们河南人。""当然，当然！"黑子走后，老乡们说："老刘，你不用担心你的工资了。"

  我们在公路一边的凸坡上锄刚栽不久的月季。我干活实在，一忽儿衣服全被汗水湿透了，我又有伤热的毛病，就随手脱下黄马褂搭在一棵紫樱树上。一辆高级轿车在我们面前戛然停下，车上下来一位微胖的容貌姣美的女人，她的脸冷若冰霜，我只顾低头锄草，黑子迎上去，殷勤地赔着笑脸。女人径直走到我面前，黑着脸指了一下我和河北的老郭，叽哩呱啦地说了一阵："他们两个叫什么名字？"黑子没告诉她。女人又说："不说，我扣你工资。"我抬头，吃了一惊："老母子"！我站起，黑子继续替我辩解说："他的黄马褂在树上，天热刚脱。""老母子"甩着脸，瞪一眼黑子："这两个人，每人罚款五十元。叫什么名字？"我报上名字。老郭争辩说："这又不是在路上，干吗罚？""公司规定。假设你们被车撞了，不穿黄马褂，保险公司就不会赔偿。这是为你们好！"老郭没报姓名，气得脸色铁青，骂道："你以为你逮着老鼠就算好猫了？""什么老鼠？""钱哪！"黑子没办法，就报上老郭的姓名。"老母子"立即拨通小冉的电话，记下我俩的名字。我想对这样的女人，无理可言，也就不说什么。"老母子"和黑子走后，老郭把牙咬得咯咯地响，骂道："要世上只剩下我一个男人了，你非得嫁给我不可……"我们都笑了，我们更笑的是老郭已经六十五岁了，满头白发。有什么办法呢，今天只能挣二十五元了。了然说："老郭，假如我们都不认识'老母子'，她下车后飘洒洒地到你面前，你肯定上前殷勤地近乎一番,然后'老母子'脸'唰'地一变：罚款五十！而你却仍然飘飘然地说：'啊？你是……'"人们又哄堂大笑。人们知道老郭最好跟大街上扫马路的大姐们搭讪，何况"老母子"人标致呢！

……

时间过得真快，转眼到了九月。拉我们上班的司机照样开他的"英雄车"。那天我们到大栅街，车行到丁字路口，司机为了超车，跟左转弯的重载车相撞。司机和老施当即死亡，黑子和一个叫老赵的被撞成重伤。轻伤的七八人。

我们几个没有受伤的就赶快救人，我们拨通了120和交警的电话。我和老张把黑子从血泊中扶起，他半躺在我的怀中，吃力地微微睁开眼睛，血从他的面颊往下流淌。断断续续地说："我对……不住……你们，没有……听你……们的。都……怎样了？"我告诉了黑子实情。血和着泪从他的眼角涌出来，"老施工资太……低了……我当时……就看他……不……顺眼……"很长时间的沉默，黑子浑身瘫软，我说："你坚持住，120马上就到。""没用了。"黑子吃力地抬了几次手抬不起来，然后用头暗示我他的上衣口袋。我从口袋里掏出一张银行卡来。"把它……"他说，"给老……施……他来自……焦裕禄……的故乡，那个时……候……好……好人……多。保……保险公司……赔六万，公司只会给他四……万。卡……卡上两万……是你们……的生活费，你……你们……没吃……嘴里，我本想……完工后……给你……们……分……了，现……在看来……是……不可……能了。"黑子声音越来越微弱，他喘着粗气，血浆从他的嘴角往外冒着，他昏迷过去了。我焦急万分，120怎么还没有来，我感觉像等了一个世纪。

次日，从县医院传来黑子死亡的噩耗，我拿着黑子托付我的银行卡觉得沉甸甸的。泪水亦像关不住的闸门夺眶而出，我竟然不觉得那流出的是什么样的泪，为黑子？为老施？是悲伤？是痛惜？几天来，我们这些绿化工都是茶食无味，彻夜难眠，我们奔走在医院和住地之间。黑子生前和我说的话又在我耳边回响："我喜欢带你们河南人……"

几天之后，公司来了一位年轻的女大学生，她身披重孝捧走了老施的骨灰匣。那是老施资助的他们兰考一个失去双亲的贫困学生……

2012年8月5—16日于家乡

老构树

村名有点儿怪，叫构树凹。现在村里很少有构树了，甚至为什么叫构树凹，也没有人再深究过，但老晕门前那棵老构树却依然还在，算是对构树凹的些许诠释吧。

老构树已经很老了，那粗粗的树干上已经长满了沧桑岁月的疖子和疙瘩。冬天，光秃秃的枝丫上，雀巢在萧瑟的寒风中颤抖，却毫不怯懦地傲视着冬的残酷，展示着生命的顽强。老构树生长在老晕门前的水沟边。老晕记得年轻时，那水沟是个很长的坑，坑里有许多野生的鱼，有红眼片儿、揎白条儿，还有鲫鱼壳子。夏雨过后，满坑的青蛙"哼啊哼啊"的叫声一片，响彻构树凹寂静的夜空，构树凹就显得神秘而幽远。那时，老晕最喜欢看青蛙恋蛋儿。一些瘦小的公蛙爬在肥大的母蛙身上，用它结实的前爪紧紧抓住母蛙的前胸，尽情地享受着夫妻爱恋。那爱的过程漫长、温存和亲切。一旦受到袭扰，母蛙驮着公蛙、公蛙携着母蛙一同跳入水中也不离不弃。恋蛋儿之后就甩满坑的卵（乡下人叫蛤蟆摆子），在沟岸青草边，在荷叶丛下，甚至在老构树发达的伸在坑中的根系。那卵黏黏的、亮亮的，像似凝未凝的凉粉，经了温热水的抚润，成片的蝌蚪就摇摆着尾巴出生了。老晕看着看着，就眼花缭乱，想入非非了。

孩童们喜欢在老构树厚荫下洗澡。有的捉着鱼儿，打着水仗，凉爽了，就攀爬到老构树上，悠然自得地晃动着老构树荡秋千似的玩耍，老构树被压得吱吱呀呀地响。那时起，老构树就朝着太阳照射的方向倾斜了。它的阅历跟老晕的年龄差不多，几十年沧桑风雨，它成了老晕生命的陪伴。在炎炎夏日，他习惯圪蹴在老构树下，背靠树干在那里吃饭，听邻里们天南地北侃大山，他偶尔也会插上一两句来。虽然老构树已经苍老不堪，初春时，老构树上挂满了构树穗儿，招引半爿村子的人们争相将采，拿回家水里漂漂拌上白面蒸成构树穗蒸菜，再配以蒜泥辣子之类，那鲜美的味道真是诱煞人也。还有什么洋槐花呀、榆钱儿呀，这个春天，就成了质朴的乡下人吃蒸菜的季节。

过了冬天构树穗就挂出来了，人们盼望着春天到来和万物复苏。但这个冬天似乎跟人作对似的很漫长，漫长得让人混沌，让人焦灼，而更让老晕心里隐隐作痛的是，老晕决定把妞妞送给他——那个救过他命的镇长。骨肉连心，妞妞是老晕胜似骨肉的骨肉，他生命里的标杆。十二年啦，十二年多么漫长！那种离别的疼不亚于一刀一刀地凌迟……

但老晕不敢后悔！

妞妞刚捡来那年，老晕还不算太老，也就五十郎当岁。他本名叫牛福运，长相老，满脸厚实实的络腮胡须，加上生性不爱打扮，看上去与他实际年龄就相差甚远。人们习惯上唤他老运，天长日久，喊转花了，就唤成了老晕。在乡下，晕跟傻是姊妹，老晕又其貌不扬，为人性格孤僻，跟谁也不说话，喜好独来独往，晕头晕脑，固执已见，晕搁在他身上就很贴切。老晕单身一条，憨厚淳朴，心里没一点儿花花肠子。他有个姐姐，嫁在邻村，平素里谙知老晕的样子，柴米油盐，缝补浆洗，免不了处处帮衬，才使得老晕有个人模狗样来。

生产队时，老晕正年轻，每天只知道闷头干活，至于每天的工分，多也好，少也好，不管不问不争执，因为自己身单力薄，没有太多力气，就常干些细活儿，虽然挣的是妇女工分，却从不跟妇女们一块儿做活，又没见他有半点儿怨言。有人说，老晕不能老拿妇女工分。老晕温厚地笑笑也不言语。别人气得牙根痒痒：为你打抱不平呢，真是的，踹三脚踹不出个屁来！猪！老晕还是温厚地笑，更加憨态可掬。骂归骂，是那种恨铁不成钢的骂，都习惯了。老晕听到骂声，也就觉得心安理得，该干吗干吗。因为好使唤，别人不乐意干的脏活杂活派不下去时，就会异口同声地说：找老晕去！老晕呢，从不挑肥拣瘦，背起家什就走。那年月，生产队各家各户的大粪，几乎都让老晕承揽下来。一挑大粪记十分工，晚上给会计报账。老晕手中有了权力，人们也从不羡慕和忌妒。

老晕心里也透着亮儿。队里的新竹嫂，家里孩子多，日子过得紧巴。老晕挑到新竹嫂家的粪时，只够挑一挑半的，老晕就记成两挑。老晕心里有杆秤，待挑到不困难的家庭，就一是一，二是二，从不马虎。都是吃的恁些，谁会屙多少？队长心知肚明，也不揭穿，老晕骨子里不胡整，人们相信他心里那杆秤。新竹嫂也有良心，虽没说透，心有灵犀，待到家里做什么好吃的，总把老晕留下来。老晕呢，一个人过着没趣，厌烦燎锅底，便不客气。新竹嫂往他碗里夹煎饼，老晕背背脸就把煎饼夹到孩子碗里：吃吧，煎饼香！老晕最佩服新竹嫂有文化，而且人漂亮。常说一些听不懂的又听着很舒服的话，那话有时劲大，从她嘴里说出，能一笑泯恩仇。他的心就被那话俘获了，叫啥子湿？他懵懵懂懂的，也不知道啥子湿啥子干，只知道很美，听着舒坦。

转眼到了改革开放，老晕已跨入老年门槛。那些年，计划生育紧，没办法，国家政策、形势。那些纯女户，受封建传宗接代思想影响，为了生男孩，常有弃婴的。老晕就在镇卫生院门外，捡了个弃婴。记得那是腊月天，天上飘着雪花儿，大门外放了个烂被褥裹着的包裹，周围站了很多人。一个穿戴时髦的陌生女人，脸上被口罩捂得严严实实，蹲下身去，翻开被褥的一角，害怕瘟疫似的，伸出白嫩的两个手指夹起被褥的边角仔细查看一番。风掀动着被褥，雪花飘落到女婴红扑扑的脸上。

陌生女人发现了什么秘密似的又夹出藏在女婴脸颊下面的一张纸条，站直身子，好奇的目光迅即扫视一眼上面歪歪斜斜的两行小字，不由自主地小声念道：她一定会好起来的，求求好心人救她一命！！！真是此地无银！陌生女人迅即把纸条胡乱塞回原处，头也没回朝远处走去。

一个街面上人认出来了，那是镇长夫人，一个中学教书匠。听说结婚快二十年了，不会生育，想抱养个孩子。此人遂望一眼陌生女人远去的背影，不太礼貌地睥睨道：还镇长夫人呢，可把人救了？好歹是个人娃！但人们议论更多的是那个挨千刀的扔孩子的爸妈。老晕也在人群当中，他扫视一眼那个街面上人，小声更正说：那不是镇长夫人。镇长是好人，镇长夫人也一定是好人。那街面上人不屑地瞪他一眼说：骡子是骡子，马是马。

女婴有病！围观的人们不约而同地迅即产生这样一个概念，便无可奈何地渐次离去。一个好心人蹲下身子掖了掖女婴已经敞开的被角，念念不忍地欲要离开。老晕走到女婴跟前，小声嘟囔道：都是一条命哩！蹴下身去，抱起女婴就走。好心人警告道：养不活的！老晕头也没回说：她一定会好起来的，能看着她冻死？

雪越飘越大，老晕抱着女婴，一会儿就消失在风雪弥漫的雪野中。

老晕点起笼劈柴火，凉嗖嗖的四壁顿时暖和起来。他用锅烧了开水，搅碗面汤给女婴喂下。他烤着火，突然想起人们指责的镇长夫人来。那不是她，老晕在心里又念叨一遍：镇长是好人，镇长夫人也一定是好人。这固执的想法无可反驳，也没人反驳，因为镇长是老晕的救命恩人。那是两年前一个阴雨连绵的日子，老晕到镇子上去赶集，由于接连拉肚子，好汉经不住三泡稀屎啊，在镇政府所在地的那条大街上，突然一阵天旋地转，当街晕倒，不省人事。人们观望冷漠，甚至视而不见，在足足的两个钟头里，没人近前扶他一把，向他伸出救援之手。他不埋天怨地，他也曾听说过，在城里的大街上，有老人倒下，好心人上前施救，待救过来之后被讹得体无完肤，从而使活雷锋们吃上纠缠不清的官司。多一事不如少一事，吃一堑长一智嘛，人们怕了防了，失德和缺德、纵恶和杀善成了社会诟病。都是无良精英们闹的。一个把金钱凌驾于一切之上的社会，你能说它不会走向道德没落？道德战胜不了欲望，而金钱只会放纵欲望，并使道德苍白得一文不值。临近中午的时候，一辆黑色轿车在他身边戛然停下，从车上下来一个衣冠楚楚的中年男人，俯身于老晕身边，伸手扶了一阵儿老晕的脉搏说：脉很弱，几乎摸不到。遂招呼身边人，一同把老晕抬上车，送往镇卫生院，并预付了老晕的住院费用。老晕在医院躺了两天，身体慢慢康复。大夫告诉他，是镇长救了他。老晕做梦都不敢想是镇长救了他，因为当官的这些年在百姓心里都没有多少好口碑，况且镇长姓啥都不知道哩。他一直不敢忘记这份恩情，本想道谢，但老晕很自卑，人家那样大的干部，贸然见人家极不礼貌。这成了老晕这两年一直生着的一块心病……

新竹嫂来了，她抱起女婴夸赞道：长得可人彩哩！就是头上凸出来个鸡蛋大的血疱，轻触一下，里面好像还有块骨头呢，随劝老晕说："兄弟，扔了吧，怕是养不活的。平时你都自顾不暇，再背个包袱去？"老晕说："长大了，不是我的慰趣吗？""要是个瘫子、傻子呢？"新竹嫂说，"是顾你还是顾她呢？真到那时，扔都扔不掉了。"老晕心里厌烦，这些话他不爱听，心想，长大了，就是我的妞妞了，我就像家人家了。

老晕捡个弃婴，这消息像插了翅膀不胫而走，很快传遍了构树凹。天暖和时，邻里们都爱聚集到老构树那里晒暖暖。老构树早已脱光萧索的黄叶，裸露出五股六杈的枝丫来，默默地、寂寂地熬煎着难耐的寒冬，等待着春天的到来。人们带着关爱的、猎奇的心情仔细地察看着女婴，几乎都异口同声地说，怕是长不成人的。继而你一言我一语地规劝，老晕不作回答，在老构树边一个劲儿搓洗好心的邻里们送来的婴儿衣裳。有人说，这老晕，也不知道发的哪根神经，即便能长大成人，你这把年纪，能指望她给你养老送终吗？人们的想法朝着更现实的方向发展。议论多了，老晕耳朵塞不下了，就甩一甩湿淋淋的手，闷声闷气地顶撞一句：她是条命哩！算是给人们最合理的解答。邻里们再不敢说三道四了。

　　日子还得一天天过，谁也无法替代谁。老晕从此变勤快了，每天早早起床，先做碗小米粥给妞妞喂下，那小嘴噏动得还挺逗人喜爱，平生没逗弄过孩子，从来不知道什么叫父爱的老晕，现在心里充满一股热乎劲儿。他喜欢用满是老茧的粗糙的手指戳弄妞妞嫩乎乎的腮帮，有几次，妞妞给他笑了，笑得咯咯的。老晕顿时一股暖流涌遍全身，满脸络腮胡须朝两边扭曲变形，嘴里不住地絮叨着：咦，咦，笑了，笑了，我的妞妞给我笑了！他高兴得不知怎么表达，也不知把身子怎样摆放，就在狭窄的屋子里来回踱着笨拙的步子，从这头踱到那头，一直踱到日挂中天。空旷的四壁就涨满了融融的喜气。

　　老晕没有多余的钱，自从有了妞妞，日子就过得捉襟见肘。他就上地里去挖人们遗留在地里都不要了的红薯，虽然是冬天，挖出的红薯还蛮新鲜，一晌能挖半大箩头。他舍不得吃，挑出好的埋在锅灶边柴火窝里，每天给妞妞烧两个烤红薯，听说烤红薯比奶粉还营养呢。妞妞睡在床上一动不动。春天来了，万物复苏，褪掉了棉袄棉裤，妞妞除了会笑，身子僵死得仍然没有一点儿起色。老晕就学困难时期村上妇女们奶孩子，他把红薯填嘴里，嚼成糊糊了，用指头朝嘴边抿出往妞妞嘴里塞去。妞妞两排整齐的牙齿扎出来了，有时就死死地一下咬住老晕的指头，狠狠地打着冷战。老晕疼痛难忍，等过了一阵儿，手指由疼变木，妞妞才缓缓松口。老晕愠怒未消：往后不兴咬了。妞妞不会说话，两眼直直地瞪着脏兮兮的房梁。老晕怕疼，就用调羹，但妞妞仍然死死地一下子咬住调羹。老晕想：一定是脑子起作用了，只是不活便。这样，一顿饭喂下来，老晕满脸都是汗水。

　　一天，新竹嫂给妞妞送两听奶粉来。她走到妞妞床边窥视一阵儿，关切地问:"还不会说话吗?"老晕接过奶粉,满脸的愉悦溢于言表:"会咬人了,会咬人了。"新竹嫂问:"啥会咬人了?"老晕说:"妞妞会咬人了。"新竹嫂说:"咬人说明她脑子有病。"老晕说:"等她不咬人了,就会说话的。"新竹嫂问:"身子会动弹吗?"老晕摇一摇头。新竹嫂看一眼憨厚质朴的老晕,一股辛酸的泪水涌上心头。

这年妞妞三岁,老晕终于支撑不下去了。平常家中有什么好吃的,老晕都紧着妞妞吃,而且妞妞饭量很大,慢慢地日子一天不如一天。村上人说,日手里了不是?那话是对老晕心疼也是惋惜。姐姐回来时,虽然带些吃的用的,但常常没有好脸子,怨声怨气地数落道:除了养个吃干饭的肉疙瘩,你还会做啥?傻到你这里,算没地方傻了!姐姐很生气,苦口婆心地劝说他扔掉。老晕憨厚地笑着,就是不言语。姐姐骂道:猪!鳖!姐姐是气鼓鼓地回婆家的。她真的生气了,而且气起来当真,一年半载也不回家一趟。老晕说:只要待她好,神仙也会感动的!

沉默了一个冬天的老构树,润足了生机,开始复苏。在它没有生出叶子之前,那五股六杈的枝丫上已经挂满雏雏的构棒槌儿,甜嫩、鲜美,有的肥嘟嘟的有小拇指头粗。它那不被人们注意的淡淡芬芳,给自然界奉献着怡人的甘美。老晕近水楼台,得天独厚。在它还在芽苞期,老晕就开始捋构棒槌儿。他先捋了两筐拿给邻里们分分,让他们都尝尝鲜,再捋的就放在锅上,蒸熟晒干,储存起来,什么时间想吃,就拿出来,水里发泡,再拌面蒸吃。老晕整整捋了一个早春,一直到构棒槌膨胀变大,绽出细碎的小花,蜂蝶在老构树上嘤嘤采蜜时才停下来。农村的春天,不像过去那样繁忙,老晕储足了蒸熟的构棒槌儿,从旮旯里翻出多年没有戴过的脏兮兮的帽子戴头上,软边儿往下一抹,只露出眼睛和嘴巴,拿上蛇皮袋子和棍子,上附近庄上讨饭去了。他不敢走远,妞妞在床上躺着,他怕当天回不了家。这样一天下来,馍馍呀、红薯呀、玉米棒棒之类也能讨要一袋子。有的家给他盛满满一碗饭菜,素的,老晕就吃了,荤的，老晕舍不得吃，到了没人处，就倒入塑料袋子，拿回家给妞妞热热吃。有一天在外村，老晕误闯了村主任家门，尽管帽子把头和脸捂得严严实实，村主任家的还是认出了老晕。女人没捅破窗户纸，一把拽下老晕的蛇皮袋子，进灶房把面缸里的面倒了满满一袋子给老晕，老晕一看扭身就走，但他的衣襟却被女人紧紧拽着，说：拿住。又一把递到老晕肩上。老晕拗不过只得背了。临了，女人又从衣兜里掏出一百元塞给老晕。老晕羞愧得三天没敢出门。

　　老晕把这些天讨来的食物，当成白花花的银子，再也不怕妞妞惊人的老猫口了。红薯吃不完，他就切成干晒起来，玉米棒棒剥成粒拿到镇子上换成钱，日子还有剩余。老晕再不讨饭了，他怕给干部们抹黑丢脸，特别是救过他命的那个镇长。那样，就对不住人家啦。老晕现在真正理解了人们说的屈死不告状，饿死不讨饭的含义。

　　妞妞六岁时，仍然是吃干饭的一堆肉坨坨。她不会说话，不会伸胳膊蜷腿，每天直直地躺在床上，张着老猫口胡吃海喝。好在她会笑，会死死咬住伸在嘴里的手指和调羹。没事儿时，老晕爱逗弄妞妞咯咯地笑。那笑声填补了他孤独日子的空白，使孤寂的小屋充实丰富起来，那笑声入耳入心，像遥远的天际滚过的雷声，使枯燥艰苦的生活荡起片片涟漪。妞妞融合成老晕生命的一部分。人嘛，都是命，他和妞妞的命紧紧连在一起，同甘苦，同欢乐，同样面对生活的比老构树叶子还稠的点点滴滴，这点点滴滴，都是老晕一个人在承担，在面对。好在妞妞给了他笑声，这就够了。他知道这世界不都是上等人的，还有许多日子艰难的人，各自编织着自己生活的光环，共同组成多彩的社会和异样的人生。

　　天空碧蓝，日头暖融融地悬挂天空。老构树已经长出嫩绿的叶芽，使人觉得养眼而不妖冶，普通而不俏傲。

　　这天，老晕上河挖芦栅草和茅茅根，给妞妞熬茶喝。回到家里，已近中午，床上的妞妞却不见踪影。他急得发疯，又走到院里，旮旯缝道地搜索一遍，踪影全无。他失魂落魄地走到村上，逢人便问：你们见到妞妞没有？人们摇头。他又火急火燎地来到新竹嫂家，他几乎要哭出来，说："我的妞妞不见了。"新竹嫂是老晕最知心的女人，平素里，妞妞有个头痛脑热，总喜欢到新竹嫂那里问办法，几十年的风风雨雨里，新竹嫂成了他的依赖和慰藉。新竹嫂看老晕急成那样，解开腰中围裙，宽慰道："莫慌，莫慌，慢慢说。半晌间光景，我见你姐姐回来啦！见到你姐姐没有？"老晕转身往邻村姐姐家跑。新竹嫂看事态严重，放下手中活计，朝着老晕追去。

到了姐姐家，老晕劈头问道："看见妞妞没有？"姐姐不慌不忙，瞥了他一眼。老晕嗔怒道："你把她弄哪里了？"姐姐没好气地说："扔了！""她是我的妞妞！"老晕像中了鸡爪疯一样，急得在院里团团转。突然瞥见厕所里闲时搁置的农药瓶，奔过去一把攥在手里，旋开盖子怒吼道："不还我妞妞，我就死在你院里！"吼罢，做出要往嘴里倒的动作。姐姐霎时惊得目瞪口呆，跑过去一把夺下农药瓶摔在地上，骂道："你个没良心的，长能耐了你？白养一个吃干饭的肉疙瘩子，你还过不过了？"姐姐气归气，她了解弟弟，从小就是一根筋，筋起来，啥事儿都做得出来，便不住地摇头，木然道："我本想她从哪里来，就还到哪里去吧……"便狠狠地瞪老晕一眼说："卫生院门前！"老晕转身往外跑。

妞妞还在。只是跟前围拢很多看热闹的人。老晕气喘吁吁地双手拨开人群，俯身紧紧地抱起妞妞，连声唤着："我的妞妞，我的妞妞……"那硬戳戳的络腮胡子紧紧贴到妞妞白嫩的脸上，刺得妞妞咧开小嘴咯咯地笑。这笑声，多么亲切，多么熟悉，它伴随着老晕走过多少个寂寞而漫长的日日夜夜呀！他喜欢搂着这个胖乎乎的肉疙瘩子酣然入梦，她是他生命的陪伴，生命的依托，他不能失去她。他的眼泪"唰唰"地流淌下来，泪水淌到络腮胡须上泅湿了衣角，他不知道是喜是悲，一下子瘫坐在地上。新竹嫂也赶到了，她跄踬于老晕身旁，为妞妞掖好敞开的被褥，爱抚的手放在老晕的肩膀上。憨厚的乡下人不会花言巧语，那手就是千言万语的安慰。

老晕再不忍心把妞妞一个人放屋里。他到河上白腊沟割了一捆白腊条，花了两天工夫编了个背篓。老晕人憨，但手儿灵巧。生产队时，冬闲时节，队长派他给生产队编箩头，一家两个箩头，都出自他的手。他用穿烂的衣裳撕成碎布条，编织成背带，往背篓两边一系，学着四川女人背背篓的样子，把妞妞用被褥裹好放在背篓里，两条背带往肩上一挎，形影不离地走到哪里就把妞妞带到哪里。这样妞妞就再也不会和他分开啦。他走在大街上时，和那些开小车的、骑电动车的，显得那样格格不入和扎眼。在乡下，年轻人都出外打工挣钱去了，这里俨然是老人和孩子的世界。老晕不会骑电动车，他也买不起电动车。那个背背篓的四川女人形象传遍了四邻八乡。尽管人们行色匆匆，眼神依旧那样冷漠，老晕不怕丑陋，他习惯了，他爱这片故土和生活于这片土地上的人们。

妞妞在一天天长大；老晕在一天天衰老。妞妞白胖白胖，很沉很沉；老晕步履蹒跚，驼背弓腰了。他背起背篓感觉很吃力，不得不放弃背篓。这年妞妞十二岁。一天，老晕到集市上去买肉，买完急匆匆往家赶，进得门来，发现一个小女孩独自在屋里玩耍，老晕一下子惊呆了，他不知道是人是妖，再瞧瞧床上，床上空空。见到老晕，小女孩跑到老晕跟前一下子抱住老晕双腿喊道：妈妈，妈妈——哎，哎——老晕连声答应着。喜极而泣，眼泪"唰唰"地往外涌流。他俯身抱起妞妞。会说话啦，会走路啦，会走路啦，会说话啦……他语无伦次。妞妞两只小手朝老晕脸上胡乱擦拭着，把泪水抹了老晕满脸。再叫一声。老晕说。虽然公母颠倒了，老晕喜欢。妈妈，妈妈——哎，哎——那络腮胡须就不由自主地朝妞妞脸上贴去。

老晕定一定神，拉着妞妞往新竹嫂家跑，刚到新竹嫂家院外，就范进中举一样大声嚷道：会说话啦！会走路啦！他像完成了人生重大使命，仿佛是他自己会说话了，会走路了。

新竹嫂从屋内走出，她的眼睛也潮湿了，忙从老晕手里接过妞妞，连声说道：老天开眼了！老天开眼了！新竹嫂双手拉着妞妞在院里转了两圈，又亲昵地抱入怀中，抚摩着妞妞原来血疱处，那血疱不知什么时候消失了。她猜测着妞妞的身世：妞妞应该是第三胎，前二胎都是妮子，第三胎生下后又是个妮子，老封建的父亲痛苦难耐，对着老婆暴跳如雷，抱起女婴"扑通"扔在地上，不料想垫到地上一块硬物上，头磕出鸡蛋大的血疱来。悔恨莫及，赶快抱到医院，大夫诊断后亦爱莫能助，无力回天。新竹嫂尽量猜测着，竭尽所能企图把妞妞的遭遇编完整：妞妞受到惊吓，损伤了大脑，以致多年不会说话，不能动弹……新竹嫂肚里装有好多唐诗，她随口教了妞妞一首孟浩然的《春晓》。吟语刚落，妞妞两手舞弄着道：母母，母母，我会了，我会了。便童声稚气地背诵道：

　　春眠不觉晓，
　　处处闻啼鸟。
　　夜来风雨声，
　　花落知多少。

新竹嫂愕然，又教妞妞两首，妞妞还是只教一遍，就一字不差地背诵出来。妞妞的聪慧震惊了老晕和新竹嫂，也震惊了构树凹人。有人说：妞妞是妖，是天才！

奇迹，真是奇迹！

老晕突然记起新竹嫂一辈子喜欢说的很多舒服的话，他大悟初醒：那就是诗。不是湿，更没有干。她有一颗诗心，活在诗里的新竹嫂就不会苍老。活在诗里，真好！

几个月来，老晕高兴之余，一直在思索着一个问题，他打算把妞妞送人——那个救过他命的镇长。他已经打听过了，夫妻俩一直没有生育，急于抱养一个孩子。铁打的衙门流水的官，镇长已经调到外乡去了，镇长夫人还在那个中学教书。老晕想，教书更适合做妞妞的母亲哩。他只有一个条件，就是把妞妞培养成才，做个对社会有用的人。他没有文化，更不具备妞妞成才的生活环境，妞妞跟着他只会吃很多苦从而毁了她。他一万分舍不得妞妞，但人不能太自私，让聪明的妞妞独守一个老朽之人。当年，他抱走妞妞就是为了救她，现在，他的使命完成了。他把这一想法跟新竹嫂说了，新竹嫂一百个不同意，妞妞是老晕的亲人。姐姐更是骂他个狗血喷头，她任凭自己抚养妞妞，也不能白送给一个外人，再说，那个镇长为啥这么多年没有升迁？姐姐的话，老晕听不进去，妞妞跟着她，他不放心。那些天，老晕一直缠磨着新竹嫂，企图说服她，让她跟自己一块儿找镇长，因为自己一见到当官的，那笨嘴拙舌就更加雪上加霜。而且他把妞妞送走，就不打算再认了，他要为妞妞好，为那个镇长好。感情上尽管接受不了，但都会时过境迁的。他死缠烂磨，最后新竹嫂看他送意已决，终于答应跟他走一趟。老晕顿时高兴得屁颠屁颠的。新竹嫂想：镇长救民于水火，民就加倍回报，要都这样，官民岂不其乐融融乎？她含情脉脉地瞟他一眼，说：你人真好，啥事儿总是想着别人，从来没想过你自己。声音虽然小得几乎刚滑出唇儿，脸上却荡漾起微妙的红晕来。

　　冬天，是老构树最容易被人们遗忘的季节。它默默地生长在那里，同其他树相比，虽然同沐阳光，同沐风雨，它却歪斜而苍老。显得那般丑陋，那般微不足道，又从来不事张扬，更没有娇艳的花朵。只有到了早春时节，树上挂满雏雏的棒槌儿时，人们才偶然想起它的存在，它的价值。宇宙万物，小到昆虫鸣唱，大到鹰击长空，低到一抔黄土，高到巍峨大山，老构树也以它普通的、顽强的生命力，默默地存在于大自然之中，填补着、丰富着大自然的缺陷和不足，使得这世界渐臻完美、多姿多彩。存在创造价值啊!

　　老晕和新竹嫂给妞妞添置了新衣,把妞妞打扮得漂漂亮亮的。妞妞疑惑地问:我们要去哪里呀?老晕说:今天你就能见到妈妈了。妞妞很高兴。太阳出来时,东边天际铺满万道霞光,他们在老构树默默地注视中,踏上了通往镇上的水泥马路……

　　这天,镇长正好在家。他把老晕和新竹嫂让进客厅,沏上茶水,仔细听他们讲了今天的来意。镇长说:这样吧,孩子的一切我包了,但孩子必须是两个爸,两个妈,两个家。她是我们两家共同的孩子。老晕要说话,他是要把妞妞送给他的。镇长制止道:你先听我把话说完。十二年的养育之恩哟,其中有多少辛酸和泪水,又是多么不容易。感情如水,是不能用刀切割的。那样,对孩子对你都会造成伤害,更不利于妞妞健康成长。

　　老晕不善言辞,嘴上呜啦半天说:那样不好吧。镇长笑了笑说:就这样定了,孩子双休日,我就把她送回去,你们父女好团聚,上学前我再把她接回来。新竹嫂想想说:这样敢情好!就劝老晕。镇长特意留他们吃了饭,他们就回构树凹了。

　　送走了妞妞,老晕的心仿佛一下子掏空了。屋内复又冷清起来,再也听不见妞妞咯咯地笑和那背诗的朗朗声,那种清静孤寂让人不寒而栗,虽然他早有思想准备。没人时,老晕就在屋里偷偷地哭泣,他想念妞妞!

　　新竹嫂来了,新竹嫂说:运,我们该享受晚年了。老晕就擦干了泪水。又过了些时日,新竹嫂就和老晕住到了一起。十年前,新竹嫂丈夫去世就寡居了,孩子们已成家立业,分出去过了,平常都在外地打工,一年半载也难见上一面,新竹嫂显得孤单,毕竟少时夫妻老来伴哟!那伴,儿女再孝都无可替代。

　　那天,新竹嫂说:运,你抱抱我。老晕就抱了。新竹嫂羞赧地说:真晕,都得我教你。

一辈子没有摸过女人的老晕,第一次摸了新竹嫂。摸着真美,像摸诗。老晕想起年轻时看见的青蛙!

2020年1月1—14日写于饶良花园

最后的池塘

（一）

当东边天际露出微微晨曦时，刘金贵已经起床。他来到那口池塘岸边，坐在一棵弯腰柳树旁，遥遥望着池塘里已经填了一半的建筑和生活垃圾，独自沉思。他的心在隐隐作痛，抑或是莫名的悲伤，那种滋味，他很难形容出来。他为池塘惋惜！

几个晨起锻炼的李家营人，从池塘岸边经过，稍作驻足，无声地摇一摇头。有一个中年人，指了指已经填得面目全非、惨不忍睹的美丽池塘，终于憋不着说："就没人管管吗？"

"管管？"一个老者不紧不慢地说，"谁管？听说是暗箱操作，卖给镇上一个有钱有势的支书了，要在这里建加油站。"

"镇政府不管吗？"中年人问。老者接道："他们经常开着小车在这里经过，视而不见，民不告官不究嘛！"

几个人又是一阵儿摇头，目无表情地离去。事不关己，高高挂起，扯蛋不如锻炼。

刘金贵心里又是一阵儿痛惜！他同那几个晨练的人一样也只能无声

地摇一摇头。刘金贵从部队复员不久,大集体就散了,在李家营村,作为党员,除了村里通知参加一些村支部选举会议之外,党员很难发挥先锋模范作用,甚至一度出现过党员发钱才去开会的窘况,还美其名曰误工补贴,唯一的就是怎样发家致富。在致富光荣,贫穷可耻的背景下,人的私欲发挥到了极致,谁还会为他人着想呢?为此,坑蒙拐骗、假公济私充斥于社会的各个角落。村民一盘散沙,各人自扫门前雪。但他是复员军人,又是受党培养教育多年的党员,如果不作为,不为多数人代言,岂不是空有一个党员之名?

刘金贵这样想时,他的心是忧虑的,图啥呢?这么多党员、干部轮到你出头露面?但每次从池塘边路过,他的气就不打一处来,因为这口池塘这么多年来一直提供李家营和孟子湾两个自然村部分村民的浇地用水。这些天来,村民们骂骂咧咧,有苦无处诉,但骂归骂,却没有一个人站出来仗义执言。如今,这究竟是怎么了?刘金贵不敢往深处想。

那天,在人场里,李二妮拍一下刘金贵的肩膀,说:"贵叔,你是党员,应该带领我们向上级反映反映啊!"刘金贵莞尔一笑,不作回答。性子爽直的金枝等不及啦,说:"金贵,金贵,你总不能让我们白金贵!"李二妮投他一瞥渴盼的眼神说:"贵叔,你就领着我们干吧,咱们全村人都签名画押。他们这是破坏水利设施,倒卖土地资源,听说还有个啥子环境保护法。政府不是说群众利益无小事嘛,这话总不能说说不当回事。"

"都不反悔?"刘金贵笑笑说。

"反悔是狗娘养的。"李二妮拍拍胸脯,昂扬着头说。

大家七嘴八舌地嚷嚷一阵子,刘金贵觉得心里更加有了底气。

(二)

池塘开挖于二十世纪七十年代末。大队领导班子带领社员群众人挖肩挑，冒着严寒，大干了一个冬天才挖起这口池塘。刚脱下军装的刘金贵年轻力壮，担挑子只嫌别人给他装得少，每每的都是两大箩筐。有一次，正当他挑着土吭哧吭哧走上塘坎，一头钩担毫系嘎嘣断了，嗖一声空中甩出的钩担朝着前面走着的李支书的肩边"唰"地劈下去。刘金贵倒抽一口冷气，我的妈呀！还好，有惊无险，这要劈着李支书的头，脑袋可要开花了！那天回家，刘金贵干脆上街买了两根铁链子换作钩担毫系，这就一劳永逸了。

  他们响应党中央"水利是农业的命脉"的号召，艰苦奋斗，大修水利，大队连续开挖三口池塘，供五个自然村浇地之用。在到处环境污染的今天，那两口池塘，一口已经干涸，一口承包给私人养鱼了，唯独这口池塘，哪怕老天三年不下雨，始终还保持着它半壁清水和偏远的宁静。那年头，人的政治思想觉悟真高，刘金贵清楚地记得，石榴营距离池塘工地最远，为了不耽误活路，石榴营生产队队长就每天由队里送顿中饭来。送饭的是个瘸子。那年冬天，刚下了一场雪，天寒地冻，皑皑白雪覆盖着远处的丘陵和山冈。太阳一晒，冰雪消融，寒气逼人；夜里实冻，冷风嗖嗖，肤如刀割。第二天，履下满地都是咔嚓咔嚓的溜冰碴儿。临近中午，那瘸子身着单衣，满脸汗水，把袄和鞋子往钩担上一搭，光着脚丫挑着饭桶哼着小曲，满面春风地一拐一拐走来，脸上乐呵呵的劲儿仿佛刚娶了新娘。瘸子那发自内心的笑容，刘金贵至今记忆犹新。那种不怕苦和累，甘愿牺牲的品行；那种为改变家乡面貌，壮志满怀的豪情，现在很少见了。土地分到一家一户后，人人追求钱和利，粮食价格一直上不去，大批青壮年农民拥入城市打工去了。土地荒芜，浇地的人亦少了，池塘尽管碧水荡漾，却受到前所未有的冷落；它的平滑洁净的塘底，已经淤积很多污泥，再没人清理。偶尔，李家营的两个退休教师来池塘岸边垂钓，常常是"却把鱼竿寻小径，闲梳鹤发对斜晖"。

一群野鸭于晨昏中醒来，一字形排开，在平静的水面上悠然自得地丈量着池水，有时扎个几十米远的潜水猛子，捉迷藏般尽情嬉戏。从远处河湾里飞来的几只白鹭，在浅水边嬉戏，偶尔伸出美丽的尖喙，捉起条鱼儿，伸伸细长的脖子，把意外的佳肴吞咽下去。这些年来，地球变暖，河床干涸，多地缺水，这里成了水鸟们的聚集地。

池塘坐落于岗垭子下面，上面是李家坟地，李支书家的祖坟。池塘竣工，李支书曾着实为这口池塘欢喜庆幸，坟地被三面塘水环抱，圈椅式的风水宝地，人旺财旺，大自然把弥足珍贵的龙脉地气赋予它。甚至当时一些目光短浅的人私下风言风语：李支书就是为了李家坟地，才把塘址选在那里的。不信邪的李支书听后也只是不屑一笑，那憨厚的表情让人想到了干部的公心。

也真是邪门，池塘挖好，刘金贵连着几夜做着奇怪的梦。梦见池塘下面是一座金碧辉煌的宫殿，朦胧藏匿着巨大的捉摸不透的神秘。他朝宫殿更深处摸索前行，不知不觉中穿行于巨大黑洞。正在踯躅不前时，但见前面豁然开朗，微风拂面，花香沁人肺腑。人山人海，锣鼓喧天，近时，又见一偌大戏台，台上正在上演豫剧《铡美案》。那包公威严神武，手执木签当啷掷于地上，开铡——包公洪亮的声音划破公堂，众衙役支起铜铡，只听"咔嚓"一声，那背叛之人陈世美便血肉模糊，身首分家……醒来，刘金贵目无表情地怔怔凝眉沉思，他为夜里的梦百思不得其解，心里久久难以平静。多少年来，那梦成了郁积于心的恒久秘密。哪知，改革开放，乡村城镇化步伐突飞猛进，没几年工夫，省级公路沿着池塘边建成通车，池塘霎时间变成一块风水宝地，惹得多少有头有脸、有钱有势之人垂涎三尺。它东临镇首，紧贴省道，南北匀隆，真乃天然敛财圣地。沿公路两侧，是谁家的田，都霸占着准备建房，只是上面政策紧，不准占用耕地，才逐渐冷静下来。

（三）

水啊，水！可怜这一池清水！

刘金贵害怕池塘被填，害怕这一池清水消失，说不清为什么。刘金贵想到了鱼水，干群关系的水乳交融。群众是水，干部是鱼，鱼在水里才能自由自在地畅游。他甚至想到了年轻时常看的电影《红嫂》里的人民的乳汁……从他复员返乡，这几任村干部上台后哪个不是拼命捞钱？如今是怎么啦？党性呢？初心呢？都甩脑门后啦？他想起已经下台的李支书，几十年的印象里，这个作风正派的老支书，疾恶如仇，一身正气，是党员的标杆。他想听听李支书的意见。在一个月光皎洁的夜晚，刘金贵来到了李支书的家。李支书快八十的人了，耳不聋，眼不花，精神矍铄。于是，刘金贵开门见山地问道："叔，池塘卖掉建加油站，你听说了没有？"

"知道，怎么啦？"李支书心里一惊，迅即归于平静，有着几十年农村基层工作经验的他，再大的事情从不流露于表面，他看了刘金贵一眼，淡然地问道。

"群众都炸翻锅了！集体的水利设施也敢占？不管按国家土地法、水利法或环境保护法，他们哪一条都没有占着。"刘金贵说。他要把群众意见综合到一起反映上去，让上级阻止填塘。他把这一想法和村上人们的愤恨情况一五一十地告诉了李支书。李支书稀疏的花白眉毛紧紧地蹙在一起，沉思一阵儿，不冷不热道："这件事，叔也参与了。有些事情不是你想象的那样简单。现在已经填到这程度了，难道那垃圾还能挖出来不成？谁来挖？叔是这样想的，如果加油站建起来，咱们村公路两边没盖的房子也能搂腿搓绳跟着沾光不是？人家人硬实，有门路，能呼风唤雨的，再则不瞒你说，池塘人家给八万元呢，能让村里建个文化广场啥的……"刘金贵像兜头浇了一盆冷水，再也坐不住了，内心生出莫名的愠怒来。多么冠冕堂皇，其中一定有不可告人的隐情！但这愠怒在脑际一闪又迅即消失。刘金贵从下学到参军是李支书一手把他送走的，况且他的父亲和李支书又是总角之交，从小光屁股一起长大，后来刘金贵的父亲思想进步当上公社干部，李支书年轻有为当上李家营村支书。那时他们都是有志青年，在各自的岗位上干得风生水起有声有色。他们一点一滴凝聚的一辈子的友谊掰也掰不开。

　　人是不能没有良心的。刘金贵想到一个难以入耳的字眼——背叛，背叛是要遭人戳脊梁骨的！曾听说李支书和现任支书道宝田沆瀣一气，对不起，他用了不敬的字眼，那是他认为道宝田们毛色太嫩担不起重任，李支书是为了稳定村委领导班子给道宝田们撑腰掌舵，现在看来完全不是那么回事，人们的猜疑并非空穴来风。这个太上皇般的下台支书，利用多年的威望操控着村委领导班子。太上皇利用道宝田的权力没少侵占大集体遗留下来的财产，道宝田利用太上皇的威望连任三届村支书。这几乎成了打不破的堡垒。党员们也是哑巴吃黄连——有苦说不出。一阵子，曾有人戏谑，李家营村是江郎才尽了，这么个水平干了一届又一届！万万没想到卖池塘有李支书的"参与"，刘金贵当即表态："是你的'参与'我退出，哪能告叔呢？"他也不知怎么就随口说出了这句违心话，但他的腔调明显声硬和不自然。李支书平静的老皱的脸上并没有露出半点儿笑意，这件事没人告万事大吉，有人告弄不好是要蹲班房的。

　　临了，李支书糊弄刘金贵说："娃，做做那几个人的工作，你能跟他们说上话，赶明儿叔再跟他们解释。"刘金贵离开李支书家时，月亮正悬挂中天，时而明亮清晰，时而乌云遮蔽。他的心也如同今夜的月亮，忽明忽暗着。他本来是征求李支书意见的，没想到误入狼窝，事没办成反溅一身血，把正义的事情败露出去。作罢吧，跟他们斗是要吃亏的。告状这事，牵头人往往是没有好报的，别人只管拍拍屁股一阵儿痛快，自己永远走不脱李家营，低头不见抬头见，得罪了人可是自己给自己上套，刘金贵自我安慰着。这些年，群众跟干部就是两张皮，任你贪得蛇吞象，只要不损害我自家利益，就多一事不如少一事。自己媳妇平素就谨小慎微，夹着尾巴做人，只是媳妇去了开封闺女家哄外孙了，要在家肯定骂他个狗血喷头，闹他个天翻地覆。

（四）

刘金贵到了家里时，李二妮的电话就响了："你睡了吗贵叔？我到你那里去。"刘金贵心里像灌了铅般沉重，还没答应，李二妮电话就挂断了。

李二妮兴冲冲到刘金贵家时，脸上的喜气溢于言表，屁股还没挨座，就急切地说："摸到底细了。"李二妮把两天来摸到的最新情况复述一遍。原来填池塘是在去年的一次酒桌上成交的。那个有钱有势的镇上支书找风水先生偷偷看了池塘，说那是块风水宝地，干啥啥中。于是就找了李家营村支书道宝田，二人一拍即合，以五十万元买下池塘一半的地产建加油站。五十万元暗箱操作，道宝田分得六万元撮合费，李家营自然村分八万元，原来十几年前池塘就卖给了三个村干部，剩下的三十万元分给了那三个村干部。

刘金贵听着有点儿不太相信说："村干部有那样大的胆？"李二妮说："贵叔，我们都落伍啦，原来李支书下台后，邹先知接任支书，就把池塘以每户两千元价格卖给了那三个当时的村干部，准备填塘建房，但当时镇政府严格控制占耕地建房，更甭说水利设施啦，那时候政府还拆了几户在公路边违建的户。碍于形势，才没有动工。由于出了最低价格，池塘的归属权仍然是那三个村干部的。所以，那个有钱有势的支书等于从这三个村干部手中买断了，钱就自然付给他们。"

"那李支书呢？"刘金贵问。

"李支书？道宝田说，这事儿还得转李支书的圈，因为池塘上边是李家祖坟。那坟地头枕慢岗，脚蹬池塘，池塘为水，水是财运。你填了他家财运，李支书一挡，事情就得泡汤，把李支书稳住，一切事就好商量。听说李支书也得六万元。"

刘金贵听得云里雾里，半信半疑。问："你这消息都是从哪里来的？"

"绝对可靠！"李二妮道，"是窑老板提供的。"

刘金贵更加满腹狐疑："窑老板是道宝田的干亲家，那他为啥不帮道宝田？"

"又落伍了不是？"李二妮说，"前不久，道宝田和窑老板女人的风流事翻船啦。那天上午，俩人正弄得云天浪地、吭啦咳哟的。不巧，窑老板晌里从窑上回家，把俩人逮了个正着，也该道宝田崴沟里，你说大天白日的，躲都没地方躲，你道宝田非欠那一会儿工夫？胆儿也忒大了。从此两家就拜拜啦，老死不相往来。窑老板说，君子爱财取之有道，道宝田这些年单扶贫房就每座私吞两千元，建房的工头们也是有苦难言，为了捞到扶贫房的承建权也只得忍气吞声。这样的人还配做共产党的干部？窑老板的意思，他不愿走上前台，只提供证据。开始我也不敢相信，但窑老板拍胸骂娘的，如有假愿负法律责任。"

（五）

往池塘填垃圾的卡车，暂时停了几天，池塘又恢复了往日的宁静。只是野鸭没有了，白鹭也不见了踪影，它们被连日来的机器隆隆声惊得一塌糊涂，早已飞向遥远的河湾里去了。一些欢快的鱼儿，偶尔翻着白色的肚子，做最后的垂死挣扎，它们享受不了人类堆弃的气味异常的垃圾，终于逃不脱人为的命运灭绝，慢慢地可怜兮兮地死去。那两个退休教师焉敢再"闲梳鹤发对斜晖"，早已收起池塘边的悠然自得，无奈夕阳渐渐西沉。

这几天，李支书如坐针毡，他一会儿也不敢闲着，他得给道宝田"擦屁股"，也是在给自己洗白。基层工作这些年，他深知人心难违，虽然刘金贵向他表态不再告状，但千伎俩万计谋，众口难堵，保不准再半路杀出个程咬金来。但他又深知这些年，人们一盘散沙，只要枪打出头鸟，没有牵头的，众人也只是骂几句娘，发阵子牢骚，掀不起多大风浪来。于是他把电话直接打到刘金贵那里："娃，池塘的事，叔这几天想了很多。叔真是老糊涂了呀！你说叔也当了一辈子干部了，老了老了，怎么就忘记了大多数人的利益呢？说到底是不当干部了，放松了世界观的改造，忘记了啥子……噢，对了，初心，这几天叔也想好了，你们该咋整咋整，不要顾及叔的面子……"李支书停顿了一阵儿，加重了语气道，"叔支持你们，叔是老糊涂了，叔的面子算个球哇！"

"看叔你说的，我们都尊敬你……"刘金贵还没说完，李支书就把电话挂了。

刘金贵不解其意，心里异常凝重。李支书在试探他告状之事还是在给他下马威？这种既拉又打软硬兼施的招数，李支书玩得得心应手、手到擒来。刘金贵深知父亲跟李支书的关系，弄得他左右为难，里外不是人，一边意味着背叛，一边是党员的责任。两权相害取其轻，但哪是轻哪是重呢？当然党性是第一位的，但这样的社会现实，戳出事来，你敢指望现在的干部给你撑腰做主？你敢再冠冕堂皇地说为了大家的利益？

而李支书最恨的是金枝。金枝是自己的二儿媳，不明就里跟着瞎咧咧个啥？在刘金贵征求李支书意见的当天夜里，就把早已分家单过的二儿子叫到床前，狠狠地训斥了一顿。二儿子回到家里，逮着金枝破口大骂，说她是吃里爬外的。金枝怒不可遏，她很震惊，她万没料到这个公公会为了钱出卖良心，越想越气，这爹还是原来眼中那个为人正派的老支书吗？便强压怒火，平心静气地说：你朝我撒气有啥用，有本事朝你老子撒去，看你老子都做了些啥事儿，一个庄的利益，为了钱连老祖宗都不要了。你上庄上转一圈，看别人都是啥议论？烟囱不冒烟的事都让你老子干绝了。该享福不知道享福的，活该！早知道你家的钱是这样来的，我死都不会嫁你家来。二儿子把拳头举向空中，金枝站在床边一动不动，说：你打！不打就不是娘养的！心却巴不得那拳头落下来，落下来咱就离婚！二儿子恨得咬牙切齿，两眼迸血，但扬起的拳头终于软不拉塌地甩向一边劈下，蹶蹶地朝院外走去。

金枝对自己的婚姻，至今耿耿于怀。在初中时，金枝就和同班的李二妮相爱了。不管脾气、性格、理想、追求，金枝始终爱着李二妮。在她心中，李二妮心地善良，疾恶如仇，是她最理想的如意郎君。但天不如人愿，当她把自己的想法跟爹说了之后，爹死活不同意。原因是李二妮家一贫如洗，吃了一辈子苦的金枝爹，再不能把闺女往火坑里推。那时金枝娘常年卧病在床，每天都要花销，一家人日子过得捉襟见肘。

由于交不起昂贵的学费，金枝初中毕业，虽考上了高中，但被迫辍学了。金枝家跟李家营是邻村，爹年轻时就对李支书印象颇好，说李支书为人正派，处事公道，况且李支书家是富户。金枝爹便匆忙通过媒人把金枝说给了李支书的二儿子。但金枝不同意这门亲事，曾据理力争说："爹，你总不能拿女儿一辈子的幸福当儿戏吧？"金枝爹说："幸福，啥是幸福？有钱就是幸福，没钱整天喝西北风啊！你还小，有些道理还吃不透彻，总有一天你会慢慢明白的。"金枝就是不吐口。金枝爹急了，说："你不同意，爹就只有上吊了，反正彩礼钱你娘已花去大半了。"说罢，两眼凝视着堆放在床边不远处的一堆麻绳老泪纵横、心灰意懒，似乎那是他无可置疑的最后归宿。金枝看一眼被病魔折磨得形容枯槁的娘，又瞧一眼让日子折腾得焦头烂额的爹，两眼噙满泪水，咬紧嘴唇，心一横：嫁！金枝爹脸上才转悲为喜，心里一块石头才落地。

金枝和李支书儿子结婚的前几天，她约了李二妮。也是在那个美丽的池塘岸边，那夜他们紧紧地抱在一起，谁也不忍心放开。半夜时分，月亮西沉了，露水下来了，夜静悄悄的，偶尔的几声蛙鸣，给静寂的夜增添了几分神秘和阔远。金枝解开了李二妮的衣裳……那夜，是金枝最幸福的一夜，她抚摩着李二妮宽厚结实的肩膀，显得那样贪婪和满足。她抱他很紧，生怕他跑了似的。她咬他耳垂，久久地含在嘴里，悄悄地说："记着你弄我了……我爱你……"李二妮说："你是我的。"金枝说："我是你的，永远都是……"

当远处村庄传来雄鸡的第一声鸣唱时，他们回到现实中来。仿佛在梦中，梦醒后已是天各一方，金枝已为人妻，李二妮两年后也和另一位姑娘成家。在李家营，虽然他们常常碰面，彼此都保留着各自的家庭底线，但那夜池塘边的喁喁誓言却深深嵌入各自的灵魂深处。

只有道宝田是个黑着脸捞钱的猪脑子。在李支书训斥儿子的第二天，就把道宝田喊到家里。道宝田当着李支书的面先把刘金贵大骂一顿，然后老天爷是老大他就是老二地说道："一个小党员，撑着他！"李支书骂道："浑蛋！你不知道一个坷垃能绊倒人，千里之堤毁于蚁穴？"随后苦口婆心地给他讲了利害关系。道宝田恍然大悟，如果事情闹大，不但乌纱帽不保，还会引火烧身。况且石榴营自然村百分之九十的户已挪公路两边了，每户房场收九千元——这钱的去向，他心知肚明，如果被查……想到这里，不觉打了个寒战。他静一静怦怦跳荡的心律，不冷不热地说："实在不行，通知他们把钱退回去。""糊涂！咋退？"李支书牛眼一瞪道，"那事情不得越闹越大？他们一家分十来万元，能心甘情愿退回？口径要一致，就说卖池塘这笔钱村里要规划建文化广场，先把嘴堵上，至于说填塘，大不了是村委错误决定。记住，一定是村委集体决定。至于小窟窿小眼，你们有能力解决，这不用叔教你吧？"

"那干脆说池塘几十年来一直干涸，免得落下破坏水利设施的罪名。"道宝田说。

"对吧，对吧。"李支书有点儿心不在焉地说。在刘金贵到来之前，他始终觉得池塘之事神不知鬼不觉，风平浪静，没料到事态发展得这么严重,更没料到又突然掉下来个新冠肺炎疫情,人人宅家,池塘成了众矢之的的焦点。以致得到刘金贵告状的信息,他才慌不择路地尽力去捂,总算理出个眉目了。对于镇上的支书怎样封口,怎样去统一口径,闹得他头昏脑涨力不从心。在李支书的印象里,道宝田是个好娃,就是泼皮胆大,鼠目寸光,不善于动脑子,遇事小圈子转,不免有点儿恨铁不成钢来。

其实,李支书按照道宝田说的把钱退掉这个最原始的办法,也没人再过分穷追猛打。多少年来,农民习惯了感恩戴德。就此收手,知错就改,以农民的质朴、农民的厚道、农民的宽容、农民的本分品行,大不了已经填了的垃圾,只当池塘生了一场病,视觉上给人一种不舒服的感觉,当事人挨两句骂,让众人出出气儿,过段时日,也便淹没在时间的长河中了。怎奈,人的欲望是永远也填不满的坑,它并不像填池塘那么简单,人心比那池塘水深得多。

(六)

机器的隆隆声又响了。拉土车,推土机昼夜不停,从遥远的河湾拉来沙土,两天之中已填了大半个池塘,把原来惨不忍睹的垃圾,全部覆盖进去,机器便戛然撤走了。村上赶集的人从池塘边路过,又开始骂骂咧咧,这就是李家营村的农民,看到不合理的事情只有从嘴上骂上几句,权作出气儿了,又毫无办法改变现状。刘金贵心里很不是滋味。把垃圾填埋又向池塘深处延伸,显然是李支书和道宝田的指使,真是一箭双雕,既逃避了破坏环境罪责,又扩大了加油站面积。

只是可惜了这口美丽的池塘!

刘金贵记得池塘竣工不久,雨过天晴后早春的一天,勤快无私的二妮爹,从李家营坑边剪了一担野刺玫枝条挑到池塘岸边,沿池塘边缘,插了一圈儿野刺玫和二十几棵柳树。野刺玫和柳树都成活了，池塘岸边绽放一簇簇、一簇簇的刺玫花，有红的，有黄的，有粉的，有白的。阵阵微风拂过，柳枝依依点缀着水面，那花香沁人肺腑让人陶醉，飘得很远很远。喜欢在屋外吃饭的李家营人，嗅着池塘飘过来的阵阵花香无不喜乐陶陶。美丽的夏天来了，在野刺玫的根旁，青蛙一个挨一个屯了很多窝窝，筑起隐秘的爱巢。一些绿莹莹的、土黄色的瘦小公蛙，趴在肥大的母蛙身上恋蛋儿，尽情地享受着爱的满足。夏雨过后的夜晚，祥瑞而悠远，星星贼亮贼亮地缀满墨蓝色的天幕，满塘青蛙哼啊哼啊地和鸣，响彻李家营寂静的夜空，人们在这独特的催眠曲中安然入眠，享受着"山高皇帝远"的淡泊和恬静。殷勤的人们从李家营拉来几块石条，架在池塘水边。阳光充足的日子，女人们习惯大老远端着盆子到池塘石条上浣衣。一边搓洗着衣裳，一边述说着男人不在时才拿出口的风骚。

　　夏日午后或晚饭后，三三两两的男人们，有的光着脊梁，有的把衣衫搭在肩上，悠然自得地到池塘洗澡纳凉。孩童们则喜欢在水里嬉戏，打着水仗。凉爽了，夜已深，才结伴儿一同回家。不甘示弱的女人们对男人们独享池塘耿耿于怀，偶尔也会在几个姐妹的撺掇下早早地抢占地盘，派个姐妹在塘坎上放哨，以防男人们钩子似的眼睛窥走自己的私密，女人们得了水比男人们浪得疯狂，嬉笑声、打闹声盖过青蛙的鸣唱传得很远很远。刘金贵记得，童年的李二妮有一次去追逐一只美丽的金蛤蟆，游入池塘榨草窝深处，被水蒺藜拉伤了命根，两条血道子疼得他两天叉拉着腿。人们见到李二妮就学着叉拉腿的丑相逗乐子。集体解散后，一些没了公德的人把野刺玫砍伐当柴烧了。偶尔剩下的稀稀拉拉的几墩，早已收敛起昔日的盛装妍丽，开出一两朵花来，亦是奄奄一息，风烛残年，在大池塘的映衬下，全然失去了往昔的尊容和娇贵。青蛙也没有了，随着农药、灭草剂的广泛使用，水源地越来越匮乏，似乎已经绝迹，它们吃害虫的能力迅速被农药替代。女人们再也不去池塘浣衣，洗衣机早已替代了年轻小媳妇们笨重的体力劳作，洗得干净匀称省时省力。李家营的年青一代告别了池塘的洗澡纳凉，大都进城打工挣钱了，热水器、太阳能、空调足以把留守在家的人们打扮得干干净净，冷热适宜。人们庆幸条件优越的同时，也在失去人性的本真和美善，变得自私、贪婪和无德。蔑视自然的代价，也在不知不觉中承受着自然的惩罚。

刘金贵梳理不清纷乱的思绪，只觉得心里很悲哀，也许真的老了，怀旧的情绪与日俱增并占据上风。

只会用老年手机接听电话的李支书咋也没有想到，李二妮早已把填池塘的照片和视频拍了下来，并且发到李家营村几个年轻人建立的叫新时代的群里。群里的人更是骂声一片，除了骂贪官污吏之外，还有骂政府不作为的。刘金贵长出了一口气，在李支书眼里，他总算卸下一些"罪责"来，李二妮为他遮挡许多是是非非。但他并没有感到轻松，他的思想在说不清的矛盾中来回撞击着，时常跳出一个党员的责任来。他记得有一个极端自私的人生哲学，谁说的？只要我生前荣华富贵，哪管我死后洪水滔天？啥时候脑子里也装进这些乌七八糟的玩意儿了？

背时的一天终于降临刘金贵身上。他被人告发无证经营天然气，被派出所罚款两千元，吊销驾照一年。刘金贵心里五味杂陈。刘金贵在部队时就是汽车司机，复员后给一个县企业开车，后来企业倒闭，他买了辆二手小货车，去乡下来回跑着卖天然气，日子虽不算太富裕，但过得也很滋润。这两年上边对卖危险品的政策紧了，但都是背地里在经营。政府也是睁只眼闭只眼，紧时查一阵，过后就不再管了。如果上纲上线，无证经营肯定违法。而没有硬关系谁又能弄来经营证？他已六十岁出圈的人了，不干这一行又能干啥呢？家中不能一日没钱，水呀电呀，柴米油盐，走亲串友，红白喜事，头痛发热，日常开销，哪一样能离开钱？这样还不能有个大灾大病，那样会一夜之间倾家荡产。况且他仅仅是为了生计而已。自己的为人，左邻右舍，从没得罪过谁，又没当过干部，结下仇人，经营又不缺斤短两，更没漫天要价，怎么突然被人告发呢？池塘之事，自己又不告了，怎么还揪着不放？可谓偷鸡不成蚀把米，罚款又不能不缴，驾照吊销，生路断了，上哪儿去挣钱？刘金贵今天才真正感到自己的弱小和无助。人与人的复杂，人心的莫测，人性的丑恶，是不是道宝田、李支书的花招？没有证据，不敢瞎猜。而更让刘金贵闭口的是，自己确实违法了。他感到压抑，仿佛背后有双眼睛在时刻盯着他，又仿佛有一只看不见的黑手朝他伸来，随时会抓挠他的心，甚至把他撕得粉碎。做人难，做正派的好人更难。

（七）

池塘的垃圾被土填埋之后，李家营人由原来的骂骂咧咧，逐渐变得慢慢接受。有啥办法呢，不变蝎子不蜇人，再换个新支书，说不准比道宝田还饥渴，先来的吃饱了，何必再换个饿皮虮？池塘暂时风平浪静。

在一个风和日丽的一天，李家营村小组长突然挨家挨户送钱来了，这是很多人猝不及防的。李二妮发到网上的图片，如石沉大海，政府至今也没有派人到李家营调查。虽然刘金贵向李支书表态不会告发他，但心里无时无刻不在盼望消息，企盼有一天政府能够阻止填塘。

刘金贵心力憔悴，万般无奈之际，李二妮的电话来了："叔，钱你要没？"

刘金贵迷惑不解："啥钱？"

"卖池塘的八万块钱呀？组长正挨家挨户发钱呢！组长到我家送一百六十块钱，我也迷惑不解，我说，你不说啥钱，我不要，不义之财不可取呀。组长先是不说，撑得没办法了，组长才说是卖池塘钱，按户口分，一个人四十块，我当即拒收。叔，我想你也甭要，可稀罕四十块钱，让他崽子分不下去。如果一接钱，填塘就名正言顺了。"李二妮把情况向刘金贵作了介绍,"有不少家接钱了。邢老太接到钱喜得不认得家门,说：还是共产党好哇,感谢共产党,感谢毛主席,知道我这半年困着了。就双手作揖又鞠躬。还有两家说,不是卖五十万元吗,咋才分八万元？就也没要。组长说,谁说五十万元了,一个废弃池塘会值五十万元？"

刘金贵头忽地蒙了。无疑这是李支书、道宝田的馊主意,钱一分,卖池塘就顺理成章,大事化小,小事化了,还可平息众怒。好在群众的眼睛是雪亮的,不会为蝇头小利牺牲公众利益,这让刘金贵心里感到些许安慰。于是,刘金贵交代李二妮说,你做做工作,让那些得钱的人把钱退回去。刘金贵想的是,这笔钱搁个别家,可能解燃眉之急,但一拿到钱,填池塘已成定局。他又说：对于那些见钱眼开的人,就说,要分也得按五十万元分。刘金贵转念一想,人啊,一言九鼎,他已向李支书表态,不再告状,吐口唾沫舔起来那还叫人吗？但大家的利益一定要维护。舔起来就舔起来吧,面对即将消失的池塘,顾不了那么多了。他决定不再犹豫,他连夜写了反映李家营村池塘被填、村干部瓜分池塘的告状材料,次日上镇上打印出来。回来后,李二妮在他院里坐着呢！他把材料递给李二妮,几十年没有摸过笔,提笔忘字的。李二妮看后说,基本情况就这样。他看了落款只有刘金贵一个人的签名,不假思索地说："把我的名字也签上。"刘金贵思忖一下说："他们已经黑了心了,不能把你掺和进去。我是党员,要扛我一个人扛。"李二妮不同意,拿起笔把自己的名字写到刘金贵的名字下面,说："我去再把填塘照片洗出来,就扭头到镇上去了。"那时新冠肺炎疫情已经解封,他们商定第二天一同上县上去。

次日,刘金贵和李二妮一早赶到镇上时,看见金枝已在汽车站点徘徊等待。刘金贵惊讶地问："你咋来了？"金枝说："我咋不能来？多一个人就多一份力量,知道你老汉子会隔着门缝瞧我！"金枝佯装生气地捶了一下刘金贵的肩膀。刘金贵微笑着正要争辩，金枝打断他说："村上好几个姐妹也要来，我把他们劝下了。"他们上了车。金枝掏出手机点开微信付了车费，李二妮推了一把金枝，说："哪能让你花钱呢？"金枝说："啥你的我的？记住告状的车费是我掏的，你忘了我俩说过的话……"金枝朝李二妮身上使劲拧了一把，二人会心一笑，把一旁的刘金贵弄得云遮雾罩，有点丈二和尚——摸不着头脑来。

　　刘金贵他们来到了县委接访室，来得真巧，听说这天是新调来的县委书记接访。县委书记姓萧，很年轻，也很和蔼，刘金贵把材料和照片递给萧书记。萧书记仔细翻阅了材料又看了照片，李二妮打开了拍摄的池塘被填前后的视频也递过去。萧书记从头到尾看了一遍问："你们为什么不向镇政府反映而跑到县里？"刘金贵听了这话，心里扑通扑通乱跳有些不悦，他平静了一下心绪说："我们信不过他们。填塘已经半年了，这么大动作，他们经常路过池塘边，视而不见。"萧书记又翻阅了一下材料，提笔在材料空白处批示：

　　　　请纪委直接到李家营村现场暗访查证，如情况属实，对当事人要严肃处理，并恢复池塘原貌，对镇政府不作为要严肃追责！

　　　　　　　　　　　　　　　　　　　　　　　　萧
　　　　　　　　　　　　　　　　　　　　　　　　4.28

　　萧书记把材料交给纪委书记又耳语一番。临了，又问刘金贵他们，还有什么要补充的没有，刘金贵说，没有。受访的人多，他们就告辞了。

　　回到家里，刘金贵却高兴不起来，他还是幻想着道宝田、李支书能赶快刹车，听群众话，知错就改，自我挽救，群众是通大理的，但他们有这样的觉悟吗？刘金贵抱着这种侥幸心理时，一股暗流正朝他袭来。

（八）

春节的时候，新型冠状肺炎疫情蔓延全国。人人宅家隔离，村村封路设卡，各种车辆禁止运行，返乡的农民工更是早在家里上不了班。这个春节过得特殊，过得焦虑。好在乡下不像城里高楼林立隔离如囚牢笼，能到野地里来回走走转转。人闲是非多。那些农民工见了如此不堪的池塘，更是义愤填膺。骂骂咧咧的、打抱不平的、躁动告状的，各色人等粉墨登场。他们文化不深，却在外面接受不少新思想，尤其网络时代有更多机会了解国家的政策走向。更有人夜里在池塘边进村的水泥路上，用沥青写上黑色大字：

李家营水利遭破坏，李家营全体村民向镇政府讨要说法，不给说法，全体村民告到县委。

字迹很大，占了整整两间房子的路面。尽管语法不通，却代表了全体村民的意志。更有甚者，距池塘近在咫尺的砖厂铁皮墙上，也写了同样内容，不过另外加了两句：

卖池塘的人断子绝孙，谁抹掉死谁全家。

这话虽然极不文明，但透露出人们对违纪违法腐败分子的切齿愤慨。疫情得到基本控制后，农民工在政府组织下，陆续返城。对填塘的愤怒情绪也随汽车的启动被他们带向四面八方，很少有人问津了。

刘金贵他们从县上回来后，一桩一桩的怪象更加诡异，令刘金贵心神不安。这天，刘金贵骑电动车上了公路不久，一辆黑色轿车，朝他身后迎屁股撞来。他一个躲闪，连人带车栽入沟里，手被剌了两道血口子。

还好，一个走乡串户的卖豆腐的救了他的命。那一头被撞飞的豆腐挑子"咚"的一声巨响，抛起的整块豆腐不偏不倚扣了刘金贵一身。黑色轿车急打方向掉头逃窜。卖豆腐的被甩了个趔趄，差点儿迎面撞在树上。他急忙把刘金贵从沟里搀扶起来，忐忑不安地说："是辆没挂牌的黑车，司机戴着口罩和墨镜，脸捂得严严实实。"他俩把电动车拽上路面，刘金贵仔细查看轿车划出的轮胎痕迹，好悬哪！小车明显是朝自己撞的，幸亏这位卖豆腐的大哥，要不就阎王爷那里报到了！

　　他们这是要动手了！刘金贵不觉愤恨起来。不就是一条命吗？我刘金贵就豁出去了，对贪官污吏还有啥情面可言？对他们的迁就，就是对人民的犯罪。与其畏首畏尾，还不如干他一场，也为百姓出口恶气！

　　不过，李家营有人看见一辆黑色轿车曾在池塘边停下，从车上下来两个干部模样的人，他们围绕池塘转了一圈，其中一个人拿着手机拍了照，然后两个人徒步到李家营去了。刘金贵问了日子，掐指算算，那是他们从县上回来的第三天。

　　又过了两天，李二妮急匆匆赶到刘金贵家，告诉他一个惊天消息，昨夜道宝田上吊了，就吊死于池塘边的一棵弯腰柳树上。刘金贵倒抽一口冷气。李二妮说："没想到吊死的人真难看，舌头伸着，鼻耳出血，眼睛瞪着池塘。好多人看，人们的反应都很淡漠。有人说，有啥想不开的，敢作敢为嘛！有人说，罪有应得，不死不足以平民愤。有人说，池塘是块风水宝地，你断了李家坟的风水，逝人能放过你？跟道宝田关系最铁的小六子说得还神乎其神。他说，道宝田前几天跟他说，这几天梦里老有个人催他到池塘去，他说去那里干啥？说啥也不去，但醒来后却身不由己，好像有人在背后推着似的。他已经去池塘两次了，有一次从池塘回家，还弄了一身泥巴，俨然从泥巴窝里和人搏斗过一样狼狈不堪。问这人是谁呀？他说看不见脸。哪知道这次……真是！小六子评价说：其实道宝田人并不坏，就是见了钱，眼睛就发绿了！"人死为大。告状之事，随着道宝田的死暂时告一段落。

　　不久，从县上传来重大消息，县委决定：全县党员干部"不忘初心、牢记使命"主题教育现场会在李家营村池塘召开。县委、县政府，各局一、二把手，各乡镇党委书记、乡镇长，李家营村全体党员、干部参加会议。李家营村村民听到这个消息欢呼雀跃，奔走相告，像过重大节日。而刘金贵不为所动。他在想，为什么死了个贪官才会引起上面重视？但不管怎么说，上级把现场会定在这里，这不能不说是开天辟地。说明党的十八大以后，干部的工作作风确实不一样了，他心里感到莫大安慰。这天，县委办公室秘书科直接布置会场。刘金贵、李二妮、金枝等早早地来到会场，帮助抬桌椅，送茶水。他们把县上制作的大幅的填塘前后的照片扯绳挂起（那照片还有李二妮拍摄的呢）。他们按照县委秘书科的布置，绕着池塘形成了三个观摩点：已经放大了的填塘前后的照片——道宝田上吊的柳树——通往李家营水泥路上的黑色大字。并由县上来的口齿伶俐的女讲解员带领干部们逐点讲解。

　　这是一场别开生面的主题教育课，在李家营村百姓们中间反响强烈，他们几十年没见到过这么生动的场面了。刘金贵更是激动万分，他忽然想起几十年前池塘竣工时，做的那个奇怪的梦，仿佛有了完美的诠释，难道真的是一种感应吗？物极必反，在物欲横流的今天，又有谁把这一深刻的哲理细心咀嚼呢？池塘岸边有几个人在议论：难道焦书记真的回来了吗？不是焦书记，是萧书记。不对，这阵势像焦裕禄书记回来了！

　　会议由县委萧书记主持。干部们参观完三个点后他宣布开会。他打破既往会议的框框，宣布县委给予镇党委书记、镇长党内严重警告、降级使用的处理决定，然后会议才正式由县委党校校长作"牢记使命、不忘初心"的报告。报告结束，萧书记把各乡镇书记、镇长集中到道宝田上吊的柳树下，说：这么大的黑字写在公路上，来来回回在路上过，视而不见，打的谁的脸？真的变成衙门了？为了钱，良心都让狗吃了？对得起共产党员的称号吗？你们都给我记住，我为什么又让你们回到这棵柳树下。他扫视一眼众公仆，声音提高了八度：这棵柳树上吊死过人！

……

现场会后的第二天，池塘里机器的隆隆声又响了，两辆推土机在朝外面推土，两辆卡车来来往往地奔跑于远处河湾和池塘之间。池塘岸边有两个人，那脸黑丧得像谁欠他们二斗"黑豆"似的！

更让李家营人想不到的是，小六子被派出所抓走了。

2020年2月28日至4月2日于饶良花园

赎　债

（一）

　　支撑麦穗继续活下去的一个强烈心愿是：他坚信儿子还活着，一定还活在世上的某个角落！他不能放弃。

　　这是1981年的秋天，家庭联产承包责任制的浪潮席卷着中国农村，集体散了。麦穗分有八亩责任田。那时，集体的拖拉机和其他农业机具都当废铁卖掉了，农田的活路重又回到牛耕人拉的农耕时代。政策的变更把人们种地的积极性充分调动起来，人们解决了温饱问题。农民开始比产量、比收入。麦穗自然也不甘落伍，他终日忙活于责任田里，有时甚至连饭也顾不上吃。

　　麦穗有两个孩子。大儿子聪颖伶俐，门门功课都优，小嘴儿又特甜，四五岁时就能辨认庄子上的大人是二叔抑或大伯，喊得人心里酥甜酥甜的。孩子十二岁那年的一天，日头还没有出来，雾霭笼罩着石磨庄，影影绰绰地分辨不清村庄的轮廓，人行在地上，如同飘浮于天空的云里，三五米之间辨不清人的脸庞。麦穗天还没亮就早早起床下地了，临走时，孩子还在香甜的梦乡，他不忍心把儿子唤醒，轻轻带上门，便一头钻入雾霭里。雾霭是昨夜起的，而且越来越浓，直到什么也看不见。孩子起床时，雾霭早已罩满整个院子。乡下人叫下"瘴子"，也叫"鬼气"，说是神鬼使魔法，给人使羁绊，就把屁放出来变成漫天大雾。大儿子非常懂事儿，从小就替爸妈操心惯了的人，他望一眼雾气蒙蒙的天空，交代弟弟说，你在院里玩耍，莫乱跑。便独自上到平房顶上，摊晒箔上的棉花。他知道太阳一出来，雾就散去了。他要等爸妈从地里回来时，把家里的活儿都干完，饭也给做好。小小年纪不懂更多道理，不知道雾气重时是不能晾东西的，那只能使东西越发潮湿。雾霭一股一股地忽而冲到脸上来，像滚滚乌云，他一脚踩空，一头从房顶上栽了下来。雾霭越来越浓，儿子被浓浓的雾霭覆盖着。等麦穗从地里回来，已经日上三竿，雾霭在迟缓的阳光下，渐渐散去。只见孩子头边一摊黑血，早已气绝身亡。而五岁的小儿子智新，伏在哥哥身上紧紧地搂着哥哥的脖子，满面青紫，一动不动，俨若死人一般。晴天霹雳！麦穗的天塌了。一阵昏厥之后，麦穗抱起智新，用力捶打智新背部，半个时辰过去，智新才"哇"的一声哭起来，脸上的颜色也由青紫渐渐变成蜡黄。麦穗才长出一口气，"扑通"一声瘫坐在地上再也起不来了。

　　屋漏偏逢连阴雨，人倒霉时盐罐生蛆。不久，麦穗女人得了脑出血，大忙的天，夫妻俩只顾风风火火上地里去秋收，以致女人头脑眩晕，也只是上药店买些去疼片之类临时抱佛脚，乡下人哪里舍得上医院诊治，女人的病便越来越重，耽误了最佳治疗时机，干着活突然鼻眼流血，一阵痛苦挣扎之后便撒手人寰。半年内连着失去两位亲人，麦穗真是难以支撑下去，他的精神被彻底击垮了。他终日疯疯癫癫，郁闷不语，有时走在人场里，别人连续唤他几声，他像没有听见似的压根儿就不知道。他觉得这世道一切都是黑暗的、不公的、没有活路的。他害怕看见人，害怕听到别人的朗朗笑声和说话声，遇见人堆儿就远远地躲开，甚至偶尔的汽车喇叭响和机器隆隆声传来，感到非常刺耳，脑袋忽地膨胀开来，恨不得抱头大叫起来。

　　他始终处于这样懵懵懂懂的状态中，整天分不清东西南北、白天或者黑夜、干活或者吃饭。偶尔清醒一会儿，他责问上苍，为什么偏偏跟他过不去？他在邻里的帮助下接连处理完孩子和女人的后事，便什么也不记得了，他的身子整个变成一具躯壳，一个没有灵魂的行尸走肉。他害怕走进自己的屋子。屋内的空旷，屋内的家具，锅碗瓢盆，喂养的鸡鸭，甚至粘在墙角的蜘蛛网，有生命的、无生命的，好像它们故意跟自己作对似的，看见它们就烦躁不安，不觉打起阵阵寒战，浑身一阵阵发紧。

　　但日子还得一天天过，还得打起精神支撑下去，因为还有五岁的儿子智新。智新长相奇丑，黑不溜秋的，偌大一个扁头。自从哥哥死后，终日瞪着两只怔怔的大眼不言不语，麦穗唤他，半天踹不出一个屁来。麦穗做好饭喊吃饭，连喊七八声，智新一句话也不搭理，再喊，也只是瞪着空洞的眼睛往锅灶边缓慢地挪挪步子。麦穗急了，一声呵斥：你傻呀！智新仍然呆若木鸡地站着。有时麦穗怀疑，儿子是个傻子，可能他目睹哥哥的死，人小，还没发育成熟，经不起那样大的打击，吓傻了。但麦穗不嫌智新丑，也不嫌智新傻，那是他儿子，就这一个根苗了。

　　那时候麦穗三十来岁，这个中等个儿、有点儿白净的石磨庄农民，对自己没有更多苛求，更没有一点儿野心，他曾经多次地想，这辈子能实现三个愿望就心满意足了。一是这辈子能吃上饱饭就满足了。过食堂时石磨庄饿死一些人，那时他才几岁，死神从他身边绕了几趟，终于放过了他。二是什么时候能摘掉富农帽子就满足了。"文化大革命"时大胜在石磨庄造反，大胜曾经骂过：地主娃子们死一个少一个。麦穗是在大胜家院墙外面听到的，虽然没指名道姓地骂他富农娃子，那是大胜把地主、富农混淆了，实际上地主富农是一个壕沟里的人，尽管生产队并没有把他当富农对待。他听到后又气又恨。富农，就像扣在他头上的一口无形大锅，既黑又重，压得他喘不过气来。三是能盖座房子。那时候石磨庄人还都是瓦房和草房，平房和楼房还都是想都不敢想的奢侈货。他不但盖起四间平房，还娶了女人，生了两个孩子，而且都是带把儿的。那时候实行计划生育，经历过那个年代的人都知道，生俩男孩儿的比登天还难。虽然后来男女比例失衡，男孩儿成了负担，娶不起妻，买不起房，出不起天价彩礼，但在当时受传宗接代封建思想束缚的农民，生个带把儿的就能光宗耀祖，立马在人前站稳脚跟。如今见的粮食吃不完，富农的帽子早已摘掉，房子在石磨庄一点儿也不寒碜，三个愿望都圆满实现，可万万没想到的是儿子、女人说走就走了，留下这个支离破碎惨不忍睹的家。这让他的生命活得都了无生趣！

  那是生产队集体解散后的第六个年头，人们挣钱的欲望就像脱缰的野马。麦穗家劳力少，几岁的孩子都成了他的帮手，下地干活，洗菜做饭，甚至一些想不到的家务活亦都落在孩子身上。家家都在各顾各地拼命劳作，即便有心帮扶的亲戚邻居，在农忙季节也都力不从心。而后来，农民相互帮扶的淳朴民风渐渐消失了，取而代之的是利益和金钱关系，没有人再愿意做义工。这点儿上，麦穗还真留恋集体时代的优越：有一个共同信仰，为一个共同目标，相互帮衬，万众一心走共同富裕之路，人人有饭吃，人人都平等，人人都扬眉吐气，谁也不剥削谁，谁也不压迫谁，谁也不比谁矮一头，没有私欲，人与人之间充满阶级感情。尽管成分上自己家庭是富农，但他们从来没把他当外人。现在呢？人情薄如纸，穷的穷，富的富，钱成了唯一的追求，没钱人的日子越来越艰难。

  "穷苦命"，也就是占卜上说的贱命。这些年，麦穗没断动脑筋思索，他手中不敢有钱，只要卖粮食挣个三百五百放在屋里，钱还没暖热，准会发生凶险事，而手中没有一分钱时，家里反而平平安安。占卜上说的叫犯冲，他不懂，许是阴宅或阳宅哪个地方出了偏差？生产队集体解散后，他分的牛刚下了犊，春耕时他借了邻里的牛合具，犁地到地当央，牛一厌歪一厌歪俩眼一瞪"扑通"倒地四蹄一蹬死了，那时他刚卖了棉花五百元，还没顾上往信用社存，五百元赔偿完还不够，又贷款二百元；第二年收罢麦子交公粮，扣除上缴的农业税和提成款，剩下四百元，他拿着四百元喜滋滋回家，进得院门，女人得急病在院里四仰八叉地躺着，他连口水也没顾上喝，拉着女人飞也似的赶往医院。等女人病愈出院，四百元钱花得净光，还向邻居借了二十元；那年夏天卖西瓜卖了二百多元，钱在屋放了两天，夜里，他家麦秸垛一夜间化为灰烬，哪个缺德的把他的麦秸垛点了。为买牛草整整花去二百元钱。——钱，就是麦穗的丧门星。

　　命运！麦穗想到人的命运。麦穗没有太多文化，不懂得更多道理，但命，他信。那是深深埋藏于他心底的想起来就让人隐隐作痛的永远也抹不去、解不开的心结。麦穗想到了孽债，麦穗奶奶欠下的孽债！欠债迟早是要还的。几十年了，麦穗不敢正视那段往事，企图忘掉那段往事，虽然那是新中国成立前的事。况且奶奶死的时候，石磨庄还没有解放，麦穗还没有出生，但石磨庄老一辈人都知道。好事不出门，坏事传千里哇！岁月的流逝，会冲淡人的记忆，冲淡很多往事和恩恩怨怨，但那些往事和恩恩怨怨，一旦遇见什么风吹草动，终将会沉渣泛起，大浪淘沙般把模糊不清的记忆重新淘洗出来，并且在人们的记忆里越来越清晰，赤裸裸地晾晒于大庭广众之下，再一代一代地重新传承下去，历久弥新。虽然随着历史的更迭，生命的轮回，岁月的流逝，没有人再去追究，但孽债会永远留给当事人和他的后人，从良心上压得他一生喘不过气来。其实，麦穗的大儿子惨死之后，石磨庄人就开始议论纷纷，以致不久，麦穗的女人一走，石磨庄人就更炸了锅，人们自然而然想到麦穗奶奶：上天索债来了！麦穗嘴上不说，心里也无法否认，奶奶做下的孽债，上天让孙子辈还了。庄子上的人们谁也找不出这个家庭连起祸端的原因，因为麦穗人特好，勤劳朴实，温厚善良，谁有事儿都帮。传言渐渐淡下去时，麦穗的不幸，非但没有博得人们的同情，反而蛮有点儿罪有应得的意味。怪只怪那个贪财又黑心、杀人不眨眼的妖婆！

（二）

　　麦穗家是富农，其实并不十分富裕。在石磨庄，人们提起他家时，往往称作"槐树院"。麦穗家院子里长一棵一搂粗的大槐树，那槐树什么时候由谁栽下，在老一辈人中亦都不记得了，只知道它很古老，古老得让人生出很多想象。传说很早的时候那槐树上住有仙家，见到禀性羸弱、嗜财好色之人，就化成美女扑身缠人，整夜风骚云雨，极尽天下风流，直至吸干人的精髓，待奄奄一息，再把人做下酒菜吃掉。槐树院坐落在石磨庄正中央，是个很阔绰的四合院落，中间有天井，房上全部五脊六兽，跟石磨庄两户地主家宅院相比一点儿也不逊色。在方圆村庄，人们说起槐树院，能一口说出主人大名。麦穗爷奶、父母辈的也是一辈子省吃俭用，甚至是从牙缝里一点一点儿抠出来的家业，逢年过节也就才吃上几天花卷馍，平时跟长工们的日子差不多，好的是从来不会断粮断顿、缺吃少穿，不像长工们那样日子过得火烧火燎，吃了上顿，下顿还不知在哪里。以至新中国成立了，麦穗爷奶去世后，政府搞土改，家里还有百十亩土地。那时候，共产党坐天下的风声渐紧，父母那一年破例没有请长工，也就谈不上剥削压迫穷人，土改干部划成分时权衡再三，把他家划为富农。

　　石磨庄庄西头是地主葛保长家的宅院。葛保长兄弟五人，葛家爹妈在世时，把个偌大的宅院按兄弟五人抓阄分了五等份，栽了界石。葛保长是老大，葛保长结婚后，生育五男二女。眼看着儿女们小苗似的噌噌地往上蹿。两个女儿好说，嫁出去的闺女泼出去的水，闺女娃儿迟早是人家的人。但男孩子以后成家立业，宅基地就显得窄狭拥挤，总不能把宅子再分成五等份。葛保长最小的弟弟，庄子上叫老五的，在家不安分，成家不久就出外当兵，一直杳无音信，后来听同村一块儿当兵的说，老五在唐城保卫战中被日本鬼子打死了，同村的开了小差才幸免于难。说归说，葛家对此事至今真伪难辨，权当老五死外头了。剩下薛氏，无儿无女，三十来岁守寡。几年来，独独守着偌大一处宅院。其实，自从听到老五被打死的消息，葛保长就已动了这处宅院的心思，有了这处宅院，他就再也不用为儿子们的建房担忧，起码解决了燃眉之急。灭门霸产又没有合适的理由。在旧社会，穷偎穷，富偎富，富人盘剥穷人，富人是人上人，穷人是人下人。麦穗的奶奶，绰号三大脚——因为麦穗的爷爷，在兄弟们中排行老三，奶奶也就被冠以三的名号。奶奶从小没有裹足，跟庄子上别的女人站在一起，羞煞了那些三寸金莲，她的脚跟男人们的脚一样大。但奶奶年轻时貌美如花，丹凤眼波儿撩到哪个男人，哪个男人们就心旌摇荡。跟麦穗爷爷结婚不久，就和葛保长走得很近乎。奶奶又是虚荣心很重的女人，一心要往富人圈子里钻。葛保长有权有势，麦穗爷爷是好人，虽然老婆跟葛保长关系超出了男女授受不亲的范畴，但又抓不住把柄，胳膊扭不过大腿，只得忍气吞声睁一只眼闭一只眼。在农村要想成为富人，就得有土地，有了土地就能成为人上人。那些终日扛长工、打短工的穷人，整天活在苦水里，要多糟践有多糟践。她看上了葛保长。葛保长又是麦穗奶奶无话不谈的知己，是她最信赖的人。在一年前，她就把想购买土地的事托付给了葛保长，让他帮着留意附近庄子上谁家出售土地的动向，再则有保长这个官衔在，价钱上也会给留足面子。但土地是人赖以生存的命根，不是遇到三灾六难、生活走上绝境的农民，是不会轻易抛售土地的。一年很快过去，葛保长失信没有满足"三大脚"的心愿。那时"三大脚"简直是得了失心疯，嘴上终日离不开土地甚至夜里做梦也是购买土地，云云。只有葛保长他们两个人时，"三大脚"甚至嗔怪葛保长："说起来一个响当当的大保长哩，连几亩土地都弄不到手。"虽然是亦真亦假的玩笑话，凭着俩人不清不楚的关系，再狠的话都会担待，但这话也深深地刺疼了葛保长的自尊心，他是不喜欢任何人捆自己脸的。葛保长心里笑了一下，抬脸望她一眼，淡然地说道："甭着急，心急吃不了热豆腐，土地嘛，会有的。"这话"三大脚"爱听，用丹凤眼波儿撩一下葛保长，随即乐得屁颠屁颠的。

　　早春，春光明媚的一天，葛保长和"三大脚"相约于月亮河畔。葛保长从衣兜里掏出来一包砒霜递给"三大脚"，说："给薛氏用的。事成之后……"葛保长指了指月亮河畔自家的八亩沙土地说，"这八亩地就是你的啦！"平时，"三大脚"从葛保长那里似漏非漏地得知，有打老五家地产之意，她也承想，反正老五已经死了，便也没有太多在意。眼下葛保长突然掏出砒霜交给她，这举动让她在心里多少有点儿措手不及。事情来得突然，她万万没想到这件事情葛保长会让她去做。"三大脚"接过那包砒霜，脸上突现惊愕神色，声音颤抖着说："这可是杀人哪！"葛保长迟疑片刻，说："你要不做，我再找别人。"葛保长做出要要回砒霜的样子。"三大脚"心有不甘，远远瞧着那八亩沙土地，垂涎欲滴，那可是屙金尿银肥得流油、全石磨庄最好的土地，不管老天怎样炙热干旱或阴雨连绵，它永远是耐旱抗涝旱涝保收。她丹凤眼瞪得溜圆，把砒霜紧紧地攥在手中，朝葛保长妩媚地笑道："为了你我愿做任何事情，怕啥？"葛保长恨不得把"三大脚"拥入怀里，嘱托道："薛氏中饭吃得很晚，你只当去串门……"他俩商定后，各自回家去了。月亮河静静地流淌着，远处树林里的鸟儿偶尔叽叽喳喳地鸣啼几声，月亮河就显得淡远而宁静。

　　三天后的午后，石磨庄突然爆出一个出人意料的消息：三十五岁的薛寡妇死了！

　　哎呀，你们看看去，薛寡妇的鼻脸和十个手指甲、十个脚趾甲全是乌青的。

　　吃午饭时，"三大脚"还到薛寡妇家去串门，怎么说死就死了？

　　有经验的人小声嘀咕道："只有吃了砒霜才会指甲乌青。"

　　这话可不敢乱讲。只是可怜了薛寡妇，孤苦伶仃，娘家也没一个亲人。

蹊跷的是，薛寡妇没病没灾的，平时壮得像头牛，真是生命无常啊！人们纷纷议论着。

葛保长家人吆五喝六地忙乎薛寡妇的后事，到镇子上买了一口上好的柏木棺材，庄子上来吊孝的都发了丧。有个别帮忙的人心有疑虑，碍于葛保长的淫威，也都不敢说三道四。第二日便把薛氏下葬了。出殡时，是葛保长十岁的小儿子背的幡，按照农村沿袭的谁背幡谁继家业的惯例，薛氏的家业，理所当然由葛保长家继承了去。

月亮河呜咽着，料峭的春风一个劲儿呼号，仿佛从遥远的天际传来的悲鸣，河水打着漩儿潺潺地流向远方。

半月后，麦穗奶奶心急如焚地在等待着葛保长的消息，葛保长却俨然销声匿迹了，一直不肯与她见面。这种事情又不能向人讲述。但那八亩沙土地诱惑着她，折磨着她，使她寝食难安。在一天早晨，东方刚刚露出微微晨曦时，她便穿衣起床，独自来到月亮河边，望着八亩沙土地怔怔地发呆，想想不久的将来她就是这块土地的主人，脸上的阴霾马上一扫而光，内心渐渐升出一股欣慰和满足的快感。

雾霭一阵阵扑面袭来，她走到河岸上的高坡。老辈人讲，瘴子下来时，站在高处，头上束一红头绳，鬼气就无法缠身。雾霭腾腾升起，而且越来越浓，一会儿便笼罩了整个河湾，遮掩了潺潺河水和广袤大地。她的衣裳被雾丝雨雾湿了，满头秀发和柳叶眉上裹了层厚厚的雾气，像圣诞老人。她的身上透出阵阵凉意来，她觉得舒心清爽，惬意极了。她一直站在高坡上雕像一般俯视着那片被雾霭覆盖着的八亩沙土地一动不动，直到太阳冉冉升起，露出鲜红的笑脸，雾霭才极不情愿地慢慢褪去，八亩沙土地影影绰绰地逐渐显现出来。麦穗奶奶有一种分外的惊喜。她看见，阳光下几只白鹤在枯萎的水草边嬉戏，两只白鹭站在水边搜寻着猎物，一群野鸭在水面上悠然地游荡。其中一只白鹭把一条半大不小的鱼儿吞噬了半截，剩下的半截扑腾着、挣扎着，终于用尽全身力气，被白鹭伸一伸细长的脖子吞咽下去。

  这天,葛保长吃过早饭到邻近村上去催租,路过月亮河边,冷不丁被早已等候在月亮河边查看土地的"三大脚"拦住了。"三大脚"满怀沉重的心事,朝葛保长不自然地笑笑,说:"你该兑现诺言了。"葛保长佯作莫名其妙地说:"啥诺言?""装!""三大脚"撒娇样地伸出指头朝葛保长眉头使劲儿点了一下道,"地呀,八亩地呀!"葛保长脸上寒了一下却无动于衷,半天不紧不慢地说:"地吗?人都让你害死了,不追究你杀人罪就烧高香了。给你地,你敢要吗?给你地,那不是欲盖弥彰吗?""三大脚"像被人兜头浇了盆冷水,从头凉到了脚跟,她憋得满脸胀紫,半天说不出话来,俨如即将咆哮的母狮,又恨又怒,本要发作,又无半分发作的理由。她今天才真正悟懂人舌头是扁的这个道理。自古杀人偿命,人是她杀的,攥不住葛保长丝毫把柄。闪念间,她承想到和葛保长鱼死网破,但那又有啥好处呢?不但于事无补,反而……怪只怪自己鬼迷心窍,头发长见识短,白白地杀了人,还要打掉牙齿往肚里咽。"行啦,这件事就到此为止,你知我知,天知地知!"葛保长坐在河岸边安慰着"三大脚"道。顺手捡起一颗石子朝潺潺河水投去,河水溅起一片呜咽的浪花,随即平静了。这天,葛保长和"三大脚"各自怀揣着心思不欢而散。

(三)

  麦穗不敢正视这段往事,那是他心里永远的痛。虽然不久石磨庄就解放了,奶奶在解放军还没过来时就死了。麦穗甚至连奶奶长得啥样子都没有见过,只知道在人们的传说中,她黑着心杀了人,葛保长拒绝给那八亩地,气得心里窝血,从此一病不起。那是一桩无法还清的孽债!葛保长呢,听说解放军要打过来,还要坐江山,穷人要翻身,要打倒地主恶霸地痞流氓,特别是那些身背血债的人,是要杀头的。蒋介石打不过共产党，逃到台湾去了，留下他们这些虾兵蟹将徒子徒孙，树倒猢狲散，跟着遭殃不是？葛保长开始拉肚子，并且久治不愈。葛保长长得人高马大，虎背熊腰，处事却谨小慎微，左右逢源，年轻时就是出了名的"稀屎胆"，拉着拉着就一命呜呼了。庄子上人都说是听到解放军要打过来，吓得蹿稀死的。

为了过得像一家人家，不让这个家断香火，麦穗下决心要替奶奶赎债。他还有智新，儿子是他人生的唯一指望，他要让智新长大成人。

智新依然奇丑无比，他的扁头和他的身子一样地疯长，不见匀称。石磨庄人喜好给人送绰号，智新亦不例外。智新十八岁啦，他的头又扁又大又憨，人们不唤他的大名偏偏唤他扁头。听起来很不文雅。绰号是一种偏激的文化，要么形象，要么直观，要么以心计定，要么以脾性定。喊起来准确，呼出来顺口。褒扬的，当事人认了，贬义的，当事人不认，也只是背地里喊喊。但大众认了，便无可阻止。掐指算算，石磨庄还没有几个人没有绰号的。扁头只知道闷着头干活，终日不言不语，庄子上人说扁头是个傻子。他迟钝，呆滞，即便遇到不顺心的事，只会忽闪着两只大眼睛，那眼睛很黑很亮，甚至有点儿吓人。一旦有人不小心唤他扁头时，那眼睛就死死地凝着你，能凝几分钟，直到你的视线无趣地、灰溜溜地移开。那是于无声处的蓄势待发吗？但他的脾气还从来没有爆发过，只是一种直观的愤懑，这在人们的记忆里不觉更印证了他的憨傻。人们不记得扁头笑过，即便是再惹人喷饭的事儿，他的脸上总是死寂一般不冷不热，哪怕别人笑得肚子疼，甚至岔了气地挤出点点泪光，他仍木然地面无表情，像木偶。他成了人们心目中的冷面人。甚至有人不怀好意地说：他吗？也就一具行尸走肉了！

然而，麦穗对儿子却没有放弃。他需要换换环境，要不然永远也走不出失子丧妻的阴影。这年，麦穗通过在北京做生意发了财的亲戚找了份工作，在北京郊区给一个苗圃老板栽苗子。于是，父子俩就到了北京。

麦穗实诚能干又指靠得住，智新闷头不语只知道干活，很讨老板欢心，就给父子俩开的工资特别高。第二年，有媒人给智新介绍个对象，是老家邻村的一个性情有点儿憨傻的妞妞姑娘，也算门当户对。麦穗拿出干活存的两万块钱，张罗着要把孩子的婚事办了。智新从苗圃场下工回家，听到爸爸跟自己商量，脸上腮帮子动了几下，两眼怔怔地看着麦穗，终于开口说："爸，条件还不具备。"麦穗喜上眉梢，几年来，终于听到儿子开口说话。他很激动，对于智新说的"具备"二字全然没往深处想，更没有细细咀嚼，便溺爱地责备儿子道："啥叫具备？结了婚，爸心里的这块坏就抽掉了，咱就像个人家了。"智新圆睁着一双大眼，就在也不说话了，他不想再伤害爸爸这颗早已破碎的心。这样，麦穗做主请假和儿子一块儿回到家乡，把儿子的婚事简单办了。麦穗又给老板打电话说合，把妞妞也带到了北京。

遗憾的是，小两口结婚半年，智新对妞妞始终不冷不热，就是不跟妞妞干那号事。两间小房，智新和妞妞睡里间，麦穗就胡乱在外间铺了张简易的床。妞妞有点儿憨傻，却性欲十足。到了夜晚，小两口一到床上，妞妞就把身子脱得光溜溜地挑逗智新，智新就是爱搭不理。被弄急了就挪动一下身子，半天蹦出一句：没心情。妞妞有几分扫兴，有几分失落，关灯睡下，她把智新搂入怀里，一夜都不放开。

智新的冷漠，妞妞并不生气，只要夜里上到床上，照样挑逗起智新来。智新又翻身给她个脊梁，妞妞就从智新身上翻过去，智新又翻身把身子转向一边，妞妞"扑哧"一声笑起来，她骑在智新身上，把嘴唇迎着智新的嘴唇压上去。狂吻了一阵儿，见智新毫无反应，噘着嘴巴骂道：死人！智新慢悠悠地甩出一句：今天累了，睡吧。随后用手抚摩了一下妞妞的头发。

妞妞人好，男人说累了，便不再折腾。她温柔地抚摩着智新宽厚的肩背："哎，那你啥时候想我了，就上我身上来。"智新没有答话，却送来了轻微的鼾声。妞妞不生气,她似乎天生就没有生过气。

这样久而久之,妞妞也不再挑逗智新,俩人白天干活,夜晚睡觉,谁也不搭理谁。妞妞忍不住时,就抱着智新,抱得紧紧的,生怕一松手跑了似的。妞妞心想,俩人到床上不就是干那号事的吗?哥哥真是太古怪了!

有一天,智新突然跟麦穗说:"爸,把妞妞送回娘家吧,咱不能耽误人家。"麦穗正在做饭,停下手中锅铲大惊失色道:"你说啥?"麦穗无心再做饭,凝视智新好一会儿,朝智新数落道,"媳妇娶到屋就是你的人,亏你说得出口!"智新说:"这半年我就没有碰过她。"麦穗不相信,儿子在说疯话!不觉笑出声来:"俩人光肚肚地睡在一个被窝,会没碰过?要怀孕了,咋给人家送?那不是自己捆脸吗?"智新说:"爸,现在结婚不是时候。"智新看麦穗一眼欲言又止。沉默了一阵儿,终于攒足勇气木讷着说:"我老奶的孽债我替您还吧,我怕还不清时……您再也经不起打击了。"智新吞吞吐吐说完就再不吭声了。

儿子的话像一把尖刀直戳麦穗心窝,他沉默着没敢再追问儿子。奶奶的孽债他一直瞒着儿子,智新怎么会知道呢?他本想问问儿子,谁给他说的,话到嘴边又咽了回去。那不单单是他心里的痛,既然从儿子口中说出,恐怕儿子心里早已跟明镜儿似的,那同样也是儿子心里的痛,甚至不亚于他的痛。麦穗突然间改变了对儿子的看法:儿子不傻!只不过幼小的心里承受了太多和大人一样难以承受的痛苦。麦穗不觉老泪纵横,眼泪"吧嗒吧嗒"地滚落下来。他害怕儿子看见,急忙转过身去,迅即抹一把眼泪,强装笑脸安慰儿子一番。智新俨然没有看到一样不言不语,只是一个劲儿地扑闪着迷惘的眼睛。

麦穗很沉闷。听说,大儿子出事那天,轮椅上的瘫爷就在不远处,虽然雾霭已经笼罩了整个院子,朦朦胧胧使人什么也看不清楚,瘫爷无能力上前施救,但瘫爷千不该万不该,不该不冷不热地甩出一句:"哼,这个儿子摔死，那个儿子说不准也保不住，老辈人坏血疙瘩良心了！"莫非这话智新听见了吗？智新就在跟前！那时雾霭愈来愈浓，但雾霭能阻隔人的视线却阻隔不了声音。难道上代人的孽债果真让下代人还吗？还是佛说的因果报应？麦穗闹不明白，但他知道人活着就要积德行善莫要作恶。他很迷茫，就像活在雾霭里，懵懵懂懂，解不开里面的奥秘，辨不清东西南北，看不见路在何方。

一连几日，麦穗在竭力规劝儿子，不能让妞妞走。半年来，他和妞妞一块儿干活，一块儿歇息，一块儿锅里搅稀稠，妞妞不但是他家庭的一员，更是他生命的一部分。虽然妞妞有点儿憨傻，但他不嫌弃，他舍不得妞妞，他要劝醒儿子，跟妞妞好好过日子，等妞妞生了孩子，就是这个家庭的转机呀！有时他亦想，莫非智新嫌弃妞妞憨傻？憨傻怕什吗，咱这样的家庭能找个什么样的媳妇呢？难不成找一个能说会道、双眼叠皮、如花似玉、美若天仙的姑娘做老婆，人家跟你吗？再不然找一个好吃懒做、疯疯癫癫、不着调儿花瓶一样的姑娘当摆设，能养得起吗？再仔细揣摩揣摩，也不像，智新什么事儿从不挑三拣四，人本分得像傻子。那为什么碰都不碰妞妞呢？智新忽闪着双眼，也不说留，也不说走，就是一个劲儿沉默。虽然沉默是金，但也得挑地方分人吧，你跟老子还耍啥子沉默？麦穗心里又气又急，无名火头上乱蹿，牙齿咬得咯嘣响，忍了几忍，终于没有发作。他害怕一旦发作，再伤害到儿子。他们身上的承载力都是一张薄如蝉翼的纸，稍有不慎就捅破了，他害怕家里再有个三长两短，这个家庭已经不起折腾了。

（四）

星期天。

智新换了身干净衣裳，走到麦穗面前说："爸，我到城里去玩一天。"麦穗心里蛮欢喜，劳累了这么多天，是该让孩子到城里散散心，放松放松。赶忙从衣兜里掏出五百块钱递给儿子,智新用手推了一下说:"我有。"麦穗想了想说:"带上妞妞。"智新没吭声,独自一人走了。麦穗没再说什么,他想儿子不喜欢妞妞,也不便强求。他把儿子送出门外,才发现外面大雾弥漫,儿子走了不远,便被雾霭吞没了。他大声交代儿子道:"雾大,路上当心点儿!"

夜色笼罩着郊外,柏油路上的灯光闪闪烁烁渐次亮了,智新还没有回来。麦穗把饭菜盛好放到桌上,叮嘱妞妞说:"你先吃吧,智新不定啥时候回来呢。"妞妞吃完饭独自上床睡了。麦穗就坐在那里等,一直等了一夜,也没见儿子回来,拨打儿子的手机,一直关机。心想,偌大的北京城,早晨雾大,对面看不清人脸,莫非坐错车了,想想不可能,儿子去北京城里不是一次两次了,都准时回来。次日,太阳都挂上中天了,仍没见着儿子的踪影。又是一个夜晚降临,麦穗心里不觉打起寒战来。接连第三日第四日,还是不见儿子归来,一种不祥的预感朝麦穗袭来。他心急火燎地走到房里,问妞妞:"那晚智新跟你说啥话没?"妞妞摇摇头说没有。等了一阵子,妞妞突然想起了啥,惊异地说:"他给了我好多钱。"妞妞把钱拿出来都交给麦穗,有一两千元。麦穗不要,麦穗的心揪紧了。麦穗向老板请了假,出外四处打听,也没有打听到智新的消息。他又把电话打到所有亲戚家里,都是杳无音信。

儿子失踪了。

那时候,麦穗几乎没有睡过一个囫囵觉,白天他给老板干活,晚上他要外出打探智新的下落,凡有一点儿蛛丝马迹的线索他都不轻易放过。他找到派出所,派出所给他备了案,答应一有消息马上通知他。老板娘十分同情麦穗,帮忙到一家报社刊登了寻人启事。一个月过去了,两个月过去了,儿子就像从人间蒸发了一般。儿子是麦穗唯一的希望,难道上天连这一线希望也不给他留吗?

一年很快过去,麦穗只得狠下心来,坐了一天一夜火车,把妞妞送回娘家。麦穗破着老脸跐，把实情向亲家母说了，麦穗眼含热泪说出了他不忍心说出的话：给妞妞找个好人家吧！亲家母不同意，好好的一个闺女，不缺胳膊不少腿的，咋一句话就退回来啦？麦穗恨不得找个地缝儿钻进去，他违心地向亲家母损贬了一番智新怎样傻怎样不争气怎样不中用之类的话。末了，说："老妹子，不怕你见笑，智新连那号事都不会整哩。"麦穗说这话时，皱皱的脸上热辣辣的发烫，仿佛当众被扇了耳光，搁平时，这话怎么能拿得出口呢，好赖是自己的儿子。他深信，把儿媳妇送回娘家，无论对婆家对娘家都是不光彩的打脸事。亲家母脸黑丧了一下，没有爆发。她把妞妞拉到内房问究竟，妞妞也证实了公公的话。妞妞妈咬牙切齿地双手使劲往下一甩，"唉"了一声，随走出内房，见了麦穗便满脸堆笑道："既然那样，散就散了吧！正值年轻二八，也不能亏欠孩子不是？我原想，俩孩一个半斤一个八两，怪门当户对的。"亲家母脸上浮现出十分惋惜的表情，看一眼耷拉着脑袋、懊悔交加的麦穗劝慰道："他叔，你可要想开呀，孩子指不定哪一日会回来的，好人自会有福报！"

辞别了亲家，麦穗一路上心里酸楚难耐，五味杂陈。他回到自己屋里痛痛快快地大哭了一场，就回北京去了。他还要打听儿子的下落，他不能放弃。可是，上天哪，你为什么要这样无情地折磨人呢？他甚至可笑地想起石磨庄的文化人老揣跟他讲过的一段话，成大器者，必先饿其肌肤，劳其筋骨……怎么说来着，反正是要经历九九八十一难吧，但他麦穗都快六十出圈的人，还什么大器小器？难道这些话是对着智新说的吗？想到这里，他眼前突然幻化出一丝亮光，一丝安慰，却又瞬即消逝。

麦穗儿子失踪的消息不胫而走，很快传遍了家乡。石磨庄人很快做出各种揣测，而且还按鼻子戴眼说得很逼真：扁头因偷盗抢劫被公安局抓了，判了二十年；为挽救一个生命垂危的富豪，智新失踪后就被黑社会摘了器官，已经早就不在人世了。不一而足。

麦穗觉得身子像被什么掏空了似的，完全没有了灵魂，面对石磨庄人的各种流言蜚语，他早已麻木。他坚信儿子没有死，一定还活在世上的某个角落，总有一天会回来。那些嚼舌头根子的不堪入耳的话，权当大风刮到西天边去了。他心里只有一个念头，他不能垮掉，不能绝望，更不能去寻死。他要还清奶奶的孽债，替奶奶赎罪，从中得到救赎。赎清了孽债，上天总会开眼的，然后就听天由命。他相信一生积德行善，总会有收获，总会峰回路转柳暗花明。

（五）

麦穗一刻也没有消停。他常常骑着电动车到偏僻的乡间医院去，在那里观察、寻访，寻找那些得病的经济困顿的穷人，把自己挣的钱捐助给他们。钱不多，有时一百元，有时两百元，甚至一千两千元的。虽然不能让人从根本上走出困境，也缓解了些微的燃眉之急。他不到北京的大医院去，听说那里多聚集着富人和吃公家饭的人，穷人是不敢傍那里的。当今这社会，有的人由于付不超昂贵的医药费，治着治着就放弃了。即便硬撑在医院，一场大病下来，瞬间就会倾家荡产。有些医院，特别是一些民营医院会一点一点把病人家属剥得个人财两空……

一次，附近镇子上邢寡妇下岗之后，付不起两个孩子的学杂费面临着失学。麦穗听说后很同情他们，他向老板借了四千元钱，委托和邢寡妇同村的一个熟人，给邢寡妇送了过去。邢寡妇接到钱一股暖流涌遍全身，感动得热泪盈眶。少顷，邢寡妇说：贵人是谁？那熟人吞吐了半天，也没说出个所以然来。邢寡妇说：那我怎么好无缘无故收人家钱呢？熟人回忆了一阵儿说：好像那人就在这里给人打工，噢，对了，他还嘱咐我说别说谁给的，只说给孩子上学用的。邢寡妇很愧疚地根据同村的描述，四处打听，半年后终于找到了麦穗，她感激涕零，一心要把女儿认给麦穗做干闺女。麦穗微笑了一下，婉言拒绝了。

那天，麦穗在医院里遇见一个衣衫褴褛的乡间老人，就诊时询问大夫做几项检查费用得多少钱，当大夫报了价钱，老人的脸一下子拉长了。那大夫睥睨一眼，大概是嫌他太寒酸，就示意他走开，开始诊断下一位病人。老人知趣地步出门诊。那一刹那，麦穗有一股酸楚的泪水直往上涌，他看在眼里，疼在心上。他尾随着老人走出医院大门，紧走两步赶在老人前面。麦穗从衣兜里掏出来五百元钱递给老人，并说服他养病如养虎，让他再回医院去。老人眼泪"唰"地流出来，说什么也不接受。麦穗拉着老人瘦骨嶙峋的手，把钱塞入他的手中，又紧紧地掬着那手不让他松开。老人过意不去又无法推托，问麦穗哪个村上的，叫什么名字，麦穗只淡淡地说：送给你看病，我不让你还！便急匆匆地走了。几个月后，麦穗无意中听说，那老人并没再去医院，回到家里就找到村上学校的校长，把五百元钱捐给了两个贫困的学生。并说，我老了，病成这个样子，治也没用。钱是别人捐给他的，校长说，他叫什么名字？老人说，他没留名字。这件事对麦穗触动很大，为什么穷苦人都不愿欠人钱？他陷入深深的思索。

麦穗想，如果这社会人人都没有杂念，没有不公平，人人都平等，这社会就没有了穷人，还需要他微薄的捐助吗？他承认，他是为还孽债而发自内心地自救，才做出的微不足道的善举，如果不是奶奶欠下的孽债，他也会像普通人那样自由自在地过自己的生活。这种打锅补锅、临时抱佛脚的一时的善行，能拯救自己的良心吗？但他深知这个家庭罪孽深重，他认定世界有双无形的眼，时刻在窥视着自己和世间每一个人、每一个生灵，任何人种下的孽果，都逃不脱这只眼。临时抱佛脚也要抱一时，千金散尽，只图良心的无愧和道义的安慰。他信奉上天不会亏待任何一个人和放过任何一个细节，这就是天眼。人常说夹着尾巴做人，天作孽犹可谅，人作孽不可活，古人也说君子获刑，说话做事要如入刑，我们做每一件事情都要考虑后果，正所谓三思而后行，更不能昧着良心。上天拿人命很容易，但上天就用刑法折磨你，以警告世人，惊醒世人，只可惜人为财死，鸟为食亡。世界因你而黯淡，你是谁？但你却每时每刻存在着，并撺掇着人铤而走险，栽下恶果。你就是私欲！

　　一晃五年过去了，儿子还是没有一点儿音讯。五年啦，多少个漫漫长夜的苦苦煎熬！麦穗也渐渐淡忘了失去儿子的痛苦。他全身心地投入捐助的欢乐。每到月底发工资，他留下自己微薄的日用之外，就把钱捐给那些比自己更需要的人。他觉得几年来他的心踏实了许多，丰富了许多，他看见的是人们的一张张笑脸，人们发自内心的感恩之情。全然没有了世俗眼光之下的那种睥睨、讥讽和不屑。即便有人把他当傻子，他也全然不在乎。他的眼里只有一个充满和美善意的世界，他的生活亮堂，心里温暖，没有了烦恼，没有了压力，有什么比这样的回报更丰厚呢？原来这世界并不是无望的、一团漆黑的，而是到处充满阳光和温馨。麦穗记得在石磨庄那段黑暗的日子里，他绝望到了极点。他去求助于石磨庄文化人老揣，老揣曾给他讲一个故事：一个天天在家里喝牛奶的人，无论他过得多么好，他的身体永远都比不上天天给他送牛奶的人。同样，一个天天送牛奶的人，无论他多么辛劳卖力，他的收入永远都比不上天天在家喝牛奶的人。这就是上帝的天平。命运不会把最好的东西给你，只是给你一些向往，这个向往的过程就叫生活。很多人陷入一种迷宫，抱怨命运的不公，有富人有穷人；有人健康长寿，有人抱病卧床；有人一帆风顺，有人屡跌跟头，但在这不公的背后，总有只无形的手在调节，它没有给你打开窗子时，就给你敞开了一扇门，就像猫喜欢吃鱼，却永远下不了水；鱼喜欢吃蚯蚓，却永远上不了岸。每个人都在追求相反世界的东西，因为相反，便穷追不舍，于是求而不得就成了生存的基本状态。这就是人生痛苦的根源。不知在羡慕别人的同时，你恰是别人眼中的一道风景。

麦穗每想起老揣这段话时，心里就亮堂了许多，他不知道自己是不是别人眼中的风景，却仿佛痛苦离他而去似的。虽然现实中离开钱寸步难行，但钱不是唯一，他看见了除去钱之外自己生活的富足，生命的意义。啥时候，人人都摒弃钱，都不需要钱了，衣食无忧，到处充满阳光和笑脸，没有阴霾和诡诈，这日子该多好哇！麦穗想。他不知道啥叫共产主义，共产主义可能就是这个样子吧！

麦穗尝到了善心的甜蜜。他不后悔，虽然他的劳动回报都给了别人，但他心甘情愿，他要给奶奶赎债，赎回那个因为贪婪的私欲欠下的血债。而他现在理解的并非单单地为奶奶赎债才这样做，他要把它当成自己的事业。哪怕他的钱很有限，不像明星大腕那样腰缠万贯，做慈善也就是乐意时做做样子，图个名分。他啥也不图，就图个心安理得，叫啥来着？只落得白茫茫一片真干净。直到哪一天髓干精竭完全干不动了，就沟死沟埋，路死路埋。人哪，活着不就是一口气吗，两眼一闭啥都没有了，到了阴间，回想起来，这一生过得不亏，对得起良心和这具躯壳。

哪知，麦穗大病了一场，便不得不辞掉了北京的工作回河南了。

（六）

在儿子失踪后的第六个年头，麦穗突然接到一个石破天惊的消息：智新在上海。

儿子还活着！六年啦，麦穗几乎不抱啥希望了，他几乎都淡忘了。他不是不想儿子，是时间磨钝了他身上的棱角、他的思念、他的感情，甚至他的记忆。这些年，给人捐助，减轻他精神上多少负担，多少痛苦，要不然他该怎样走过来，去面对那么多煎熬难耐的日日夜夜，他想象着甚至会疯掉抑或死掉。

这些年，他不知道他在干啥，要走向哪里，哪里是他要到达的彼岸，他甚至不知道他是谁。难道真的如《圣经》所说，我要让你拼命劳作，才得以果腹？本来平静的生活，一场不幸的变故，全被打乱了。继而追缴着上辈人的孽债，从心理上和他的命运紧紧地联系在一起，使他难以分割，难以逃脱，那孽债就像永远也摆脱不掉的魔影，时刻追随着他的步伐不离左右。麦穗害怕闲着，害怕一个人独处的寂寞，害怕儿子不幸的消息再突然闯入他的生活，那样他真的会像年久失修的房子，不定哪一天会轰然倒塌。

在上海郊区一座偏僻大桥高高的桥孔里，一个衣衫褴褛，蓬头垢面，肩披长发的年轻人，每天风餐露宿，饥不果腹地生活着。他偶尔像死猪一样在桥孔里睡着；偶尔坐在一块砖头上，眼睛死死地凝视着远方的高楼大厦和平静的河水；偶尔钻出桥孔，坐在桥孔边缘，双腿耷拉在桥孔外面，聚精会神地翻看不知从哪里捡来的废旧报纸和书籍。他几年没有理过发，长而零乱的垢发，一直披散到双肩下面还拖了很长很长的一节，俨然是从外星过来的野人一般。远远望去，他像置身于复古的世界，不觉让人打一个冷战，和繁华的大上海以及周围的人群格格不入。

在高耸的大桥下面，住着从各地来上海的闲杂人等。有收废品的，有打短工的，有讨饭的，亦有一些年龄偏大、一个月挣两三千元工资而租不起房的也来到这里，用塑料布搭起个简易窝棚，白天到市里上班，下班后到这里蜗居。他们的"家"很不安全，常常丢东丢西，甚至经常被骗，只得听天由命。

清晨，雾霭一动不动死一般锁着大河，使人摸不透它的深浅奥秘。汽车时而在桥上缓慢地隆隆驶过，那桥痉挛似的浑身颤抖着，隆隆似远天滚来的雷声。太阳出来时，大河的轮廓、远处的高楼大厦和现代化建筑影影绰绰并一览无余地显现出来。河边如旧，几个垂钓的人目不转睛地盯着河面，显得那样专心致志。桥下蜗居的人们，亦早早起床开始一天的忙碌和劳作。河边遛弯的人，偶尔有一对情侣，搂着腰肢、攀着脖儿亲昵地在河边磨蹭着走过。这里俨如世外桃源，远离城市的嘈杂和喧嚣。置身其中，使人心灵得到暂时的宁静和栖息。

披肩长发的年轻人是这里的另类。在人们开始一天的忙碌时，他还在桥孔里睡觉，其实他早已醒了，只是不想起来，他不像桥下人每天为生计忙碌奔波。这一切对于他似乎都不重要，他所乞求的就是每天简单填饱肚子和做规律性的祈祷。雾霭浓时，有时能钻入桥孔中来，他被雾霭包围着，他的身上黏乎乎地潮湿，甚至会雾湿他长长的垢发。他没有工作，亦有时十天半月到桥下或市里去，在垃圾场或大街上捡拾一些废品，背到附近的废品收购站换些零用钱维持几天有一顿没一顿的生活。他每天醒来的第一件事，就是跪在桥孔里为老奶赎罪，有时嘴里不住地念叨着什么，有时默不作声，哑巴一样就那样跪着，直到日头升到中天，才缓缓地坐起或站起。那虔诚只有他自己知道。他的膝盖已经跪出厚厚的老茧，那茧光光的、硬硬的化为疬，像衣服突然到膝盖补了层凸出的补丁。他心无杂念，只有一个念想，就是赎债，以减轻父亲和这个家庭的罪孽。那高高的桥孔一般人很难爬上去，白天和夜晚往里面一钻，陌生人谁也发现不了。他已经在桥孔里生活五年了。刚来时，他和其他人一样住在大桥下面，突然有天夜里，有个十来岁的男孩莫名地失踪了。后来听说，那孩子被人贩子拐走摘了器官，卖给富人挣黑心钱了。他听后有些后怕，他不能死，他还有多灾多难的父亲。为了躲闭坏人，他就爬上高高的桥孔。为了防身他捡拾很多砖头从陡峭的斜坡搬入桥孔。他以桥孔为家。他没有被褥，夜色降临时，就那样和衣躺下。多少个春夏秋冬寒冷酷暑，练就了一副结实身板。

在大桥下面，还活跃着另外一个人，一个六十多岁的慈祥老人。他中等个儿，已经秃了顶的头上，两鬓蓄满稀疏的灰发。西装革履，衣着整洁，走路不紧不慢，干练而利索，性情不急不躁，满是绅士风度。每逢星期天，他都要开辆劳斯莱斯轿车早早地来到大桥下的河湾里垂钓。

自从年轻人在桥孔里蜗居之后，就发现慈祥的老人就在那里，而且多年来，风雨无阻。他是一位台湾老板，在改革开放之初就来到上海，在上海开了一家工厂，由于大陆对外来人的优惠政策，早已赚得盆满钵满。久而久之，年复一年，台湾老板开始注意桥孔里的这个男孩：要说傻吧，看相貌也不像，而且每天会坐在桥孔边沿翻看报纸或书籍；要说不傻吧，上海这么大，随便找份工作，哪天不挣个一百二百的。男孩引起了台湾老板的好奇心。在一个风和日丽的下午，台湾老板收起钓竿递给保镖，独自来到桥孔下面，仰视着男孩问道：孩子，你是哪里人？

男孩瞪起狐疑的双眼，慢悠悠地放下报纸，伸手摸住身边的一块砖头。台湾老板双手举向空中来回摇摆道："孩子，你莫怕，我不是坏人。我只想和你谈谈，我观察你很久了，我可以上去吗？"男孩欲言又止，眼睛眨巴眨巴，微微点了点头。台湾老板双手按着斜坡上石壁，吃力地爬上桥孔。他看了一眼里面，愕得目瞪口呆：桥孔里除了一张长长的废纸箱子伸展开的纸板和一些旧书报，别的什么也没有。一摞旧报纸算作枕头吧！他想起陶渊明的诗怎么说来着？夏日抱长饥，寒夜无被眠。你就这样睡觉吗？他不敢相信地问道。

男孩狐疑地点一下头。

你是哪里人？

河南。男孩嘴唇动一下。

河南什么地方？

S县。

你家还有什么人？为什么会走到这一步？

男孩没有回答。眼睛湿润了。

你愿意回家吗？

不知道。男孩又嘴唇动了一下。

你遇到什么不幸了？

男孩泪珠儿在眼眶里滚动着。

你能把家里地址写给我吗？台湾老板掏出来纸和笔递给男孩。

男孩接过纸和笔写下了：S县泥淖镇石磨庄。

孩子，我给你二百块钱，你先买点儿吃的，明天我再派人给你送钱来，你回家吧！台湾老板从皮包里掏出二百块钱放到孩子手中。

男孩没有拒绝，而轻声嗫嚅一句：天地莫施恩，施恩强者得。台湾老板迟疑一下，看了男孩一眼，男孩慌忙牵着台湾老板的手小心翼翼地把他送下桥孔。

（七）

次日，台湾老板就把会计师叫到办公室，说："我昨天碰到你一个同乡，河南S县人。"他把男孩写的地址交给会计师，"男孩不傻，心里好像有越不过去的坎，很纠结，如果不释放出来，也不是办法。他已经在桥孔里生活五年了，风餐露宿地，再那样下去，他迟早会毁掉的。"

会计师接过纸条看着，有几分惊讶道：泥淖镇……我就是泥淖镇的呀！

台湾老板拉开抽屉拿出一万块钱交给会计师说：我放你十天假，你去找到那个男孩，把他送回家。那孩子很可怜，五年啦，我不敢相信他是怎么走过来的……台湾老板感慨万千。应当让不幸的人从阴影里走出来，走到光明里去，把人的精神焕发出来。

台湾老板意犹未尽："噢，对了，他突然记起临别男孩时，男孩吟了一句唐诗：天地莫施恩，施恩强者得。那孩子是被他的生活环境吓怕了，防范意识很强。"

会计师愉快地接过钱说："我今天就到大桥那里去。"他告辞老板，便按老板描述的特征开车来到大桥下找到男孩，和男孩相约第二天派车来送他回家。会计师想到男孩说的天地莫施恩的话，为了安全，他打算等他们到家后再把老板的钱交给男孩。他拨通同在上海打工的石磨庄一个亲戚的电话。亲戚问：那男孩长得啥模样？会计师说：黑不溜秋的，很结实。问：头扁吗？答：长发及腰，看不出来。会计师把男孩的特征描述一遍。亲戚既惋惜又惊喜地说：这孩子已经失踪六年了，他爸为他都快急疯了，都想他早已不在人世了……

然而，第二日，会计师开车来到大桥下面时，再也不见了那个男孩。他爬上高高的桥孔，桥孔里空空如也。他有几分失望，有几分气馁，亦有几分被愚弄的感觉。难道真的是烂泥糊不上墙吗？他等啊等，夕阳的余晖把河水染成了橘黄色，也没见男孩再回到桥孔里来。他不自觉地叹息一声，微微摇一摇头，他有些懊恼，随把电话打到那个亲戚那里。亲戚说："那怎么办呢？我已经跟男孩的爸联系上了。"会计师说："你明天抽空来大桥下帮忙找找吧，你们一个村的不会产生芥蒂，说话更方便一些。"说完便回厂里去了。

麦穗得着这个消息，已经辞掉北京的工作一年了。孩子失踪后的第五年，他身心交瘁，身体一天不如一天，他不想再回到石磨庄，害怕看见自己的院子，触景生情勾起惨痛往事的回忆。他在省城的一所大学里找到一份打扫卫生的工作，虽然钱不多，但活儿轻松。

儿子再次失踪，麦穗心里的希望又一次破灭了，稍稍使他感到安慰的是，儿子还活着。活着就是希望啊！他没有气馁，电话上再次嘱托在上海的同乡，一定再到大桥那里找几次。但同乡一连几天来到大桥下，再也没有见到智新的踪影。这当儿，麦穗回了趟石磨庄，找到近门嫂子商量，他们两家关系最好，嫂子心直口快，是麦穗最信任的人。

嫂子耐心听麦穗把要找儿子的想法讲完，沉思了片刻说："我劝你迟早打消这个念头。别说他又失踪了，就是找回来又有啥用呢？只会多一个累赘。你想啊，他要是正常人，能一个人钻桥孔五年？不是个傻子也是个疯子，找回来你能养活吗？不如让他自生自灭的好。"嫂子顿了顿，看一眼耷拉着头沉默的麦穗又补充道，"实话难听。如果不傻，娶个老婆会不跟她整那号事？恐怕是干柴烈火，擦下就着哩；如果不疯，会扔下老子莫名地失踪？恐怕是心心相连，于心不忍哩。"

麦穗心里一阵阵酸楚，嗫嚅道："那是我身上的肉哇，骨肉连心哪！"

嫂子接着道："身上的肉怎么啦？憨不憨，傻不傻的，你还得养活他。这年头，人地各方，老子儿子都指望不上，你还指望他给你养老送终啊！"

村上人不知道从哪里安鼻子戴眼地疯传，说扁头在大桥下被黑社会打烂了头，傻了，也就是一堆有口气的烂肉。嫂子听后信以为真。麦穗初时思想也有些动摇，他想一定是孽债还没有还完，莫非上天还要追债么？但嫂子的话虽然纯是干货，尽捡稠的捞，却越发显得现实，现实得几乎丢掉了人性，麦穗一点儿也没有听进去。他不能放弃，儿子失踪前临别的一幕如在昨日，那是儿子最后给他的安慰，儿子不傻！麦穗再次拨通了同乡的电话。他到镇上买了两身儿子要穿的衣裳，就踏上了去上海的火车。他要到大桥那里去碰碰运气，就是讨饭也要把儿子找回来。

麦穗到了上海，在同乡那里住了一夜，就急着到大桥那里去。这夜，他做了一个梦，梦见儿子跟他说：爸，我不回家，现在还不是时候。我要风风光光地回家……梦很短，接着麦穗就醒了，再也没有了睡意。他坚信儿子一定还会到那个桥孔里去，好像跟儿子有一种心理感应，一种灵魂预约。天刚蒙蒙亮，他就和同乡来到大桥下，攀上了那座桥孔。他不知道是惊是喜，桥孔里躺着一个一丝不挂的人，又脏又乱的一尺多长的垢发散乱地抖落满地。看不见面庞，整个面庞被散乱的垢发遮蔽着。一腔酸楚的泪水直往麦穗心里涌。

男孩又回到了桥孔。他不想回家，老奶的孽债还没有赎完，他要在桥孔里继续为老奶赎债，也使他得到新生。他知道这是生命的自我折磨，但人来到世间,不就是一个自我折磨的过程吗?折磨够了,才使污浊的人生得以升华,跨过另一种高度,从而达到人生的完满和生命的涅槃。这是他从捡拾的书本上看到的,最初懵懵懂懂不十分理解,现在他心里好像有一种亮光,在推着他前行……

儿啊……麦穗唤了一声,眼泪就涌流出来。没有应声,躺着的躯体俨若一具没有灵魂的僵尸一动不动。麦穗俯下身去推了他一把:我知道是你呀……孩子蠕动一下身子,颤抖着伸出又脏又黑的双手:爸……我听到脚步声就知道是您了……儿子早已满脸泪水,他捋了一下遮挡在脸上的头发,头发被泪水洇湿了。麦穗把儿子扶坐起来:儿啊,咱回家……孩子一把搂着麦穗脖子,父子俩抱头痛哭成一团。

爸呀!这六年了呀,我想您都不在人世了呀。儿子满面泪水泣不成声地呜咽着。

儿啊,这六年你是怎么过来的呀?

爸,头一年我在山东打工,这五年我都在这里为老奶赎债呀……我已经给老奶赎过罪了。爸呀,原谅我的不告而辞,我要不走,您不会把妞妞送走的,妞妞是个好女孩……我也不忍心哪,爸,那时候我恨哪,我恨我老奶杀了人……呜呜,我甚至还恨您把我生下来……我那时候也不知道我为啥会恨您,呜呜……爸,别人都说我傻,我不傻呀,爸,我啥都会做……呜呜……

麦穗扶起儿子,用粗糙的大手把儿子泪水拭干,才顾着打量儿子一眼。儿子羞涩地说:爸,我昨天洗头时掉河里了,衣裳还没干。麦穗说:儿啊,爸给你带着衣裳哩,来,你穿上。麦穗抹一把泪水,双手颤抖着从包里掏出衣裳。

麦穗给智新换好衣裳问道:儿啊,人家给你拿着钱送你回家,这些天,你都到哪里去了?

爸,那天桥下一个大爷病了,我找了个三轮车把他送到医院,我把二百块钱给他后就到网吧去了。我不想回家也不敢轻易相信人……

麦穗找了个理发店给儿子理了发,又找了个澡堂子让儿子洗了澡。辞别同乡,就坐上了开往省城的列车。六年了,儿子长就一副结实魁梧的身板,没有了六年前的羸弱和卑微,理发师给他理了个长发,他的头看着不扁了,反而很匀称很耐看。他的脸盘和眼睛,经历了几年的痛苦磨难和风霜雪雨,脱去了稚气,更多了沉稳和成熟。麦穗看着儿子像欣赏一件艺术品,心里感到阵阵愉悦和慰藉。他打算同儿子一块儿回趟石磨庄,让人瞧瞧,儿子不但没有死,没有被判刑,而且活得很风光。他把这一想法同儿子说了。智新说:爸,没有必要,自古贫贱亲戚离,富贵他人合。麦穗想想,儿子的话在理,人不是为他人活着,还怕他人说三道四?便取消了回石磨庄的打算。

(八)

麦穗和智新回到那所大学。麦穗找到学校管后勤的经理,让智新在学校做了一名保安。智新经过大桥下的苦难历练,明白很多事理,更加珍惜每一份得之不易的工作。他实诚能干,干练利索,常常加班加点,从没有怨言,别人请假办事,他都顶替下来,不久就赢得保安队长的青睐,这样干了一年就提拔为保安分队队长。儿子争气,麦穗很满意,身上便焕发出使不完的力气。

本来就是劳动人,麦穗不敢闲着,他要把儿子这些年耽误的时光追回来。即便两眼一闭,良心上不亏欠儿子,能够心安理得走完这多灾多难的一生。他在大学斜对过的酒店找了份刷盘子的钟点工。他和智新一块儿每天中午十二点在酒店刷两个钟头盘子,一个钟头三十元,一人就能挣六十元,然后各自再到学校上班。麦穗下午下班后,胡乱地吃点儿饭,再蹬着三轮车到十里外的大石桥边夜市去卖旧鞋子和旧衣裳。每到学校节假日或学生毕业，一些学生的很多衣服和鞋子都不要了，随手扔在垃圾桶里。麦穗是从苦日子里走过来的人，看着心痛。便把它们收归到一起，有的还是崭新的，空闲时稍加整理，拉到大石桥下，卖给那些进城务工的农民。他们多是建筑工地的农民工，穿着上没什么讲究，只要结实耐穿就行，而且价钱便宜。这样一晚上也能卖一百二百的，旺月时五百六百都卖过。

钱是个好东西，它能消除人的疲劳，增加人的欲望，让人精神焕发，并且"乐不思蜀"，尤其是那些弃品变成钱的时候。它不需要投资，只是花些力气和时间。这些年，麦穗最大的感触是城市钱好挣，只要勤快就有挣不完的钱。麦穗和儿子没日没夜地干了两年，手中积蓄了二三十万块钱，有了做人的底气。突然有一天，智新跟麦穗说："爸，我要学做烩面。"

麦穗诧异道："那保安呢？"

智新说："爸，干保安没有前途。这些天我一直在琢磨，现在科技发展这么快，有不少很香很火的生意，干着干着就关门了。天下生意，唯有吃，永远都不会过时。上至达官贵人下至平民百姓，都要吃饭不是？只是吃东西有讲究不讲究之分。咱没受过高深教育，不懂得大道理，但吃饭是安身立命之本。"

麦穗心里暗喜，儿子想法超前哪！古人讲，青出于蓝而胜于蓝，儿子的想法已经远远甩老子八丈远了。的确，啥人都得吃饭，精与不精大有探头，那是学无止境的东西，况且中国是个讲究吃的国度。麦穗思忖再三，绷紧了眉头说："学做厨师，爸支持你，爸相信你的能力。只是一点爸要叮嘱，一定记住你老奶做下的孽债。如果还是大集体，爸不用担心，可惜现在不是。这就必须做人正道，杜绝贪心，不管社会走到哪里，正道是做人之本，贪心是万恶之源！"

智新说："爸，儿子记住了。这些年，我们吃老奶的亏还少吗？"

麦穗就和儿子抽空去了趟富祥烩面城。烩面城老板是麦穗的同村侄子,半爿省城就数富祥烩面最好,而且又发展了四家新店。麦穗便让儿子拜师在富祥侄子名下。智新浑实能干,吃苦耐劳又好学,侄子手把手地把烩面的技艺要领都传授给了智新。两年后,智新能独当一面了,就成了烩面城的大厨。开初,保安队长舍不得智新走,为了孩子的前程,只好忍痛割爱。临了,对麦穗说:如果学烩面不成就回来,这里的大门永远为你敞开着。

智新的出息,很快传到石磨庄。麦穗的嫂子也来了个一百八十度的大转弯,为智新作媒,张罗着把娘家侄女说给智新做媳妇,要双方见见面,把亲事定下来。麦穗喜不自禁,打电话要智新请假回趟石磨庄。智新说:"爸,还不到时候。到时候我自己会找的。"他让麦穗把亲事推掉。麦穗不觉窝了一肚子火,嗔怪道:你在等待啥呢?智新说:我在等待一个善良的、视金钱如粪土的姑娘……

智新说这话时,他的心是坚定的,他想到他的老奶,虽然那是旧社会的事,和他隔了两辈,他跟老奶所处的时代有天壤之别,但他敢断定,老奶是个极端自私的财奴,不然不会为八亩地杀人。说实在的,五年桥孔里类似野人般的生活,虽然磨炼了他的意志,也使他更加走向另一种偏激,他不喜欢女人,尤其是老奶那样类型的女人,为了一己私利什么都敢做,什么都做得出来。他跟妞妞结婚半年,根本提不起来跟女人做那种事,那时他认为女人都是自私贪婪的生物。他想到石磨庄的女人们,为了挣得一尺二尺的宅基地不惜跟对方撕破脸皮,甚至连老坟上的干骨头都要翻出来晾晒。作为人性,自己未免太残忍,但他至今培养不出对女性的感情来。因为现在的女孩都特现实、特势利,把感情和金钱混为一谈,把金钱当爱情,那样能幸福吗?曾经烩面城的那些女服务员跟他调情,他也只是敷衍几句打情骂俏的话语,过后再没有主动追逐过异性。也许这是压抑太久的缘故,使他一直走不出这一阴影。他甚至想到上海大桥上的雾霭,人生不都是生活于雾霭中吗?但他相信只要用心,总会有一个属于自己的姑娘闯入他的生活。智新本想以老奶为例企图说服父亲，但他不能再往父亲的伤口处撒盐，便把想说的话咽了回去。麦穗强压怒火，没好气地说："那你就是个傻子！"不禁哀叹道："真是儿大不由爹，上辈人管不了下辈人！"

智新想想，这样对待父亲未免太残忍，便耐心地解释道："爸，现在结婚，拿啥养人家？养不住，不还是散吗？您看现在离婚的多少？"

人家结婚后不都过得风风火火的，有几个散的？麦穗想，在省城生活这几年，智新有点儿变了，处处拿城市人的眼光看事物。麦穗不再说啥，细想，这社会已经变成了金钱社会嘛！麦穗有点儿无奈，又不愿把自己的想法强加给儿子，便给嫂子说了一箩筐好话，婉言谢绝了这门亲事。

一天，麦穗来到富祥烩面城，多日没见儿子面了，还怪想念。和富祥寒暄之后，说：我要吃一碗智新亲手做的面。富祥会意地笑笑，吩咐师傅做上四个菜，又叮嘱智新说：你爸要考你。智新也微笑一下开始做面。不到五分钟，智新就恭恭敬敬地把热气腾腾的烩面端到麦穗面前。麦穗先嗅了嗅，觉得一股扑鼻香味直浸肺腑，随即拿筷子往嘴里送了一口：嗯，中，味道挺好！细细品嚼，感觉筋道柔软，滑嫩爽口，余味绵长。说实在的，不是屎壳郎夸自己的娃光，在省城的烩面，他也吃过不下十家，像这样的，还是头一回。他不自觉地对富祥伸出了大拇指。富祥也笑道：这两年智新一直是这个店掌大厨的，等将来您条件成熟，我打算把烩面城第三分店交给他。

此时，麦穗心里有一股甘甜浸溢，他很满足。这些天来，每逢星期天，他没有做过饭，他几乎跑遍大半个省城的烩面馆，去吃那里的烩面，为的是做一个比较，看看到底是儿子做的好吃，还是别人家的好吃。他对儿子的手艺是满意的，有了这身绝活，还怕媳妇娶不到屋吗？便兴奋地自言自语道：面包会有的，美酒会有的，一切都会有的！他把老婆会有的这句话省略了。但麦穗还是放心不下，他愁的是智新不把找对象当回事。惹得他肝火上行，七窍生烟。真乃是皇上不急太监急，你想找个不要钱的，现在的姑娘哪个不要钱？嫁人就是嫁钱。他把儿子归结为异想天开，幼稚可笑。岁数还敢再耽搁吗？等着等着就人老了。他已经老了，他等待着有朝一日能抱抱孙子，能回到家乡，人常说叶落归根，但他的根在哪里？是那个荒凉的石磨庄吗？那庄子早已空壳了，年轻人都进城务工了，只有老人和孩子，再也见不到人们意气风发的冲天干劲。因为年老体衰，不少家的土地都租出去了，而且是那样廉价，就跟扔了似的。但城市又哪里是他这个乡下人的栖居之地？他不知道这一生要走向哪里，哪里是他最后的家园。他盼望智新能早日醒悟，早日娶下媳妇。

远天的太阳快坠入西山根了，夕阳的光焰慢慢变得温顺，失去了燥热。晚霞烧尽时，突然起雾了，这是大自然奇妙的恩赐。黄昏的雾霭，很多年没有见过了。汽车缓慢地在街道上爬行，影影绰绰的人头在路两旁攒动，而且来去匆匆。雾霭很美，如在梦中，让人憧憬，给人遐思。走出饭店门，麦穗也一头钻入雾霭里的人流。雾霭是人类自私的遮羞布，却让人迷失。他上了十九路车，坐了十几站时，才发现坐错了方向！

2020年10月29日作于饶良花园